师说人类学

彭兆荣 著

上海社会科学院出版社
SHANGHAI ACADEMY OF SOCIAL SCIENCES PRESS

说在前面的话

在中国，当学生的，当老师的，总是都知道韩愈的《师说》，该文为高中的必修课文：

> 古之学者必有师。师者，所以传道授业解惑也。人非生而知之者，孰能无惑？惑而不从师，其为惑也，终不解矣。生乎吾前，其闻道也固先乎吾，吾从而师之；生乎吾后，其闻道也亦先乎吾，吾从而师之。

我亦为师，一生为师，而且将以师业而终老，这已经注定——无论是否“在岗”。我已经退休4年，退休后还招了两届博士研究生，现在仍有十余位弟子未毕业。没有“岗位津贴”，我依然尽职尽心，因为我是他们的老师。师是我的职业，也是我的DNA。当然，我也可以在此处“下岗”，到另一处“上岗”。

反正，“为师之岗”永远不下，也下不了，命定了的。“春蚕到死丝方尽，蜡炬成灰泪始干”，也不知道是谁在老师身上贴上这两句“诗金”，一副英勇就义、大义凛然的样子。人家李商隐根本说的不是师而是情。转念，为师者必有情者，否则怎能当好老师？所以，两句诗也勉强可以合，可以和。

从教几十年，弟子也算多。除了名下“嫡系”弟子学生，更有许多在会议上，网络上，经人介绍，田野邂逅，特别是那些读过我的著述联系我称我为“师”的，其中包括一批“认领”的弟子，他们都叫我老师、师父。我弟子的学生，依照辈分，便叫我为“师爷爷”，现在叫“师爷爷”的越来越多，弟子中已不少当上了教授、博导。每当我听到这样的称呼时，我就把自己想象成为坐在太师椅上，身着黑色长衫，手拄拐杖的老头，摆出行将就木前的威冷之风。

“师”的意思有很多，古代中国有“百业”，每个行业都有“师”。我只是选择那一类专事“传道授业解惑”的师者。在我的生活中，“师”主要有三种：

大师，那些公认为人类做出巨大贡献的，特别是在“业界”有重大、重要影响的学者。虽然“公认”不易数据化，虽然“公认”难以在认知上完全吻合，在很多时候，公认只是大家心中的景仰，他们是那些我们尊敬的、学术成就卓越的前辈。

吾师，就是我们通常所称的业师，那些教过自己，帮助过自己学业成长的老师。一个人在生命中一路走来，总是会有很多的老师。每一个人，无论他是否成才，是否成就，是否成家，都倾注过老师们的心血。无论学生们年轻时如何轻狂，特别是做出了一些成绩来的时候，那种醉酒般的忘乎所以，仿佛自己正巧就是那个“天才”，像石头缝里蹦出来的一样。可是，当他闭起眼睛，平复了狂妄之后，总还记得起师恩。

我友，在中国传统的表述中，除韩愈的《师说》之师者，还有《论语·述而》中“子曰：三人行，必有我师焉；择其善者而从之，其不善者而改之。”这其中“子曰”的同行虽然可以有各种面目，但与学者同行者多为学者。故学者、学友中亦有吾师，也可为师。同行（xing）中还有同行（hang），同行中还有同事。他们也有师，也为师。只是，同行同事之“师”，言犹在耳，有教化，有教益，有教训。“窝里斗”在同行中总免不了，俗界有斗鸡，师界有斗师（狮）。

我的《师说人类学》，师者众，有大师、吾师、吾友，还有同事（师）；更有大师、吾师、吾友兼为一体者。如此富实的师者，实在是我这一生的托福。不过，师斗的故事我就省去了，我只给自己定下一个原则：不与人斗，除非受到攻击。

在《师说人类学》里，我、师与人类学三者串联贯通，称得上是“我＋他”的特殊表述，体例上没有传统的规矩，只是“我”回忆的故事，却又不是一般意义上的回忆录。“人类学”虽是主脉，却也没有人类学“史”的线索。它从一个狭窄的侧面，通过我的经历、记述和回忆，或可了解一些中国人类学自20世纪80年代恢复以后的一个剪影。

后世，一个背影。

就够了。

背影（巴胜超　摄）

目录

吾师篇

友师篇

多元“人类学”

厦大岁月

大师篇

用生命书写民族志

——怀念费孝通先生

一、“讲员”与“学员”

见过费老好几次。

第一次见，是在1995年6月至7月间，由北京大学举办的我国首届“社会-文化人类学高级研讨班”上。那个时候，一批东亚著名的人类学家汇聚北京大学，包括费孝通、林耀华、中根千枝、李亦园、乔健、庄英章、金光亿、宋蜀华等，季羡林教授也参加了高研班的一些活动。学员大多为一批社会文化人类学的中青年学者，其中有一些已经做出了不错的成绩。学员中有马戎、庄孔韶、周星、高丙中、王铭铭、包智明、王筑生、王建民、张海洋、周大鸣、麻国庆、潘蛟、纳日碧力戈、郭志超、石奕龙、张彤，还有我。我记得不完整，反正现在国内成为人类学骨干的学者，有相当一部分都是那届“高研班”的学员。

在后来的一段时间里，大家聚在一起的时候，会把那一期称为“黄埔一期”，很臭美的，也有显摆的意思。

那时，费先生是“讲员”，我们是“学员”。他给我们讲课。

费先生与学员们在一起

费老的乡音很重，刚开始听费老讲课很费劲，慢慢地就习惯了。

不过，费老的课讲得很通俗、很生动，绝少使用新潮概念和生僻词汇。授业时经常贯穿自己的生命经历、经验、感受和感悟，听他讲课，就像读他的《乡土中国》。他的文字很平和，他的讲课很平和，他的为人很平和。大师授业大多如此，说话不仅让人听见，让人听懂，更要让人受益。“听君一席话，胜读十年书”用之于大师上课也算贴切。

我明白了一个道理，真正的大师是不会用“高深理论”吓人的；纵然是高深的理论，他们也都能讲得很平和、通俗，让人听得懂，还感到亲切。

费先生到过厦门大学，出席中国人类学学会举办的国际会议。那时，他乘坐专列来，有专门的保卫员，难以接近。他当时是全国人大副委员长，高高在上。

与他周围的人倒是多有接触，马戎、潘乃谷、李友梅，还有一批当时在他身边的年轻学者，周星、王铭铭、高丙中、麻国庆、包智明等。

费先生多半不认识我，只是有一次，王铭铭向我转述："费先生读了你的文章后说'彭兆荣这个年轻人的脑子很好用'。"我想这多半是真实的，一则我研究人类学，国内的圈子本来就小；二则我研究瑶族，而且在当时是第一个"海归"研究瑶族。费先生对瑶学研究很熟悉，知道我也不奇怪。

二、青春作伴，瑶汉情深

说起来，我用了超过二十年的时间研究瑶族，与费孝通有关系。我进入瑶学是在20世纪80年代末，当时我在法国留学，师从人类学家雅克·勒穆瓦纳（Jacque Lemoine，他的中文用名为"李穆安"）。1990年他在法国南部图卢兹组织一次瑶族研究的国际会议，我当时是他的学生、助手，为此次会议做了大量的工作，也因此认识乔健。乔先生是第一届国际瑶学会会长，李穆安是第二届会长。当时"国际瑶族研究会"，每年都要举行几次国际学术活动，我也因此认识了国内一批从事瑶族研究的学者。

1990年，我刚从法国回来就踏上了前往广西富川、贺县（即贺州）的道路，开始了我在国内的瑶族调研。我调研的那个地区是贺州地区，费先生早年所做的花蓝瑶调查是在今天的广西柳州地区的金秀瑶族自治县。从大的区域看，都属于历史上的“大瑶山”。

这是一个中国人类学界最悲情、悲壮和悲怆的故事。1935年暑期，费先生在清华大学考取了由庚子赔款的退款提供奖学金的出国留学名额，当时，费孝通的导师史禄国建议他出国前先在国内做一次异文化的田野考察。费孝通接受了老师的建议，应当时广西政府的邀请到大瑶山去做田野考察。

1935年8月，费先生与新婚妻子王同惠一起离开北京，辗转上海、香港、广州、南京，经历艰苦的行程，最后到了大瑶山。10月18日在当地人陪同下，开始了大瑶山实地调查。但这次田野考察却发生了意外。1935年12月16日，费孝通与王同惠离开大瑶山合古陈村，在去往罗运村时，费孝通误入山民为猎兽而设的陷阱，王同惠在回村找人前来援救时跌入山涧身亡。

这一天是费孝通和王同惠结婚108天。

妻子辞世，自己受伤，这便是费老研究瑶族的开始。然而，他一生与这个民族的研究从未中断，他继续与妻子共同的未竟事业，完成并出版了《花篮瑶的社会组织》。在出版后记中，他留下这样一段话：

> 我完全没有预想到这一本《花篮瑶的社会组织》的专刊

是会在我半麻木的心情中编成的。同惠死后，我曾打定主意把我们两人一同埋葬在瑶山里，但是不知老天存什么心，屡次把我从死中拖出来，一直到现在，正似一个自己打不醒的噩梦！虽则现在离我们分手的日子已经多过了我们那一段短促的结婚生活，但是一闭眼，一切可怕的事，还好像就在目前，我还是没有力量来追述这事的经过。愿我的朋友们原谅我，让这一幕悲剧在人间沉没了罢。

悲怆的故事留给费老是不堪的回眸，留给我的却是激励。同一个地区，同一个族群，一种跨越时间的精神激励，同时也在汉瑶之间建立了一个典范。不同的族群，特别是小族群，对于“外来者”的介入会有不同的态度，甚至芥蒂，这可以理解。毕竟多数人不了解这“外来者”这么长时间待着干什么。然而，当两位“外来者”，用自己的生命（王同惠牺牲）、身体（费孝通伤残）表达着悲壮的善意，所有的不解、猜疑都化为乌有，剩下的只是感激和感谢。费先生的“瑶汉情深”是最好的写照。

1935年费孝通与王同惠结婚照

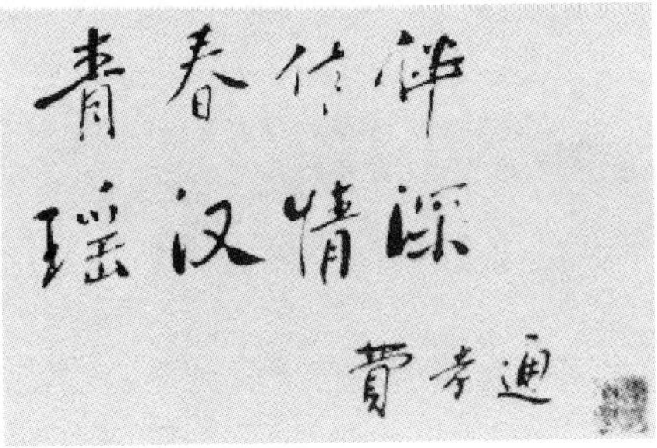

一位伟大的人类学家以自己毕生的实践传递着两个民族的友好情谊，这样的典范价值长时间地留在了人世间，感动着苍穹。

这也为我们这些后来“瑶学者”研究道路的通畅和通达奠定了基础。在过去数十年对瑶族的田野调查中，我从未遇到过因为不同民族间的差异，或动机什么的带来的误会和误解。我在瑶族研究的路上走了很久、很长，遇到的都是感人的经历，留下的都是美丽的故事，我甚至还发生在课堂上讲述与瑶族同胞之间的感人故事而哽咽的事情。我也从来没有看到、听到汉族研究者在瑶族做调查时遇到什么因为误会而发生的不快。此言绝对不虚。

我在瑶山做田野

三、江村经济与乡土中国

费先生的民族志是自己的，这不是指文体，而是指生命。记得有一次人类学界在江村举行活动，大家走在江村的河道边，台湾有一位人类学家问我："彭兄，费先生的民族志大部分没有按照民族志的体例来写，你怎么看？"

我回答："就像每个人的经历都独特一样，费先生的民族志是他用自己的生命写成的。他的民族志'文体'是他自己。"

台湾那位人类学家眨着眼睛看着我，没有再说什么。

江村，原名叫开弦弓村，因费孝通以此村为调查对象，完成了他在英国留学时的博士论文《江村经济》，"江村"这一学名从此取代了原来的名字。费先生单单造访那个村子就多达28次。

那个村子不一般。那里可以告诉我们很多"中国的道理"：乡土社会是怎么样的，乡镇企业怎么创业发展的，"苏南模式"怎么开创的……前两年有一位新任农业部长，上任后专程从北京去那个村子调研。

2017年11月，我带领"乡村振兴之重建中国乡土景观"调研组第三次前往江村。每一次去江村，都有新感受，新收获，都有生命中新的感动。这一次我请了王莎莎博士一起去，她的博士论文做的就是江村与费孝通。她对江村很熟悉，她当"学术导游"，称职。

我们在江村取了一些现场资料，"晒"几张：

“中国江村”很牛

费孝通纪念馆前的雕塑（吴为山作品）

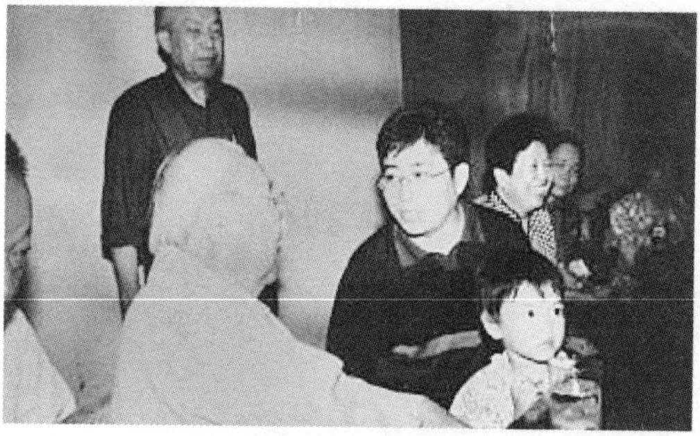

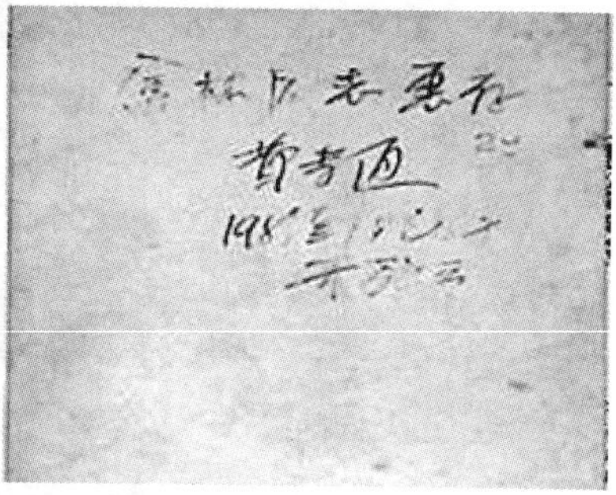

费孝通28次访问江村中的“一次”

“江村经济”之今日的乡镇企业

在我的眼里，费先生是少数最了解中国传统文化的学者之一。尤其是他以“乡土”定义“中国”，非常准确。我把“乡土中国”当作古代“社稷国家”的新版本。

费先生是真正的“乡土之子”。我曾经在《乡土中国》出版70周年之际，写下了一篇纪念文章，发表于《西北民族研究》2018年第3期。这篇文章也是我在第三次访江村时酝酿的，我撷取其中一小部分以飨读者：

魂之归兮，乡土中国

——费孝通的乡土情结

2017年11月，我们一行六人再次到江苏省吴江县开弦弓村，走访费孝通先生曾经28次访问的那个小村落。某种意义上说，费先生的江村调查，不仅刻录了他个人成就卓越学者的每一步足迹，更为重要的是，他讲述了真正的中国故事、中国道理和中国智慧于“乡土”。某种意义上，他是少数最了解“中国”的学者之一——真正意义上的“乡土之子”。他明白，要了解中国，要体察民情，要体恤农本，必须从乡土开始。费先生用他的生命解释了一个“谜”：中国何以“宅兹”，农本何以“贫穷”。他也用一生揭示了一个道理：村落何以生动，乡土何以富强。

泱泱华夏，如何正名，何尊言之凿凿。浩浩中国，如何体示，“社稷”述之莽莽。以今日之白话，“乡土中国”，至为精准。始创者，费孝通。然，令人困惑的是，中华传统，素以农为本、为先、为上、为大，又如何造就农贫、农困、农弱、农弃？这位中华民族的“乡土之子”，穷其毕生以求索，尽其生命以探讨的乡土之情、乡土之理，嘱当世者重视、珍视、扬示、警示。今日之城镇化，其势大有耗农、损农，甚至弃农之虞。“中国”之乡土凭照，我辈当慎之守之。

“乡土中国”之表述所以得体，与其说由费孝通先生概括、提出，还不如说如此提法符合我国历史传统的实情。“乡土中国”的提出颇为有趣，费先生在《留英记》中讲述了一段故事。

当时费先生的博士考试是在他的老师马林诺夫斯基的家里进行。考试通过后，老师留下他的中国学生在家吃饭。吃饭时，马老师想起了一件事，他打电话给伦敦一家出版公司的老板，说他的一个学生有一篇博士论文，问能否出版。对方回答“如果你能为这本书写一篇序，立刻拿去付印”。马林诺夫斯基回答了“当然”二字。这件事就这么定下了。“这本书就叫《中国农民的生活》，还加上一个中文书名《江村经济》。”费先生后来回忆，当时老师放下电话，沉思了一下，说：“这本书叫什么名字？”他嘴里吐出了一个字来，Earthbound，后来又摇了摇头说：“你下本书用这个书名也好。”Earthbound直译起来是“土地限制的”，后来果真费先生第二本书就用了这个名字Earthbound China，用中文说，意思可以翻译作“乡土的中国”。费先生感慨：“他这短短的一句话，不是为我第二本提名，而是在指引我今后的方向，他要我回国之后再去调查，再去写书。”

语境或许并非最重要的，至为重要的是，用“乡土”定位、定性中国的逻辑和理由——无论是老师无意的提示抑或是费孝通生命的自觉。

四、定格

与费老的近距离接触，记忆中是在1995年，他85岁生日（费先生出生在1910年11月2日）。他的家乡江苏省吴江县为他组织了一个庆祝活动。

费先生的生日，在费先生的家乡，费先生邀请了一部分他的亲友和学界同仁。东亚的人类学、社会学界代表几乎都到场了。我有幸在受邀之列。环顾现场，我这个年龄段被邀者为数寥寥，我想我是作为厦门大学人类学的代表吧。以我这样的辈分能够到场祝寿，也许与王铭铭教授有些关系。

由于请的人不多，晚宴只有几桌，大家靠得很近。费先生师妹，日本著名女人类学家中根千枝坐在我的邻桌，我与大阪民族博物馆的横山广子教授同桌。

吴江在太湖之滨，大闸蟹的名气不小于大师。大师生日，自然要享用它。大闸蟹好吃不好弄，要把蟹肉挑剔出来，是一件困难的事情。中根千枝从东瀛来，弄不出那可口的蟹肉。面对色香俱佳的大闸蟹，她一脸无奈。

师兄看在眼里。师兄走了过来。我看着费老笑盈盈地走到她的身边，俯身用一个特制的小挑剔工具为师妹挑蟹肉。

两位老人就这样靠在一起，小孩似的玩家家。那样温馨、那样柔美、那样恬淡。那幅图景永远地定格在我的脑海里。永远！

我似乎明白了，费孝通的民族志之所以写成那样光彩，原来是他光彩生命的影像。我看过很多费先生的照片，定格在我脑海里的那一幅，最好。

听大师萨林斯讲故事

一、历史就是“他（讲）的故事”

2008年11月的一天，晚饭时分。我从北京飞回厦门，刚下飞机，便匆忙赶到厦门大学的“大丰苑”餐厅，去见萨林斯。

萨林斯来厦门大学讲学。陪同萨林斯来的是校友王铭铭教授。我当时是人文学院副院长，刚结束中央党校“哲学社会科学教学科研骨干研修班”第23期的研修。研修班有一个内容，任选一个具有党性教育意义的历史地点，包括井冈山、延安等。我是“井冈山人”（祖籍江西泰和），于是选择“革命圣地延安”。

这不，刚刚结束“圣地”学业，宝塔山下身影依依。我风尘仆仆，迈进一间小包间，见到了萨林斯夫妇。在场的有王铭铭、蓝达居，还有一两位学生，其中有张经纬（张经纬后来成了萨林斯《石器时代经济学》的主要译者）。

他们都在等我。我进去，坐下，说了这样一段开场的话：

Master, sorry I am late, and I just come back from Yanan, so-called the shrine of the Communist Party of China, CCP. Oh, that's a small town of Northern China, something like "Island of History" of contemporary China, it determined China fate, actually. If someone takes it as ethnographical case, it might be another "Historical Metaphors and Mythical Realities", the main role shall be the Chinese "Captain Cook", you know.

对不起大师，我迟到了，我刚刚从延安回来，延安被称中国共产党的圣地。其实，那只是中国北方的一个小镇，有点像现代中国的"历史之岛"，可事实上它决定了中国的命运。如果有人把延安作为一个民族志案例的话，它或许可以成为另一个"历史的隐喻与神话的现实"，而它的主角也就是中国现代历史上的"库克船长"。①

大师露出微笑，频频颔首，他回了我一句："You might be that one."（你可以成为那个人。）

这是我与大师第一次见面，第一次对话。

大师很平和，夫妇总是面带笑容，慈目面善，和蔼可亲。我

① 詹姆斯·库克（James Cook）是英国历史上著名的航海家，史称"库克船长"。萨林斯曾以他的历史故事为线索进行调研，完成了多部著述。

用了“他的作品他的事件他的主角”串在了“我的故事”中。这使大师很开心。

大师是讲故事高手，也是编故事高手。我非常喜欢大师，喜欢大师讲的故事，喜欢大师编的故事。他曾经说过这样的话：“第一次讲述神话，那是故事；第二次讲述神话，那就是历史”。

明白了：历史就是“他（讲）的故事”，history 即 his story。

读萨林斯，宛若在听他讲故事。他是自列维-斯特劳斯（Claude Levi-Strauss）和格尔兹（Clifford Geertz）辞世后，剩下的唯一一位人类学大师，也是最会讲故事的大师。

我喜欢萨林斯，完全因为他的作品：《石器时代经济学》《文化与实践理性》《历史的隐喻与神话的现实》《历史之岛》《土著如何思考》等等；他的故事主题：“库克船长”（Captain Cook），“陌生人王制”（The Stranger-king），以及他的哲学高度，他的“新进化”主张，他的结构主义形制，他的历史人类学旨趣，他对文学研究的兴致；还有他永远乐而不疲的海岛研究，交错于波里尼西亚和美拉尼西亚土著系列的情愫。在他的第一部著作《波里尼西亚的社会分层》中，夏威夷、斐济、斯里兰卡等是他不断穿梭的海岛。

与夏威夷土著在一起

这些海岛我大都去过，不能言语，只是感叹。

斐济舞蹈

他的研究也像他的海岛穿越。他是标准的“美式”研究，出生于芝加哥，哥伦比亚大学拿到博士学位，20世纪70年代又回到他的出生地，就职于芝加哥大学。

不过，他也是标准的“全球式”学者，满世界都走。除了海岛，他也喜欢做大陆研究，欧陆、亚洲都做过。20世纪60年代他在巴黎待过，因此，他的学术是“跨越式”的，他曾经被称为历史唯物主义者、新进化论者、结构主义者、文学理论研究者，等等。

厦门大学，他来过三次，而且他很喜欢厦大。厦大好像也认他，萨氏著作的中译本中，多数是我们厦门大学人类学系师生们翻译的。

喜欢萨林斯，自然喜欢他编织故事、讲述故事和发现故事真谛的本领。人类学在一些学者眼里“被看成”是在讲故事；人类学又是研究“异文化”，也就是专门讲“他的故事”。这话看怎么理解，好的人类学家，确实很会讲故事；重要的是，看听客会不会“听故事”。

二、自我的“他性”

我曾在中央民族大学做过一次讲座，用了两个故事来讲“自我的他性”。这两个故事都是萨林斯讲的，讲座当时被整理成文字，这里做一引述。

我讲的第一个故事来自著名的美国人类学家Marshall Sahlins（马歇尔·萨林斯），他最近几年在人类学和学术界是一个非常突出和有争议的人，但是我个人非常喜欢他，我觉得他所使用的这种研究范式对中国的文学人类学、历史人类学有很大的示范作用。第一个故事我先从两个方面说起。我们知道在英国历史上库克船长是一位家喻户晓的英雄，他比我们中国的郑和有名得多，小孩都知道。他是欧洲殖民探险者中继哥伦布、麦哲伦之后的航海英雄，在他的三次南太平洋探险过程中间，“发现”了我们现在所知的很多地方，包括澳大利亚、新西兰、夏威夷等。当他第二次到达夏威夷的时候，落入了夏威夷的土著手里，并被夏威夷的土著残酷地杀害了。杀害到什么地步呢？几乎把他肢解。当时随同库克船长一起探险的水手们试图抢回库克船长的尸骨，可是连完整的尸体都没能得到，最终只抢到了他的一片小小的骨头带回英国。

这是一个听起来很残酷的故事，但是奇怪的是，当库克船长第一次到达夏威夷的时候，夏威夷的土著对库克船长是非常崇拜的。我看过跟库克船长一起去南太平洋探险的海员所写的航海日记，其中有这样的描述：当库克船长到夏威夷的时候，船还没有进岛，当地的岛民就像迎接圣人一样纷纷跳到海里去迎接，甚至怀孕的妇女都向浅海跑去迎接。也就是说夏威夷土著是把库克船长当成他们心目中的一个神来膜拜。但是恰恰又是夏威夷土著以最残酷的方式杀害了库克船长，杀死了他以后库克船长被夏威夷土著当成一个叫作“罗诺”的神来祭拜。这是一个不争的历史事实。

我们要如何解释这种历史情况，为什么夏威夷土著把库克船长当成神，但是又残酷地杀害他？这大概与当地一个神话传说和祭祀仪式有关。在许多民族志的描述中，世界上有很多原始部落大概都有这样的情形：他们部落社会是否兴旺、是否发展是与他们的国王，或者是部落酋长，或者是祭师等的身体状况以及生死联系在一起。一个国王，无论作为一个生命，还是作为一个象征，如果他的身体很好，非常具有性能力，长得英俊高大，就表明他们的部落社会繁荣发展；如果这个头人出现了疾病，出现了衰老，就意味着这个部落要走向衰亡。那么，最好的方式就是要举行一个仪式，把老国王杀掉，然后迎来一个新的国王。重要的巧合是，库克船长的到来在当地的神话叙述中恰恰符合了作为一个新的国王到来的条件。夏威夷是一个海岛，传说中他们新的神将从大洋的尽头乘坐着大铁鸟来，而且这个人长得特别英俊高大，长得很奇特；库克船长的到来正好与当地神话的叙事相一致。于是这个叙事就从神话演变成历史事实，即土著残酷地屠杀库克船长的故事。

无论萨林斯的分析是否有道理，真实的历史是这样的：

1776年7月，库克船长率领“决心”号和“发现”号等船队从英国的普利茅斯港启航，“发现”了南太平洋诸岛。1777年船队再次考察访问了新西兰、汤加和社会群岛后，向北美洲航行，于1778年1月来到夏威夷的可爱岛。库克船长惊奇地发现，岛上的居民是波利尼西亚人，与南太平洋的岛民极其相似，显然属于同一个人种。按照《詹姆斯·库克和太平洋的探险家》一书的说法，对于库克船长的到来，夏威夷当地土著表现得异常奇异：“他们显然从未见过白种人；他们之中的许多人好像认为库克是个神灵，不管是什么时候，只要他从旁经过，他们就会匍匐在地，颔首掩面。”为什么会出现这样的情形呢？

因为传说中曾提到在某一个神圣的时刻，罗诺神将是从大洋尽头出现并来到岛上的。1779年1月17日，当库克船长因为船只被风暴（恰恰也是神话中罗诺神一年一度离开后应有的风暴）损毁被迫再一次返回夏威夷时，被当地土著仪

库克船长

库克被奉为神

与夏威夷土著的冲突

库克船长之死

式性地“杀”死（因为库克船长再次返回不符合神话，此时已经是属于国王的统治时期，罗诺神必须走，必须死）。

为此，我两次寻访夏威夷，专门询问相关的话题，得到的回答并不一样。当地有一种说法，说是库克船长第一次到夏威夷时，人民是很拥戴他的，把他奉为神。白人来了以后，当地民众不知得了一种什么病，死了很多人。所以，当他再次到来时，就把他杀了。

还有一种说法，说是夏威夷人原来生活在一种类似原始共产主义的状态，不存在“偷”的概念，当库克船长船队在岛上维修的时候，夏威夷土著会把白人的东西“拿走”，而在英国人眼里却是“偷”，于是开始惩罚当地人。这样的情形确有历史记录，《詹姆斯·库克和太平洋的探险家》一书中有这样的记录：“从人类学角度看待波利尼西亚人的这种偷盗行为，如果被偷盗的东西确有价值，库克就派人拿回来，仅此而已。如果那个坏蛋拒绝归还所偷的物品，库克便将财产（通常是独木舟）没收，保留到被偷盗的物品送回来为止。实在不行，这位船长就把一位有影响的岛民请到船上充作人质，岛民们什么时候把偷的东西送来，就让他什么时候回去。但是，库克船长后来开始诉诸体罚了，在偷盗继续发生的时候，库克亲自用枪打伤一位岛民。”

而按照当地人的一种说法，作为报复，土著在库克船长再次登岛时，便把他杀了。

其实，夏威夷还有关于库克船长的其他版本，我没能搜集完备。

这种故事在我们今天听起来是非常奇怪的，但是我们可以这样想：人类的早期其实是以动物世界作为一种摹本，而且人类首先就是动物，世界上许多原始民族志中有大量类似主题的民族志记录。那么，这些民族志记录的摹本来自哪里呢？我们去看一下动物世界，特别是哺乳动物世界，就会发现其中的奥秘。事实上动物王国就是遵循这样的规则，比如说狮子王国，一只雄狮成为狮王是很不容易的，它必须与其他的雄狮子进行不懈的争斗，当它把其他试图夺得王位的雄狮打败后才拥有了狮王的位子，然后它也就拥有了很多“嫔妃”。可是狮王这个位子时时刻刻要受到周围其他年轻公狮子的觊觎和威胁，当狮王衰老的时候，就会被其他更年轻的狮子杀死，或被赶下王位的宝座，新狮王由更年轻的狮子所取代。

动物世界，特别是高级哺乳动物世界里的这种规则与人类早期原始部落中的所谓“杀老”行为非常相似。我们只要看一下弗雷泽的《金枝》，其中有一个原型性的主题，就是所谓“杀老仪式”（killing the old），就可以看到在世界各地的民族志叙述中有多少部落实行的正是这样一种规则。我们后面在文学主题中间所谓的杀老、弑父、戮君等都不过是同一个原始模式的模仿，看一下《哈姆雷特》，包括俄狄浦斯杀父娶母的情节，都遵循同一原则——或者说，人类原本正是贯彻动物王国的这一基本原则。

不过，萨林斯通过夏威夷的这个故事非常有意思地破解了我们传统的思维模式和认知模式，他写了一本书叫《历史的隐喻与神话的现实》。大家看一下这个书名，很有意思，我们通常会认为历史应该属于“事实（现实）”，神话是“隐喻（虚构）”；萨林斯恰恰破掉了我们传统的认知和表述方式，成为“历史的隐喻”，成了“神话的现实”。萨林斯希望通过这样一个故事来创造一种新的认知性表述范式。今天我们来重新思考这个问题，大概会有很多收获。

第二个故事也是萨林斯说的，但是跟我们中国很近。我们知道我国的邻邦柬埔寨有一个非常著名的世界文化遗址叫吴哥窟。吴哥窟很奇怪，它曾经是一个繁荣、强大的古王国，可是不知道什么原因它突然消失了，消失在原始丛林中间。吴哥窟据说是一个法国的旅行探险者发现的，这是一件很奇怪的事情。

可是文献记录却是这样的：在十三世纪，有一个叫朱大全的中国游客曾经到柬埔寨旅游、探险，他转述了这样一个故事，这个故事实际上是一个仪式。在吴哥窟国王的金殿顶上，国王每天都要跟他众多的嫔妃进行交媾仪式，这个仪式每天都有一个固定的仪式程序，就是国王必须每晚跟一个叫作索玛（Soma）的女人交媾。索玛的形象是一条九头蛇，因为蛇代表着高棉王国的图腾形象。作为象征王国族源性记忆和庆典仪式的一个程序，国王每天必须完成与索玛女神（实为女巫）的交媾，在交媾过程中要重复地讲述一个历史故事，即王国的源起历史，包括国王是从哪里来的，最早的高棉王朝怎么建立的。按照传说，最早的国王是印度的一个王子，叫昆填（Kaundinya），他是印度的一个婆罗门，带着很多财富和一件有魔力的武器，航海来到柬埔寨，建立了第一个王朝，叫扶南王朝（Funan）。

这个仪式每天要重复，就是要让国王记住：在维持自己的朝代更续之前，国王必须先宣告自己的君权，即强调国王的权力是神圣的，是从天国来的。这个王朝是一个外来的王子到这里与当地的女人结婚建立起来的。有意思的是如果哪一天索玛晚上没有到，这个国王就面临着可怕的死亡威胁，意思就是说你这个国王大概到了寿终正寝的时候，应该有新的国王来替代了。

这个故事除了表达第一个故事中的主题之外，还有一个意思是所谓的“陌生人–王治”（stranger-kinship）。在这个原型中，原始国王并不是从一个族源本身产生出来的，总是有一个陌生人作为一种异化的力量、异己的力量从外部或外界体现出来。

我曾经去过吴哥窟，我觉得吴哥王国的这个例子值得我们思考，而且吴哥王国在中国古文献中还有记载，与中国人也有关系。

这个故事本身不是简单的一个神话传说和仪式，它留下了一个值得人们去纪念、去凭吊、去思索的千古文明遗址。它现在是联合国教科文组织文化遗产代表名录之一，是世界遗产，我也建议大家有可能的话去看一下，非常值得看。它是一个丢失的文明，这个文明跟华夏文明、印度文明，跟外来者（所谓的stranger-kinship）结合起来是有关系的。

我们可以以这样的思路去思考一个问题：世界上绝大多数的文明在表达中都试图把自己的文明说的非常纯粹、纯正、神圣、正统，强调是一个自我内部所产生、所发展出来的文明模式。而事实上人类学在世界范围内丰富的民族志材料说明：在很大的程度上，人类早期的文化和文明的发展遵循的就是我们所看到的例如狮子这样一种王国模式，即不断地有外来的、外姓的、外种的、异己的力量加入进来，使之发展起来的王国。我们的许多民族大概是故意想强调他们的民族完全没有外来的影响，以此来表达自己的纯粹性和高贵的血统，这种“纯种-高贵”的假定性文化血统论在今天是值得反思的。

上述的第二个故事，就是萨林斯2008年在厦大人类学系的讲座内容。

佩服萨大师能讲这样的故事——而且这个故事是中国人告诉他的——发现kinship中的kingship。按照社会的一般规则，古代社会的“王”（祭司、头人、首领、族长等）是由亲属内部产生并继承，即所谓kinship，而萨林斯则在故事中发现了外来的“陌生人”（stranger）可以和可能成为“王制”（kingship）之王。这是人类学亲属制度研究中罕见的建树。难道库克船长不也是么?

今年（2021）4月5日，也是厦门大学100周年校庆的前一天，传来了萨林斯去世的噩耗，享年90岁。我国人类学界有不少纪念文章。他本人就是一个传奇故事!

我也去过吴哥，是那座金殿吗?

把种子埋入土中
——忆林耀华先生

这是我为林耀华先生的小说体民族志《金翼》而作论文[①]的引言：

1997年元月，在云南昆明举行“第二届人类学高级研讨班”期间，我又一次见到林耀华先生。我用福州方言问候他，与他交流。在人类学界，能用“乡音”与他交流的极少，我告诉他我小时候住的地方离义序不远。“义序”是林耀华先生《义序的宗族研究》的田野地点。1934年1月31日，林先生离开燕京大学到福州近郊南台岛义序乡（今福州市仓山区所属）做实地调研，以完成他的硕士论文。3个月

① 此文刊载于《西北民族研究》2020年第2期，论文的标题正是《把种子埋入土中》。

后的5月15日返校。林先生是古田县黄田镇凤亭村人，古田虽属宁德市，但离省城福州不远。古田方言在语言上属于闽东语，与福州方言同属一个系统。

笔者打小在福州长大，能操流利的福州方言，因此，林先生也特别高兴，他告诉我，在北京待久了，很少讲福州话了。或许“乡音”让先生勾起了“金翼之家”“义序之乡”的往事。交流中，我说到了《金翼》“小说”故事深深吸引了我，我读过多次。我向林先生表示，我要专门写，林先生握着我的手说，到时寄给他看。林先生于三年后的2000年逝世，而我却未来得及兑现我的承诺，也没能让先生读到我内心想写却未下笔的“拙作”。只是，二十多年过去了，内心的这笔债务一直还悬在心头。

这不是一篇全面评述林先生的文章，相关的研究文章已经很多，尤其是林先生的大弟子庄孔韶先生，以及一批林先生的学生，陈长平、兰林友教授等，已经做了非常好的“接力棒”工作。对于他们的研究工作，我感到由衷的钦佩。在人类学界，没有人不知道美国“历史学派”的祖师爷博厄斯以及他的弟子克鲁伯、克拉克洪、米德、本尼迪克特等的学术传承故事。在中国，“林氏学派”之传承风范值得一书，林先生的“把种子埋进土里，将知识传给后人”，前者侧重于他的学术，后者则侧重于他的教书育人。林先生可谓桃李天下，特别是庄孔韶先生的《银翅》，以及他在林先生“金翼之家”所做的大量工作，成就了中国人类学界值得称道的脉系传承。

或是天意，而非刻意，当我完成这篇小小的文章，卸下自己二十多年的“心债”时，天边泛着白光，冥冥之中林先生带着闽人特有的形神浮现在我的眼前。今天，2020年3月27日，不意竟是先生的诞辰110年纪念日（先生生于1910年3月27日）。谨以此文纪念之，愿先生在天之灵能够接纳这一份迟到的问候。

彭兆荣

2020年3月27日凌晨

1997年元月作者与林先生的合影

“把种子埋入土中”既是《金翼》的提挈之句，也为全书的总结。中国有一个农耕文明的传统。古代把国家叫作“社稷”。什么是社稷，白话就是在土地上种粮食。所以，林先生“把种子埋入土中”表面上是讲他的家乡、家族的故事，其实也在讲国家的事情。

农耕文明既然是中华文明数千年的传统，帝王、政治家、文人们一路历史高歌，人类学这个外来和尚要如何念经，如何老调重弹？

哎，还真别说，人类学这中国本土的“经”还真念得不错。费孝通有一本书名为《乡土中国》，我以为，这是对“社稷”古说最好的今译本。也就是说，如果要用最为简约的词语概括“中国”，那是什么？就是“乡土”。这恰恰是人类学家总结出来的。

现在回过头重温“把种子埋入土中”便有豁然开朗的感觉，那不就是“乡土”吗？中华文明之历久弥坚，包括今日之经济“崛起”，其实都离不开那世世代代“种子”播种、发芽、生长、收获的朴素道理。

“把种子埋入土中”更有一层隐喻含义，那就是“人-族-家”的繁衍与扩大。林先生讲故乡乡土还把握一条“血脉”，它贯通于中华文明的肌体之中，这就是“家（家庭、家族）”之经和“宗（宗族、宗世）”之纬所形成的结构关系。对“家-宗”的研究，人类学在诸多学科中最为擅长。

在我国的乡村社会中，最有代表性的构成是家族-宗族世系。林耀华的《金翼：中国家族制度的社会学研究》《义序的宗族研究》；费孝通的《江村经济——中国农民的生活》《乡土中国》，以及费先生的师弟、马林诺夫斯基的学生许烺光的《祖荫下：中国乡村的亲属、人格与社会流动》《宗族、种姓与社团》等为代表。大家知道，我国汉族村落的基本生成脉络是由宗族分支所形成、发展的人群共同体（族），作为基层社会的基本构造，也成了关键的切入口。“宗”者，《说文·宀部》释：“宗，尊祖庙也。从宀，从示。”从甲骨文的字形看，外部是房舍，内有祭台，表示这里就是宗庙。“宗”本意为祭祀祖先的庙，又引申为祖宗，后来转化成了宗族。

当我们努力体悟“家国天下”的道理时，当我们回过头去读《红楼梦》那四大家族的故事的时候，我们或有恍然大悟的感觉。那是以“家”的故事讲述“国”的道理。我们今天习惯叫“国家”，其实这是从洋文译过来的，是指现代国家的形制“民族国家”（Nation-state），殊不知，我国的老祖宗不这样叫，而叫“家国社稷”，纵然用“国家”，指的也是“家-国”。“家”最重要！我们平日里听到电视里说：“有家才有国”，那还真不只是宣传口号，更是中国自己的故事、自己的道理。这些，人类学家最明白，因为他们专门研究“家”。

林先生在《金翼》的序言中说：

> 《金翼》一书，是用小说体写成的。数十年来，不少读者、不少朋友在问：这部著作是虚构的故事，还是科学的研究？我想说，《金翼》不是一般意义上的小说，这部书包含着我的亲身经验、我的家乡、我的家族历史。它是真实的，是东方乡村社会与家族体系的缩影；同时，这部书又汇集了社会学研究所必需的种种资料，展示了种种人际关系的网络——它是运用社会人类学调查研究方法的结果。

其实，这就是中国的道理。

林先生已经离开我们很久了，我与先生也只见过三次，有两次还是集体的，真正与他单独交流只有一次。不过，我们是用福州方言交流的。先生那烙在身体上“福州人”的体质，那沉淀在精魂中的“闽文化”色调，那挥发在空中的“福州腔”乡音，我熟悉，我知晓，我能体会。

亦园，亦缘

——怀念李亦园先生

见亦园师是缘，识亦园师是缘，因人类学亦是缘。

1994年我从贵州大学调到厦门大学工作，记得调入不久就见到了亦园师。大师祖籍闽南泉州，那一段时间，他经常回家乡探亲。回家乡必到闽南的大学——厦门大学，到厦门大学必来人类学系。

厦门大学是我国少有的、具备完整人类学科系的大学。中国数千大学中屈指可数者，厦大必在其列。

厦门与台湾只隔一道海峡，改革开放后，台湾同胞登陆的第一站是闽南。他们操着乡音回到自己的“老家”。

闽台同在一个文化区域（cultural area），同画一个文化圈（cultural circle）——老式的人类学概念最能准确描述闽台关系，这其中“五缘”——血缘、亲缘、地缘、神缘和业缘——全部都打包。

作为台湾的人类学代表（“中研院”人类学院士），亦园师与厦门大学人类学同行的关系很密切，便不奇怪。

他们可以用闽南话交流，不密切就奇怪了。

李先生一直把厦门大学人类学的发展当作他自己的事情，无私地帮衬着。对他来说，这样的缘分很难用简单的地缘来解释，也不好用业缘来解释，是超载五缘的“情缘”。

大师所以为大师，社会责任一定揣在他们的怀里，挑在他们的肩上，落实在他们的行动中。

所以，“大师”首先是社会认可，不是个人偶像。个人偶像只在个体中找理由；大师的理由必先羼入社会。

亦园师不独心里的牵挂，而且是行动的挂牵。

我调到厦大人类学系，也就连带着被牵挂。

这一挂，差不多挂了二十年。

一、初见

初见亦园师时，他或已从老所长蒋炳钊教授那儿了解到，有一个从内地调来的年轻老师的事情。所以，第一次见到我，他就说：“你是彭先生啊？”

我说：“是。”

他好亲切啊。我的心中就有了异样的感觉，好像我们以前相识的。第一次见面相互不陌生，这是我有生以来的第一次。

亦园师又问：“彭先生去过台湾没有？”

我说："没有。"

"厦大人类学系的老师大都去过台湾，你也应该去。"

我说："有机会我一定去。"

"你主要研究什么？"

我说："前些年在西南，主要集中在西南的少数民族。现在做一点客家研究。"

"厦大人类学在客家研究方面有很好的传统，'中研院'民族所明年要举办一个国际客家学研讨会，我可以邀请你去。"

我说："太好了，谢谢您。"

就这样，我去了台湾。

第一次去台湾，与台湾"中研院"动物所的一"大咖"打了一仗，赢得酣畅淋漓！嚯嚯，现在想起来毛孔都会竖，热血沸腾。

这次"事件"令我终生难忘，我把它记录下来。

我第一次见李先生是1997年，他便邀请我。次年，也就是1998年11月去台北的"中研院"参加第四届国际客家学研讨会。

因为去参加国际客家学研讨会，先要铺垫一下"客家"的背景情况。

所谓"客家人"，其实就是历史上从中原南下的一些"他称"和"自称"为客家人的群体。他们是汉人。大抵是因为这些中原人南下的时候，所到之处都已经有了当地的"主人"，故他们就被称为“客人”。

福建算是客家聚集比较集中的地方。福建的三明地区、龙岩地区（即闽西）有更多客家人，“客家祖地”在三明，世界遗产“福建土楼”（主体即客家土楼）在龙岩。我的青春时期是在三明度过，对客家算是熟悉。后来，我不仅主持过有关客家研究的国家课题，还有专著《边际族群：远离帝国庇佑的客人》。

我的祖籍地江西泰和县也是客家人聚集的地方，弄得不好，我也许是客家人。这说不准，不过，我的家谱中没有类似的记录。毕竟，“客家”文化的播散是近代以降，特别是现代“新客运动”才出现。

客家人是汉族中独特的迁徙性族群，满世界地散布，台湾也有不少客家人。

为了参加亦园师诚邀的国际客家会议，我便开始田野调查。我拟定的计划是选择一个有代表性的姓氏作为案例进行调研。宁化的巫姓有代表性。

1998年春节，我专此前往宁化。

宁化，是我很熟悉的一个县城。在县城的巫氏祠堂调查后，便前往一个巫氏比较集中的山村。

那几天，下着雪；雪不大，地很滑。那时进村，没有出租车，没有水泥路，只有泥泞土路。我叫了一台手扶拖拉机送我去，手扶拖拉机是专门在田里干农活的，现在大多已经淘汰。

拖拉机就这样“突突”蜗牛般地在山路上运行。在一个转弯的山口，拖拉机一个打滑，险些跌入山崖。大雪的天，一身冷汗。我之所以要记录这件事情，因为那次调查是“过命”的调查。我也以此调查为基础，写了“主/客之间——以福建省宁化县巫姓为例”论文参加研讨会。论文经过了评委会的严格审核，才给我发来邀请。

参加此次会议的厦门大学代表有几位，包括蒋炳钊教授。我们提前两天就到了台北，入住宾馆。

开会那一天，我提早到了会场。人很少，我看到在第一排有位白发长者端坐在那儿，他的面前摆着几本书（资料），叠着的。我们相互打量了一下，他的眼光充满敌意。我不以为意，只把那眼光当作严肃的态度。有的学者是那样的，喜欢“端着”，正襟危坐。

会议依照程序按部就班地进行。我那时还属于中青年学者，发言安排在后面。当主持人说到“下面有请厦门大学的彭兆荣教授发言”时，我走上了讲台，在规定的时间内宣读完我的论文。

当主持人说“现在请大家提问”时，那位老者“嚯”地站了起来，他看上去憋了很久。他说（我记不得原话，但大意绝不会错）：

> 我是“中研院”动物所的院士，我就住在附近。我姓巫。我这里有一堆有关巫姓的材料。彭兆荣的论文说的就是我们客家的巫姓，可是他的文章中没有引用一本我这里的材料，这算什么学术？他的论文与其说是论文，不如说是“小

说”，编造的。他论文的体例也没有依照国际学术论文的体例，像他这样的人，根本不配在这样严肃的科学论坛来报告。

他在讲这些话的时候，我感到事态的严重性，我当即做出判断，他是拿我开刀，攻击大陆的学者和学术。他一定是民进党，他并不是来讨论、商榷的，因为我们在会议的前两天就已经住下，而且住的地方离他家很近。他对这次会议显然很关注，会议论文也读得很细致。他没有事先交流，而是突然袭击，是有预谋的。确定以后，我立即调整了反击的策略和战术。

轮到我回答了。我面带笑容，语速不快，但很坚定。我说：

谢谢巫先生的赐教。对于巫先生的指教，我的回答是：1. 巫先生说我的论文缺乏严肃性。我不认可。我们都是学者，学术对于学者而言，就像生命。我可以告诉巫先生，为了这篇论文，我放弃了春节的休息时间，专门去福建省宁化县对当地客家巫姓做调查，我找遍了所有我能找到当地有关巫姓的资料。为了有具体的案例，我还到了一个以巫姓为大姓的村落，在雨雪大前往那个小山村的路上，手扶拖拉机在路途中出了危险，我差一点为此献出了生命。可以说，我是用生命在完成这篇论文的。2. 我的论文或许有可商榷之处，完全可以通过正常的学术交流的层面进行交流。我更希望巫先生可以提前两天对晚辈的论文提出意见，好让论文更趋完善。至于巫先生手上的台湾客家的巫姓材料，我确实没能引用，因为我没有。其中的原因我想在场的所有代表是可以体谅的，毕竟海峡两岸隔绝太久，我们很难通过正常的渠道获得台湾的相关资料，我想巫先生大概也无法得到我在论文中所引述的材料吧。再说，我文章的副标题说明了我调研和讨论的对象是“福建省宁化县的巫姓”，没有涉及台湾。世界上的巫姓有很多，材料也有很多。3. 至于巫先生说我的论文是“小说”，我不认可。按照组委会的要求，所有与会正式代表的论文都是经过组委会最资深的专家审核通过的，他们不是“小说家”，他们是世界客家学研究领域最好的学者。4. 关于论文的体例问题，或许巫先生还不知道，此次论文的体例并不是每一位学者自己设计的，而是按照组委会提供的论文体例的标准模板撰写的。5. 最后，我想说的是，我与巫先生显然有很大的不同，其中有一个重要的原因：我是学人类学的，巫先生是研究“动物”的。这大概是我们之间最大差异。

我的话一落音，会场上响起了热烈的掌声。我看到一位会务组的学者走到巫先生的身边让他马上离开。他起身，夹着那些材料匆匆离开。我听到会场上发出了“嘘”声。

那一年，我有一位台湾的女学生名叫陈忆君，也在场听我的演讲。会后她告诉我：“老师，刚才那个老头讲那一番话，我紧张得要命。没想到老师四两拨千斤把他压下去了。老师，我告诉你，那老头是民进党的。他就是来整你们的。”

这是一次令我终生难忘的经历。也是李先生邀请我去台湾——此生第一次去台湾发生的故事。

会议结束后，亦园师请几位学者上“台北101”，在顶层宴请我们。

好大的奢侈！

夜，穿透的景。整个台北都沉在脚下。

美，却有怪异的感觉。

台北有点像巴黎，整个城市都贴在地上，高楼只是唯一；巴黎，除了埃菲尔铁塔外，只有一幢高楼：蒙巴纳斯。“101”仿佛蒙巴“那斯”，突儿得很。

二、亦缘

1997年，我在厦门筹办“首届中国文学人类学学术研讨会”，我请亦园师来。他不计较辈分，不在乎“文学人类学”名头（他

首届中国文学人类学学术研讨会上的李先生

告诉我此前没有听过“文学人类学”这个概念，他的助手把它写成cultural anthropology，他还询问我英文书写的问题)，他亲自来为我，为我们这些年轻学者站台。

多大的面子！

更让我感动的是，当他知道我为了筹措这次会，完全没有任何单位、没有任何基金会支持和资助，凭借一己之力到处“化缘”时，从自己的钱包里拿出一笔美金资助会议。

在以后的岁月里，特别是在我的经济状况好转后，我经常私底下资助年轻学者，尤其是我的那些穷学生们。亦园师是我的榜样。

会议圆满，李亦园、汤一介、乐黛云都来了，还有一批现在如日中天的学者——其中就有易中天。他当时作为我的朋友、兄弟，在会场当义工，跑前跑后的，相当“哥儿们”。

会议期间还举行了一个由我主编的“文化人类学笔记丛书”(上海文艺出版社出版)的首发式。易中天的《读城记》即在其列。

大师的学术极其严谨，为人态度总是亲和。会议期间，我感同身受。

曾经读过不少亦园师的著述。印象中最早读到的是1980年版，由他主编的《文化人类学选读》。

读着很受益，现在还满着、溢着。

2005年，我出任厦门大学人类学系主任。上任的第一件事情，我计划举行“李亦园学术研讨会”。

恰在当时，我到北大参加一个学术活动，与乔健、庄英章等台湾人类学家们在一起。我把这个想法告诉他们，他们当即表示支持，都表示届时与会。乔健先生还自告奋勇，让我立即写一封信，由他专门带给亦园师。李先生是乔先生的学长。

那天晚上，我在北大勺园（酒店）里给亦园师写了一封很庄重的信，把为什么我上任做这第一件事情的事由告诉他。

找理由，我很会。记得我在信中列了好几款。

第二天交给乔先生，他过目后嘱我改一两个小地方，我照办。

就这样，乔先生把信带回台湾。

回到厦门，我一直期盼着回音。

二十多天过去了。一天，我正在乡下田野，手机响了，我想是亦园师的。

果然。

亦园师在电话里首先感谢我为此所做的一切。其实，我什么都还没有做。

但他告诉我一个不好的消息，虽然此前我有所闻，只是不确凿有多严重；说是他前些时候做了心脏搭桥手术，医生嘱咐不能外出。他说：“举行我的学术研讨会，我当然要到场，而且闽南是我的家乡，我也希望能够去。为此我专门征求医生的意见，医生最后还是不同意我走动。”

他停了一会儿，说："过一段时间如果身体好转，我就告诉你。我也想去厦大人类学系看看。"

"我希望能够在厦大做好这件事情，这是我的心愿！"我殷殷地说。

"谢谢你，彭先生。"

……

时间过了好久好久。我也从系主任的位置上下来了。

我没有等到亦园师"身体好转"的回音。

此后几年，我应庄英章先生之邀，去台湾交通大学参加一个学术研讨会；又作为人类学高级论坛的代表团团长赴台参加论坛组织的学术活动。我都去看了亦园师。

再后来，我听到了亦园师辞世的噩耗。

我想，此生我再无机会为亦园师举办他的专题学术研讨会了。这份遗憾就让它成为我们两代人心里记忆的种子吧。

感谢人类学，让我认识了您；感谢您，让我更深地认识了人类学。

常记起与亦园师开会、聚会的幸会。

总感念与亦园师业缘、识缘的因缘。

"缘"即"纯"。《尔雅》如是说。

矫健的人类学家[①]

——怀念乔健先生

乔先生走了，永远地离开我们。他这一次去，是永远不回头地离去，他带走自己所有“漂泊”的“物质”，留给我们一种“永恒”的人类学“精神”。

人类学这种“矫健”的精神在“乔健”先生身上展露无遗。

乔先生的人类学调查笔记《漂泊中的永恒》，讲述他这一生在几个不同国家、地区、民族和族群中做田野的“漂泊经历”，尤以瑶族的调查为主、为重。书的标题正是取自瑶族对祖地的思恋情结。我把这种“漂泊的永恒”用于乔先生一生的人类学研究——仿佛瑶族对故乡的那份情怀，乔先生对人类学的情怀——漂泊的永恒！

---

① 此文是乔健先生去世时学术界为纪念乔先生而作的纪念文章之一，原标题为《漂泊的永恒》，兹做了微处理。

他虽然离开了我们，但他为我们留下了“永恒”的情结，永远在田野中，永远在求索中，永远在矫健地飞翔。

认识乔先生的因缘是瑶族，就让我们从瑶族那份“漂泊中的永恒”情结开始。瑶族是一个迁徙性山地民族，他们在不停的漂泊中却带着对“故乡”永远的眷恋，带着对回到“故乡”永恒的情结，祖祖辈辈；仿佛一只脚在不停地向外迈出、迁徙，另一只脚却在不停地返回故里。这是迁徙性小民族非常独特的文化情结，走得越是遥远，越是怀念故乡。他们的身向外，心却向内。这也成了瑶族永恒的族性认同，永远的文化情结。

漂泊的永恒，与其说乔先生在讲述瑶族的故事，勿宁说在说他自己。乔健的一生与之十分的契合。

那我们就从瑶族的故事说起吧。

一、三个故事

瑶族没有自己完整的文字体系。由于长期迁徙，久无定所，瑶族没有我们所说的“族谱”，却无妨瑶族人民将族群“共同的族谱”铭刻在心中，将族谱中的英雄祖先“盘王”和对回归家园的永恒情结刻于心碑，烙在族性中。让我们回溯瑶族的三个相关的“漂泊永恒”的故事。

瑶族没有文字，但有“文书”，“文书”凭借汉字以及一些瑶族土俗字的糅杂，是记载瑶族族源的重要依据。瑶族的族源主要反映在《评皇券牒》《过山榜》《过山引文》等，它们虽然名称不同，但祖先来源的故事梗概大同小异，特别是“正宗”的根脉——盘瑶。这些不同的“文书”类似他们的“族谱”。

瑶族的族源故事

瑶人根骨，乃龙犬盘护（瓠），因杀死高王，有功于朝廷，评王将女嫁给神犬，盘瓠成评王的东床快婿。然盘瓠生性自然，不愿在王宫生活，欲返回自然家园，王答应之，盘瓠遂来到瑶族家园，美若桃花园。他们生了六男六女，评王闻之喜悦，传下敕旨，封盘护（瓠）为始祖盘王，六男六女为瑶族十二大姓。敕令为瑶民在世生活赐予了诸多名分、待遇、优惠等。仰呈评王券牒，所属州县府衙，后代时官，任便欧（区）处，安抚瑶人为营生之计。

瑶人祖先是汉族皇帝的平王（评王）的龙犬，名为盘护（瓠），在平王与异王高王的战争中，平王陷入危机，高王兵临城下。平王公榜昭告天下，谁能杀死高王，就将自己最宠爱的三公主嫁给他。可是榜文贴出去却无人敢揭。危难关头，大敌当前，盘护挺身而出，它跳着揭下公榜，然后只身前往高王的营帐。高王见平王的龙犬来了，以为是来投降，大喜，说平王大势已去，连龙犬盘护都离开他了，于是当晚大摆宴席。高王喝得酩酊大醉，盘护乘着夜色，咬杀高王。平王乘势大举进入，赢得胜利。

盘护成了平王的东床快婿，但它不愿意过皇宫生活，便请求父皇让它回到大自然中去。父皇在盘护临行时，下了一道敕文，主旨是说，盘护为皇家族人，龙脉根骨，有功于朝，盘护的后人永远免交徭役。所以历史上瑶族也自称为“免傜”，就是免除徭役的意思。这样，盘护与三公主就来到了一个山洞，也就是后来的千家峒。

千家峒传说

> 元成宗大德九年（1305年）三月十九日，元兵攻入千家峒，峒内瑶民齐集在上峒越山逃出。逃出之前，他们把平日供奉的神像埋藏在一个山洞内，发愿五百年后，子孙再回来相聚朝拜。他们把一个牛角切做十二节，由十二姓瑶族分别保存，等五百年后子孙重聚时再凑成一个完整的牛角。这也成了瑶人永远的梦——回到千家峒“原乡”。

瑶人在千家峒过着悠然的“不知秦汉”的生活，至元代大德年间，收税官误撞到了千家峒，瑶人热情款待收税官，收税官乐不思蜀，就待下来玩了一段时间。朝廷误以为收税官被瑶人杀害，派兵围剿，瑶人十二姓不得以离开千家峒，以牛角为据，发愿以后再回来，找回盘王，也就是瑶族的“祖地”。

还盘王愿

盘王去世后，瑶族人民以“还盘王愿”的方式纪念他们的先祖。“还盘王愿”属于典型的纪念性祭祀盘王仪式，瑶人称之为“做盘王”“跳盘王”“做堂”“耍歌堂”“还大愿”“搞愿”等。不同支系、亚支系因时间、地域、风俗而名称、形式略有不同，比如举行时间有的为三天三夜，有的则长达七天七夜，但主旨却相同。

笔者曾参加过“还盘王愿”的仪式，主要分为两部分：第一部分主要请诸外姓鬼神（非瑶族祖先）列位。通过师公做法，模仿盘王赐福，祈求来年风调雨顺。此间尚有各类示愿形式，杀猪祭神、谢圣送神等，时间持续两天一夜。第二部分主要是瑶族请祖先神前来“流乐”（瑶语为玩弄的意思），各种请神、娱乐歌舞活动持续一天。世界各地的瑶人在这一节日聚集在一起，行“还盘王愿”，过盘王节。

三段历史、三个故事、三个传说，反映在一种文化之中——将瑶族“漂泊中的永恒”的族性之根大致讲得明白。

“传说”不是用来证实的。不需要。相信的方式有很多，不能证实，可是我们相信。现代人经常会因为“科学”而陷入一种“科误”。什么都证实，只有证据才能相信，好像什么都是在断案。

瑶族神犬盘护的传说故事是用于“相信”，却不能“证实”，不需要“证实”。“相信”有时与“真实”无关，比如信仰。科学在这里显得无助，因为不需要“证实”。

我们都说自己是“龙的传人”，我们“信”，我们不要“证实”，不需要。什么都用科技手段证实，生活将多么的无聊、无趣：没有祖先，没有信仰，没有想象，没有神话，没有诗歌，没有音乐。现在就更加糟心了，你只要一出门，所有的行踪都被仪器追踪探测，小偷没有了，不知道哪一天自己的思想也被窥探，潜意识中的“小偷”故事再也不能编织。蓦然回首，就觉得，没有“小偷”的社会有多么的无趣。

二、邂逅

瑶族的整个历史是“漂泊性”的，因为研究瑶族，所以研究者也“漂泊”：到瑶族的田野地，到瑶族曾经迁徙之地和现在栖息之所。说起自己研究瑶族，与费孝通先生和乔健先生皆有些关系。早年因为受费先生瑶族研究的田野故事精神感召，而真正进入瑶学研究，与乔先生的邂逅有关。

1988年，我赴法留学，在法国国家科研中心（CNRS）“华南与印支半岛人类学研究中心”师从李穆安教授（Jacque Lemoine），他当时是法国这一领域、这一区域最优秀、最有代表性的学者，也是法国国家科研中心的学部委员。法国有瑶族，我的瑶族研究是从法国开始的。

那个时段，乔先生与李穆安一起创立了国际瑶族研究协会，简称“瑶研会”（有一次乔先生在非学术场合开玩笑说：“我们都是‘谣言会’的”）。乔先生是国际瑶族研究协会的首任会长，李穆安是第二任会长。我是李穆安的学生和助手，又来自中国，很自然地卷入、加入瑶族研究和组织工作。

1990年在法国的图卢兹（Toulouse）举行了一次国际瑶族研读会，去了一批国际学者，我国也组团参加，去了五个学者，领队是当时广西壮族自治区民委副主任盘朝月。我负责他们的接待和翻译工作。乔先生作为主席，自然要去的。那个时候，我才三十多岁，乔先生有什么“杂事”也总爱吩咐我去做，特别是对中国代表团的关照，为了他们的成行，乔先生费尽心思，是经过各方奔走才成行的。当然，在国际瑶学研究领域，如果没有中国

左起：徐杰舜，李筱文，李穆安，乔健，我，容观瓊

的学者参与便名不符实。

在其后的几年，特别是李穆安担任国际瑶族研究会的第二任会长期间，我不仅参与了国际瑶学会的一些工作，而且本人也进入到瑶学研究；瑶族研究成为我真正意义上第一个“异文化”研究的样本。这一研究，我竟在瑶学也“漂泊”了二十多年。我几乎走遍了世界上所有有瑶人居住的地区、国家和社区，访问了数十个瑶族支系。在这一过程中，自然少不了与乔先生接触，领受乔先生的教诲，也观察他的学问风范。

那些日子他任香港中文大学人类学系主任，对大陆学者而言，乔先生“很有钱”，平日里开着个奔驰，私底下有人说：“乔先生是贵族人类学家”。其实，依我观之，真正的人类学家是相对阔绰的，否则真做不了研究。至少，要满世界地跑，满世界“田野”——漂泊也在花钱。

三、漂泊中求索

“路漫漫其修远兮，吾将上下而求索”，讲的是身体与精神相契合的追求。人类学无疑是践行这一箴言的完整学科，乔先生的一生堪为典范。他早年从高山族研究开始，后到美国留学，追随他的老师John Roberts到印第安纳瓦霍部落（Navajo Indian）进行调研，并完成了博士论文。到香港后，创立了香港中文大学人类学系。有一段时间，他将精力主要投入到瑶族研究中，并致力于国际瑶族研究协会的大量工作。他到过许多瑶族村寨做调查。

晚年回到中原地区，特别是他的祖籍地山西进行研究，他开始关心北方底层艺人群体，包括乐户、北京与河北底层艺人、剃头匠等的研究，台湾底层社会以及大陆城乡新底层人群的研究。他以“底边阶级”来表述这一历史和当代社会的现象，成果集结于《底边阶级与边缘社会》。

“衣锦还乡”“荣归故里”是中国传统社会对于获得成就的人，特别是士绅“回家”时的形容和表述。对人类学家，情形远不止于此。中国的人类学家，无论其求学、田野、研究的地点和地方有多么遥远，文化差别有多么的殊异，学科上是多么的西式，当他们到了晚年的时候，都不约而同地“返回故里”。这里的“故里”除了指家乡、故乡外，还有一份学科“本土化”的责任。这似乎成了中国人类学家的一个“常态”。

这很值得讨论：为什么中国的人类学家们有回归故里、回归本土的情怀和情结，哪怕有些人类学家身体没有回来，身份已经改变，都不妨碍回归的情怀和情结。

这在世界人类学家中似乎又成了一个“非常态”；在世界人类学史中成了一个“异常态”。这份深重的“故乡情结”，显然是与西方人类学家的重大差异。我们几乎没有读到中国人类学家到中国以外的国家、民族和族群中去做田野调查而写作人类学经典名著的例子。即便像许烺光（Francis L. K. Hsu, 1909—1999）这样的大家，心理人类学创始人之一，曾经当过美国人类学会主席，是少数能够在西方主流社会立下一家之言的大师，其一系列著作亦围绕中国。他1937年考取中英庚子赔款奖学金，赴英国伦敦经济学院（London School of Economics）就读人类学，师从马林诺夫斯基（Bronislaw Malinowski），与费孝通乃同门师兄弟。1941年取得博士学位，受费孝通邀请返国任教。1943年又赴美，成为美籍华裔著名人类学家。他一系列的著作绝大多数研究中国文化，其中最重要的代表著作便是《祖荫下》。

对于中国的人类学大家，他们除了传统意义上“落叶归根”这样简单的个人和家族原因外，更有一份情怀——为国家、为家乡、“为人民服务”的情怀。费先生曾以“为人民服务的人类学”来概括他对祖国、人民和家乡的情结。

乔先生的一生亦颇合之。乔先生祖籍山西介休，晚年他除了回到山西做研究外，还对山西大学的人类学研究做了大量扶持工作。除了帮助山西大学创办华北历史文化研究中心外，还捐款捐书给山西大学，建立奖学金。他个人最后的研究是回到他的家乡介休。

有幸的是，笔者也应邀参加了他的研究计划。2012年9月1—5日，山西省介休市举办了题为“维护文化遗产，发展城市文化”国际圆桌论坛，论坛催生了一个项目：“黄土文明，介休范例”。

在我看来，这是一个非常具有人类学“创新”的研究，也可以说是非常具有人类学“反叛”的研究。大家知道，人类学是研究“他文化”、部落文化、边地文化、小族群文化、原始文化，看一看人类学经典名著，几乎就没有例外。

乔先生带领我们回到他的家乡，也就是中国腹地，传统政治地理学的“中原”，古时“中邦”，后衍义成了“中国”，历来“一点四方”的“一点”。这也是为什么我把我的书名最后确定为

《天下一点：人类学“我者”研究之尝试》的原因。

也就是说，人类学介入传统的“我文化”，政治地理学的中心文化、民族国家背景下的主体民族文化还真是不多。至少，这是“中国特色”。

在后续的几次小范围的专题讨论会上，乔先生不止一次地重复：费老提出“文化自觉”，我在费老的思路上提出“自觉发展”。乔先生是费孝通先生的好朋友，也是穿梭于海峡两岸暨香港地区人类学的使者。费先生晚年发表一些重要的学术主张，乔先生都在场，是见证人。他也与费先生保持相当高的学术默契。

乔先生晚年回到家乡山西介休所做的这项工作，与其说是落叶归根的情结、衣锦还乡的荣耀（乔先生被介休市评选为三个历史名人之一），不如说是为故土、故乡鞠躬尽瘁。他的那份殷殷

与乔先生在介休考察

桑梓之情可掬。

我更愿意将“黄土文明，介休范例”视为传统人类学与古代文明中心相结合的“中国范式”的实践与实验。如上所述，传统的人类学侧重于原始的、偏远的、异文化的研究，这是人类学的正统。而乔先生带领我们做的，是人类学历史没有先例的开拓性研究。

之后我们在广州、成都、上海等地分别进行了几次项目讨论会，形成了四个子课题，分别由四所大学的团队承担：中山大学周大鸣教授团队负责“历史”专题；复旦大学安介生教授团队负责“地理”专题；四川大学徐新建教授团队负责“民族”专题，厦门大学由我的团队负责“遗产”专题。我们团队的最后成果为《天下一点：人类学“我者”研究之尝试》（中国社会科学出版社2016年版），在这过程中，我们与乔先生有深入的交流，也有机会向伟大的人类学家学习。

那个时候，乔先生已经上了年纪，可是，我们在一起工作的

介休会议

复旦大学“黄土文明，介休范例”第二次会议

在中国艺术研究院举行的学术会议上的乔健先生

丛书出版会议上的周大鸣，乔健，王怀民（介休市市长）

那些日子，他身体力行，哪怕到了需要太太在身边照料的时候，仍然表现得朝气蓬勃。他的思维很敏捷，总是乐哈哈，一幅喜乐的样子，偶尔还要开玩笑。他爱讲故事，语调有些飘逸，有时也还是要讲“八卦”段子的。

不过，非常遗憾的是，我们原来计划三个阶段的调研任务（第一阶段进行“面”的普查，第二阶段定“点”落入，第三阶段对中华黄土文明，即中华文明文化法则进行“概括与提升”），因为市长王怀民的调离，只进行完第一步就结束了，而且永远地结束了。

中国的事情往往如此，古代有“毁前朝”的传统，当代有“否前任”的潜规则。前任的“业绩”是算不到续任头上的。其实，这样的规则几乎是“世界规则”，也没见有哪一任美国总统忠实地继承“前任遗志”的。

所以，现在如果有地方行政部门请我去做项目，我会先问那地方行政"首长"还有几年任期。有些地方官员不珍惜学者的劳动和心血，我们自己总是要珍惜的。

当然，介休项目未能完全完成，还有一个更重要的原因：乔先生走了。

乔先生走了，永远地离开我们，他是到"西天漂泊"（驾鹤西游）去了。但他在学科上、学术上、学业上却为我们留了"矫健的精神"。

乔先生一路走好！

中韩“通”识

——记金光亿先生

金光亿无疑是韩国人类学家中最重要的代表。

在我看来，他是中韩通识的翘楚。

记忆中见过金教授有五次吧，在北京大学有两次，山东大学人类学系成立会议时一次，韩国仁川国际会议一次，厦门大学一次。

第一次见金先生是在北大举行的人类学高级研讨班上，他是讲员，我们是学员。

他是个中国通，对中国传统文化的了解，许多中国人，甚至中国学者也不及他。

至于金先生是因什么契机来到中国，我引用“澎湃新闻”的一篇报道（引用时做了些微处理），读者便知端倪。

一、韩国的大公司为何会聘请人类学家

韩国人类学家金光亿是牛津大学社会人类学博士，师从著名人类学家埃文斯·普理查德（Evans-Pritchard）和莫里斯·弗里德曼（Maurice Freedman）。他致力于中国问题研究，是韩国“中国研究”开创者。在韩国首尔国立大学人类学系担任终身教授期间，他发起成立“当代中国研究会”并出任首任会长，创建“首尔国立大学中国问题研究所”并担任首任所长，曾先后担任首尔国立大学跨文化研究所所长，社会科学研究院院长及韩国文化人类学学会主席。由于他在学术上的杰出贡献，2009年金光亿教授被韩国授予“国家杰出学者”奖。五年前，他受邀到山东大学任教，并成为中国山东省“荣誉公民”。

2018年12月，他在清华大学分享了他题为“绊侣（Uncomfortable Companion），人类学和文化遗产实践”的演讲。在演讲中，他以韩国和中国的非物质文化遗产以及旅游开发为例，从人类学的角度阐释了现有实践的不足，他希望人类学家能够在文化保护上发挥更大的作用。

以下内容根据金光亿教授接受“澎湃新闻”专访和现场讲演整理。

羡慕中国人类学的悠久传统

费孝通是中国人类学领域最重要的名字之一。我很羡慕中国，比起韩国，中国有悠久的历史传统，以及社会学、人类学的传统，胡文藻、潘光旦、费孝通、林耀华，等等，都是名扬世界的人类学家。而韩国直到20世纪60年代才开始有人类学。1950年到1953年，那时还有战争，朝鲜半岛被破坏。到了20世纪60年代初，政治不稳定、经济衰败，到20世纪70年代初，韩国是全世界最贫困的国家之一。我去英国的时候，每个人去国外只可以带出去1 000块美金，我还记得我当时是去首尔一个有很多华人的唐人街换的钱。

我在首尔大学是在德文系学习，那以后对人类学很感兴趣，所以在牛津大学毕业的时候拿了两个学位，德国文学和人类学。我在首尔大学建立人类学系，当时系的名字是考古人类学，这个名字起得不好。

和费孝通的趣闻

20世纪70年代初我和费孝通没有联系，虽然知道他在中国，但是我们不能来中国。我在大学一年级的时候，韩国政治不稳定，朴正熙当总统，那时候年轻人批评政府，怀疑国家要到哪里去。我和几个朋友对中国的社会主义革命很好奇，对中国很感兴趣，我们就看费孝通的《江村经济》，这在当时的韩国是很危险的。

相比于哲学和社会学，我更喜欢人类学，因为它不是坐在高雅的研究室里，而是深入到百姓生活中，了解真实世界各式各样的人，了解不同的人如何结合成一个社会共同体。费孝通先生的书对我很有启发。但是20世纪60年代的韩国还不能公开谈论中国，费孝通先生的书也是禁书，封面上的作者一栏写的是“费通”。

1988年我去哈佛大学当教授，费孝通恰好也去麻省理工访问，那是我们第一次见面。韩国在1988年开奥运会，我主持人类学的会议，我就邀请了费孝通、林耀华等。1990年我去中央民大，再见到他，很有意思，他的名片上只印了费孝通三个字。从1990年开始我就去山东做田野调查，当时研究华南地区的多，所以我就去研究华北地区了。虽然过去20多年我都在研究中国，但是我的发表并不多，因为我觉得我了解的还是很浅。

韩国社会很重视人类学

韩国是很小的国家，面积是中国山东省的一半，人口只有4 000多万（作者注：韩国的面积实际约为中国山东省的三分之二，人口约5 000万），而我们有200多所大学，而且每所大学里面都有人类学概论这门课。我还记得在我刚进大学的时候，我们的通识课还是哲学概论，而现在哲学概论已经被换成了人类学概论。韩国大概有16所学校拥有本科生到博士生的人类学系，很多学校的人类学系是在社会学系里面或者国际学院里面，或者是企业管理学院里。韩国人类学会有200多个人（都是博士学位）。

我认为这是因为人们在社会变化中看到了文化的重要性。在20世纪90年代以前，经济和管理专业被看得很重要，慢慢地经济发展带来很多社会问题，到了20世纪80年代社会学突然开始被重视了。20世纪80年代韩国很多社会问题的解决都开始依赖社会学。

然而从20世纪90年代开始，韩国的高分学生会优先选择法律、经济，还有人类学。我认为这是因为人们在社会变化中看到了文化的重要性。另外就是我观察到，2000年以来，社会学的重要性下降，人类学的重要性上升。韩国人开始谈生活的质量、社会的质量。虽然现在在中国，我们看每个人的生活都比20年前丰富，比如私家车、手机的普及等，物质生活质量很高，但是中国全社会的（文化的）质量恐怕并不高。从社会结构方面看，还有很多方面不够好。

韩国企业重视人类学的功能

除了在大学、政府，在三星、现代这样的企业里面也有很多人类学家。因为这些企业也开始认识到人类学的重要性。

大概二十年前，韩国某个化妆品公司的董事长，是我的高中学弟，他有一天找到我，他说在法国化妆品公司看到很多人类学家在那里工作。我们讨论，为什么除了化工专家，还有人类学家呢？这是因为法国的化妆品是要提供给全世界的，化妆品的制造工艺和方法是化工学家负责，但是要卖到印度或者其他国家，还要考虑美人的标准、家庭结构、生活方式、喜好的味道，甚至对瓶子形状的偏好差异了。这个就是人类学家可以发挥作用的地方。

再给你们分享个趣事。1993年我来北京的时候，韩国的巧克力派在中国很受欢迎，好丽友和乐天两家公司在竞争。当时好丽友的盒子是红色的，乐天的盒子是素雅干净的白色。我跟乐天老板说，两个月以后，春节的时候应该把盒子的颜色变成红色。可是他认为我是考古人类学家，所以不听我的，如果我是企业管理学，他可能就会尊重我的意见了。

果然春节的时候，好丽友的牌子就卖得很火，乐天就卖得不好。在中国，春节的时候一定是送红色的，所以巧克力派背后的文化和品质一样很重要。现在的企业家要看文化教科书，而不是企业管理的书了。比如去印度的话，也要研究他们喜欢的颜色、种姓制度等。清华大学景军老师参与编写，詹姆斯·华生（James L.Watson）的那本《金拱向东》的研究，就分析了东亚各地的麦当劳是如何跟当地的文化结合的。到今天这个研究已经过去20多年了，也已经成为美国的企业管理学院的必修书目。

现在在韩国，人类学是很受欢迎的，像我，每年都被邀请去三星、现代等公司给他们培训。我擅长的是中国市场的问题，也有擅长东南亚问题的专家被邀请去讲东南亚社会的情况。据我了解，在韩国现代汽车公司里面，汽车公司总部里面也设置有很多研究小组，这些研究小组往往是依托人类学的。你知道LG手机曾经在和诺基亚的竞争中取得胜利。当年LG和诺基亚在阿拉伯市场竞争，LG 手机最先推出了一个功能，在手机上提醒礼拜的时间。阿拉伯国家的人在全球做生意，无论去到哪里，他们的朝拜都还需要朝着麦加方向。一个是时间，一个是方向的问题，LG都考虑到了，诺基亚的手机却没有做到，这也是他们在阿拉伯市场输给LG的一个重要原因。

我现在在山东大学的任期已经满了，很多学校希望我去，但是我其实想回韩国。因为我在中国仍然不习惯。韩国有儒教传统，社会地位最高的是学者，大学教授的社会地位最高，第二是法官，第三是政府行政管理官员。中国对人文学科、社会科学不太重视。中国大陆的图书馆看不到最新的资料，我的学生写论文后面的参考文献还是20世纪三四十年代的文献，这个太说不过去了。当然自然科学很重要，而且他们的研究需要很昂贵的设备，但是我认为人文教育也是很重要的，学习自然科学的大学生在本科期间也要学习人文思想。

读了这篇体量不大的演讲稿，有心的人或许会心生疑窦，人类学怎么就能“通吃”？

这逻辑其实很简单，世界上的学科，各有各的名，就像人，各有自己的名字一样。有数学、物理、化学，有文学、历史、哲学，现在新学科的名目更是多，多到叫不出名字来。有点像菜市场上的摆货，多得有时叫不出名，有的完全不认识。这些不同名目的学科，绝大多数都是“专科”，就像在医院，得什么病，看什么科。学科中研究“人”的，只有人类学，而且人类学与其他专科不同，它是“通科”，是介乎、交叉、跨界，贯通于自然科学、人文社会科学的学科，因而属于“通吃”的学科。我在诸学科中算来算去，还真只有人类学一家独门独户了。

世间之事，皆为“人事”,哪怕是自然，也是“人”眼中的自然，都有“人类属性”，人类学于是便成了通吃的“吃货”。

金先生是人类学家，本来就是人类事务的“通识者”，更兼得他还是中国和韩国的通识者。

他的讲演为我们描了几笔粗线条：第一，他是一位杰出的人类学家；第二，他是中国通；第三，与中国的人类学界关系极好，尤其是费孝通；第四，人类学很有用，可以帮助企业赚钱；第五，直言批评一些社会现象，包括中国的一些社会现象。

顺便说一下，金先生夫人文玉杓（Okpyo Moon）教授也是著名的人类学家，她是韩国中央研究院韩国学大学院人类学教授，曾经是韩国文化人类学会会长。夫妇二人都当过韩国文化人类学会会长，有点把“国家”的文化人类学当作“自家”事务的

在日本与金光亿夫人文教授的合影

味道。这虽是玩笑，但说明金先生一家是地道的“人类学之家”。文教授主要从事日本文化的研究，也兼顾旅游人类学，我在访问日本的时候见过她，也有过愉快的交流。

二、中韩非物质文化遗产之争

与金先生多次接触。其中一次是在他的祖国，韩国仁川大学组织了一次“东亚华侨华人及Glocality（全球地方化）”国际会议，邀请了中国的两位学者，陈志明（香港中文大学人类学系主任）和我。主办者是仁川大学中国研究院，负责人是金先生的学生，她也就把老师一并请来站台。我们也有交流。此次会议，我还接受了专访。

金先生在这次会议的演讲中讲述了许多文化遗产，特别是非物质文化遗产。这也正常，文化人类学家若不熟悉文化遗产，多

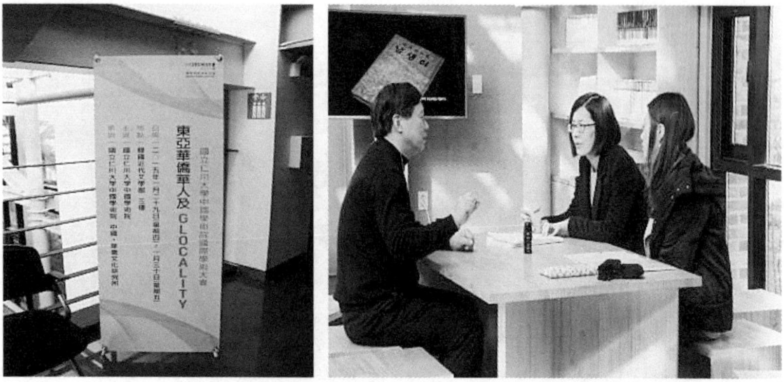

韩国仁川会议及我接受专访

少是要打些折扣的。因为，“文化”是人类“传统”的选项，“传统”是人类“遗产”的集结。

金先生是人类学家，精熟文化遗产便不奇怪。

记忆最深的一次便与“非物质文化遗产”有关，具体的“导火索”是有关韩国的“江陵端午祭”成为世界遗产名录“事件”。

2005年韩国申遗“江陵端午祭”获得成功，极大地刺痛了中国人民。某种意义上说，也是我国“遗产运动”的一个引线。虽然，中国人，包括绝大多数的学者在那个时候还不太了解韩国端午祭的情况，但因为韩国在申报世界遗产中使用了“端午”二字，而端午节是中国传统的节日文化，中国人就不爽，群情激愤。

从资料中得知，韩国的端午祭是从山神祭发展而来的，他们不纪念屈原，也不吃粽子、不赛龙舟，中国端午中常见的习俗在韩国那里基本没有，他们的江陵端午祭最主要的内容是祭祀、演

韩国的江陵端午祭仪式一瞥

戏和游艺。

祭祀就是祭拜山神，这原为新罗时代江陵一带农村祈祝丰收的庆典，祭祀时间长达20多天，是一项融合了韩国民众信仰的、有着本土特色的活动。祭祀中间会穿插各种活动，包括官奴假面戏会在各城隍堂演出，与观众逗乐；打造车轮饼是将糯米饭捶打成糍粑祭神；用菖蒲水洗头以表辟邪。此外还有竞技、摔跤、荡秋千等，内容丰富多彩，场面壮大。

当然，韩国的端午祭曾受到中国“端午”的影响，这一点是毋庸置疑的，其中的某些风俗习俗确实和我国端午相似，不过从整体上看，韩国的江陵端午祭确实不等同于中国的端午节。

国人所以不爽，主要就是“端午”二字。其实，中、日、韩皆为邻国，历史上相互影响的例证实在太多，特别是中国的历史文化实实在在深刻地影响过韩国的文化。所以，在端午这一天举行各种祭祀活动和节庆的东亚国家还不少，除了中国和韩国外，日本、越南等国都有。怎么处理这样的文化遗产问题，也成了当代民俗学家、人类学家的一项任务。

我们强调，文化本身是交流和采借的。要是我们把身上穿戴的元素大致扫一扫，会吃惊地发现，我们居然能把一个“小世界博览会”都“堆”在身上。文化是分享的，文化是“大家”的，这一点没有问题。但同时也强调，文化是有主体性的，文化也有知识产权，文化是“我的”。这个问题，即使是在联合国遗产公约中都没有完全处理好。

全球化的进程将文化的知识产权提升到了空前的高度。联合国教科文组织推动“遗产事业”的一个重要原因，就是在20世纪中叶，不少民族、族群、原住民的文化知识“产权”被盗用，那些“被盗者”遂向联合国教科文组织“告状”，这也在无形之中成了促发“保护世界文化遗产”事业的一个催化剂。联合国要处理好“大家的”和“我的”关系，仍任重道远。

韩国端午申遗“事件”也促使了我国“遗产运动”的加速进行。我也有幸参加了几次文化部召集的专家会，记得有一次是在北京的郊区，大冬天的，与巴莫、高丙中等一些学者一起讨论相关问题。我在会上提出了“源”与“流”的关系问题，大意是，文化本身是交流的产物，特别是相邻的国家，历史上有很多的交流和借鉴，而原生的和通过传播后派生的是不一样的，前者是“源”，后者是“流”。我们强调每个国家在申报上政治权力“均等”的同时，还要强调文化生成时源流关系上文化权力的“均等”，只强调前者，不强调后者，是事实上的“不均等”。我建议，我国的专家们要在联合国的相关会议上强调这一点。

当时甚至还听说有一些东亚国家有向联合国申报春节、针灸等世界遗产的意向。比如越南也有过春节的习俗，而作为联合国世界遗产缔约国的主权国家，是有权申报的。我们想象一下，如果越南申报春节获得成功，中国人民将会有什么样的感受！那不是不爽，或是要痛心疾首。

或许因为韩国的江陵端午祭申遗成功，2009年，中国的端午节也成功申请成为世界非物质文化遗产，正式名称是“中国端午节”。这中间有何关涉，我就不太清楚了。

网络上有这样的一种观点：是我们的始终是我们的，别人想抢也抢不来，但最好不要让自己陷入这种被动的局面。我们要主动地去保护和传承，不要等到某些事情发生了才反过来重视。反正，日本、韩国在非物质文化遗产（也称作“无形文化遗产”）保护方面曾经走在我国的前面。中国是迟到者，曾经被动，好在后来居上。

文化人类学与人类文化遗产关系密切是一件很自然的事情，从学科的角度和世界“遗产事业”，尤其是非物质文化遗产的历史关系看，民俗学和人类学的贡献非常明显。我参加世界遗产的相关会议，其中就有相当多的民俗学家和人类学家。

金光亿先生作为资深的人类学家，对文化遗产也很在行。他参与了韩国端午祭申报世界遗产的工作，有一次他到厦门大学人类学系讲学时我曾经问过他：

“你对你们韩国的端午祭申遗成功和中国人民的激愤怎么看?”

他说，彭先生啊，我真是委屈死了。现在中国人把我当成“间谍”，以为我把中国的端午节偷走了。其实，我们韩国的端午祭跟你们中国的端午节不是一回事，我们只是用了“端午”这个概念，可是内容完全不一样的。

金先生是个话痨，很爱说，特别是受到了“不公的待遇”，话还要多些。他把韩国的江陵端午祭给我说了一通。

我能够体会他的委屈，人类学家经常是要受委屈的。可是，使用了“端午”二字，中国人也觉得受委屈。

在许多国家的大学里，人类学是关乎人类知识的“通识课”；金光亿先生是人类学家，是人类文化的“通识者”；金光亿谙悉中韩文化，是中韩传统文化的“通识者”。

金光亿先生为中韩文化的交流做出了重要的贡献，甚至为培养中国年轻一辈的人类学子耗费了心血，我要向他脱帽致敬!

吾师篇

吾师，大师

Nelson. H. Graburn教授，我的老师，我给他取的中文译名为“格拉本”，他接受的。不过学术界也有译成“格雷本”的。

我们师生之间交流频繁，经常有信件往来，每年至少都要见上一次面。

新型冠状病毒疫情使我们原本于2020年5月在宁夏举行的“中国旅游人类学高级论坛”上见面的计划，泡汤了。

与老师最近一次邮件联系，是老师在2020年母亲节发来的问候邮件，同时还发了照片：

Zhaorong,

Happy Mother’s Day to your lovely wife! We are mainly by home, teaching on the Internet using Zoom. We have many vegetables and fruits in the garden and Pipa are just getting ripe. I remember our Pipa parties with you.

Nelson and Kathy

兆荣：

今天是母亲节，祝你可爱的妻子节日快乐！我们主要待在家里（新冠疫情期间），通过网络视频上课。我们家的园子里有很多的蔬菜和水果，现在正是枇杷的成熟季节，我记得我们曾经在园子里吃枇杷。

纳尔逊和凯西

Kathy是师母，一位日裔美国人。照片中的枇杷、蔬菜是老师和师母自己种的。老师的家是一幢别墅式的宅院，视野极佳，寄来的另一幅照片便是从老师家俯瞰旧金山湾区的景色。在老师的家里，我们有过好几次快乐的聚会。他有一部老式的奔驰车，爱不释手，在伯克利时，他经常开着它拉着我们去吃饭。他开起车来像个年轻人，酷得很。

一、学术，学术

说起来，认识老师算是缘分吧。

1999年9月29日至10月1日在昆明召开的“人类学：旅游与中国社会”国际学术研讨会，这是我国首次举行的旅游人类学领域的国际会议。当时有来自中国大陆、中国香港和澳门以及日本、美国、法国、芬兰、澳大利亚等国家和地区的五十多位人类学家和旅游学方面的学者参加。

我去了，见到了世界旅游人类学大家Graburn教授。就像所有的国际学术会议一样，在会议的茶歇期间，代表们喝着咖啡，品着茶点，张晓萍教授把我介绍给了老师。我们有一个简短的交流，大抵不过是介绍一下自己的研究，我特别强调自己对我国西南民族地区的调研。应酬式的交流却开启了我与老师长达20年的师生情义和友谊，直到现在。

令我难以忘怀的是，只是简短的交流，他当场就口头邀请我去加州大学伯克利分校（UC Berkeley）访学。这让我感到荣幸，也让我感动。

次年，也就是2000年7月，应我的邀请，他来到厦门大学，出席“二十一世纪人类的生存与发展国际人类学学术研讨会”，做了“二十一世纪人类学所面临的挑战”的主旨发言。闭幕式上，他与费孝通先生在主席台上就座，他们俩坐在一起，交流甚欢。

这次会议，也决定了我与他的终生交往。他专门为我带来了赴美访学的相关表格。我表示感谢，但遗憾地告诉他，我不能成行。因为同年8月我将前往法国，以高级访问学者的身份公派到巴黎大学，我不能违背，而且一切手续都办好了。

2001年我从法国返回，再次得到Graburn教授赴美的邀请，由于那一年我的女儿要去加拿大留学，这是我家庭的重大事务，我再次放弃了老师邀请赴美的计划。2002年，我第三次得到老师的邀请，这一次，一切障碍都没有了。2003年，终于赴美成行，真是一波三折。

这可不是“至此一游”

我知道，老师每年只有一个带访问学者的正式指标，至多可以在伯克利的“中国研究中心”再争取到一个。可是，连续三年，他把他的指标给了我。对于学者，特别是人类学者，能去伯克利访学是很幸运的，也是很难的。伯克利在美国，乃至全世界都是一所顶尖的大学。

那一年，我携夫人去夏威夷，我身穿一件印有伯克利校名的

T恤衫，有一天走在街上，就有一对看上去很有学养的老夫妻，专门走到我的身边，竖起大拇指，说“top 10”（顶尖的十所大学之列）。

我在伯克利的那一年，有一段时间，校园里到处插上旗子，上面写着“Go, the Noble Tradition”（加油！有着诺贝尔传统的学校）。历史上伯克利确实有很多学者获得诺贝尔奖。当然，Noble还有高贵的意思。从百度上截取的数据显示，截至2019年3月，伯克利校友、教授及研究人员中共有107位诺贝尔奖得主，排名世界第三。

我不能确定这个数字是否权威，但数字惊人是确定的。

当然，这些对我而言，并没有什么特别的感觉，我只是在那儿待一年。在伯克利，我是冲它的人类学去的，是我的老师邀请我去的。我了解到美国最好的人类学系的情形（美国的人类学学科评估，伯克利是公认的“重镇”）。

也算是缘分吧，我在伯克利的时候，遇见了北大的高丙中。于是有了我们在国内恐怕难得有的“促膝”交流。人生有的事情挺怪的，认为有机会经常见，却难得见，见了也不珍惜，非得要到那不容易见到的地方，似乎才更珍惜。这或许也是一种“近而远”。他是去开会的，但此前他也去过伯克利，当过阿兰·邓迪斯（Alan Dundes）的访问学者。

说到阿兰·邓迪斯，他是著名的民俗学家。在美国，人类学与民俗学的关系很密切。相比较而言，人类学作为学科，比民俗学大得多。美国一般的大学都有人类学系，而有民俗学系的大学则极少。阿兰·邓迪斯作为民俗学家的工作单位却是人类学系。有一次我在中午吃饭的时候，恰好与他在同一桌就餐。我们相互介绍以后，他告诉我："我不是人类学家，我是民俗学家，但我的工作单位是在人类学系，人类学系给我开工资。"也就在那一天，他有一个毕业了的学生资助他的研究项目一笔经费，他很高兴地拿出那张支票告诉我这个消息。他很谦和，平静的语言中带着稳健、幽默和调侃，包含着轻柔的"乡土智慧"。我回国后不久，就听说他去世了。我挺难过的。

我在伯克利那一年，专心于旅游人类学研究。我的《旅游人类学》的书稿是在伯克利完成的。这其中重要的原因，当然与老师的研究有关。我的旅游人类学可以说是老师教给我的，我的《旅游人类学》的序言也是老师写的。

我很感谢他，只是，男人与男人之间经常并不需要说什么。心照不宣。

而且，我也挺赖皮的。2004年，自我从伯克利返回之后的十几年中，我把我的弟子送往伯克利的竟多达11人次：葛荣玲、张进福、李春霞、周雪帆、金露（2次）、赵红梅、索南措、李菲、郑向春、余媛媛。

他的指标大多被我占用了。可是我从来没有因此谢过他，就好像我送去的弟子也从来没有人谢过我一样。似乎现在的知识分子就不喜欢当面感谢人家。书读得多，礼数没有了，现代教育常常把人搞成这样。

经常的情况是，老师反而感谢我。比如在厦大校庆100周年的日子里，老师居然来信感谢我，令我万分惶恐。

Dear Zhaorong,

I just want to join you in celebrating the 100th Anniversary of Xiada — a University that you have helped grow very famous, thank you. I would also like to thank you for leading me to get in touch with many of your students who have become a big group, and many of them are still part of my life with shared interests in Anthropology.

Hope all your family is well, in Canada too.

Looking forward to your news.

Nelson and Kathy

亲爱的兆荣：

在厦门大学成立100周年的纪念日，我希望能够与你一起分享这份喜悦，这所大学因你的努力变得更加著名，谢谢你。我也同样需要感谢你让我得以接触你的众多弟子，他们已成为一个庞大的团队，并成为我生命中分享人类学之乐的伙伴。

祝福你的所有家人一切好，并及在加拿大的女儿一家。

期待你的消息。

纳尔逊和凯西

不过，我在内心发誓，用行动回报师恩！

2004年我从美国回来之后的十几年中，我至少邀请老师来中国超过了10次。开始那几年，每年至少一次。我领着他走了我国的好些地方，福建、云南、贵州、广西、青海、四川、重庆、广东，有些地方还不只去过一次，比如贵州、广西，我至少请他到过3次。我们所到之处，绝大多数是少数民族地区。那些年，每逢他来中国，都是我全程陪同，有时师母也来。我们一起旅游，一起调研，一起开会，一起讨论，一起策划丛书；他讲学时，我当他的翻译。后来，我的弟子们回来了，陪同、翻译工作也逐渐由他们承担去了。

老师有着孩子般的性情，陪同他很快乐，很有意思，也很难。他有的时候会对莫名的野草、野生动物、小虫子感兴趣。他也愿意参加各类活动。记得有一次在青海，我们经过一整天的田野工作，青海民族大学旅游管理学院的老师为了让我放松一下，晚上安排在歌厅唱歌。因考虑到老师年迈，晚饭后决定先让他回酒店休息。

他问我："你们晚上干什么？"

"卡拉OK。"我回。

"我也去。"他说。

"可是歌厅很少英文歌的。"我试图阻止他。

"你们玩你们的，不用管我，我跟你们一起去。"

老师去了。

那一晚，我们唱歌，老人家一个人在那儿跳舞，没有舞伴，他自己玩。有的时候，抱着门把手当舞伴，款款的样子，很陶醉。

他在锻炼，也在体验。

结束时，我问他累不累，他说不，他说他把地板都拖干净了。

我低头，老师脱了鞋，只穿着袜子，翩翩起舞，满头大汗。地很干净，可老师的脚拇指起了一个大血泡，破了。担心老师感染，我让人去给他买药。

类似的故事还很多。

还有一次，记得是2014年5月在四川乐山举行“第三届旅游人类学高级论坛”，我请老师邀几位人类学家参加。老师请了美国哈佛大学的赫兹菲尔德（Michael Herzfeld），澳大利亚国立大学的遗产专家罗兰简·史密斯（Laurajane Smith）。

那次会议出了一件令我难忘的事情：会议在开幕式后有一个集体拍照的程序，代表们一起到会场外的空地拍照。我站在赫兹菲尔德的旁边。拍照结束后，或是因为雨过地滑，赫兹菲尔德一个踉跄，滑了跤，狠狠地摔在了水泥地上。我眼疾手快，立刻用手撑住了他的头，避免了他头着地。他又胖体格又大，如果头磕地，后果不堪设想。

这一跤摔得赫氏大为恼火。他被刘珩、兰林友等哈佛访学过的中国学者搀回了酒店。他当场表示不参加会议，要会务组给他买票回国。大学者闹起小孩子脾气可是受不了的。都说“老小老小”（老人就像小孩），搞得会务组织者一团乱，不知如何是好。我作为会议的组织者，也立即启动了应急方案。

但是，大约过了半个小时，他回到了会场，走上前台，向所有代表表示："我对我刚才的行为向大会、向大家表示深深的歉意！"他说完后，会场上响起了热烈的掌声，持续了很长时间。这是一位大人类学家的真性情，认识到了"错"（或不合适），就承认，就改正。这没什么，不丢脸，反而赢得了大家的掌声。

会议结束后，我的弟子张颖开车拉着老师、老师的女儿茜茜莉（她当时在宁波的一所国际学校教英语，会议期间我也把她请到乐山）和我回成都。路过彭山时我告诉老师，车窗外的地方叫作"彭山"，是我祖先"彭祖"升仙的地方，彭祖是中国历史传说中寿命最长的人，活了八百多岁。

老师问："Why?"（为什么？）

我回答："传说他有很多女人。"

老师回："That's why."（难怪。）

这一回答让茜茜莉的眼光盯了老爸好久。

这就是老师，这就是人类学家，都是性情中人。

在这二十多年的交往中，我带着老师走了很多地方，老师也带着我走了好些地方。最近的一次，2020年3月，伯克利与巴黎大学（索邦）分校合作举行一次有关民族音乐学方面的国际会议，他邀请我去，为我承担所有费用。但也因疫情未能如愿。

老师每年来中国，对中国很上心，也很了解。记得在一次学术会议间隙，中山大学的保继刚教授专门找到我说："你的老师Graburn跟我说，他是最了解中国的美国人类学家。"他略为停顿了一下，说，“我不相信。那哪有可能？！”

保教授是我的朋友，又算是同行。我没有正面回答他，我知道老师与保教授在“了解中国”的表述上有歧义。我只说：“以一位80岁高龄的美国人类学家，每一年都来中国，几乎每一次都到民族地区调查，连续近20年不中断，现在西方像他这一辈的人类学家中，除了他，还有哪一个？”

保教授听罢，若有所思。喃喃地说着什么，我没听清。

与老师在中山大学一起开会（2018年）

与保继刚教授交流

Graburn教授整整长我20岁。有一次，我告诉他，我的弟子叫我为“师父”，又是老师又是父亲，是对传统儒家伦理“一日为师，终身为父”的改造。我也称你为“师父”，又是老师又是父亲。他看着我，眼光殷殷的，没有回答。欧美人不识儒家伦理，但老师显然是认可的。

老师其实不是纯粹的美国人，是英格兰人，他的身份一直是英国人，在他的身上有“英国绅士”的固执。他长期生活在美国，师母是日裔美国人。而他的礼数是国际性的，他的家庭是典型的国际化家庭，大女儿嫁到了葡萄牙。

不管是英国人还是美国人，反正他们的宅院正堂没有悬挂“天地君亲师”的字样。他们是不认“师父”这个理的，他们有他们的师生关系。只是，我对他，他对我有些特别。

至少，我们都是人，都学人类学。他对我好，我对他好，是一样的，就好了。老师是人精，什么事他不懂？我们也就以我们特殊的方式推进师生情谊。

对于我这个中国学生，老师给了我很多、很多，重要的是，他教了我很多人类学的“本领”。

二、在动中学习

与老师一起做课题，做项目，合作设计丛书。我们在广西师范大学出版社合作了一套“社会文化与旅游人类学译丛”，我们一起参与贵州省的旅游扶贫调研工作。我和他都被聘为四川美术学院“中国艺术遗产研究中心”的客座教授，我是中心的首席专家；我和他都被聘为桂林旅游学院“中国南亚旅游战略研究中心”的客座教授，我是中心的首席专家。

反正我聘到哪里，也把他聘往哪里。那些年我受聘于青海“昆仑学者”，也把他给聘去了；我受聘于贵州“候鸟教授”，也把他聘去了；这几年受聘于重庆的“巴渝学者”，我又把他给聘去了。反正他以他的方式一直在支持我的工作。

老师是世界旅游人类学大师，他的旅游研究也是世界性的。他是国际旅游组织（UNWTO）的“智库”国际旅游研究院的创始人、院士。我国政府曾经于2005年邀请了一批国际旅游研究院的院士到中国，为我国的旅游发展“把脉”。老师就在受邀之列，他还专门请我去了。

老师对旅游的研究侧重于东亚，早期关注日本和韩国的老年旅游的研究，中国的改革开放，特别是20世纪90年代以后，大众旅游的兴起，成为经济大国崛起的一个重要指标。老师敏锐地发现，中国的大众旅游无疑为观察、了解和分析整个中国发展的晴雨计。这个见解很特别，不需要了解大数据、GDP，只需观察中国游客的出游情况就知道中国的经济走到哪一步，发展到什么程度。此后他便开始关注中国的旅游发展。

情况确实如此。中国经济的快速发展在各行各业、各个方面都有体现，可是，如果从老百姓的常态生活来看，最外在的表现就是旅游。中国的大众旅游在近三十年间的“凸显”，说起来是很“突兀”的。中华民族的主体民族是汉族，背景是“农耕文明”，乡土社会是概括，人民生活的特点是安居乐业，不鼓励移动，不主张旅行，所谓“父母在，不远游”，否则便是“不孝”。这是传统伦理，也是日常生活。其实，直到现在，我国也常在讲“安居乐业”，都与传统的农耕文明有关。可是仿佛在很短的时间里，大众旅游就在中国兴起了，而且一发不可收拾。这当然有着全球化背景，当然有着改革开放的政策影响，当然也包括传统价值的突变。从这个意义上说，只要看看中国人旅游的情况，就知道中国的文明和文化发生的变化和变迁有多大。

我跟着老师学人类学，正是从旅游人类学开始。也因此完成了我国第一部《旅游人类学》，著作的序言就是老师写的。

或许是巧合，与老师二十多年的合作，总结起来就是一句话：在动中学习。

老师对日本的旅游情形很熟悉，与日本的学术界也很熟悉。老师似乎也在让我了解东亚，特别是日本的旅游人类学的情形。我隐隐约约意识到了，但一切都是自然的，也是有意的，却不是刻意的。我的日本之行就与老师有关。

2010年11月，在日本金泽大学，老师邀请我出席Exploring Ethnicity and State through Tourism in East Asia（从东亚的旅游发现民族与国家）国际会议。我与弟子合作的论文主要关注中国民族地区乡村旅游与非物质文化遗产的关系。与我同行的有弟子葛荣玲、赵红梅。这是我第一次踏上东瀛的土地，会议期间，老师介

老师主旨发言

会议代表的“日式”交流

与老师在日本合掌世界遗产地

绍我认识了一批国际旅游人类学家。我们在一起讨论，交流，还去了日本著名的合掌村落的世界遗产地考察。

时间过去四年，即2014年7月13日到19日，老师再一次邀请我参加在日本横滨举行的国际旅游人类学的专题会议。

与我同行的有弟子张颖、葛荣玲、张进福。我们提前几天前往，原因是在大阪国立民族学博物馆工作的中国人类学家韩敏顺邀我们访问大阪民族博物馆，同时安排了一次富有意义的人类学家的小型见面会。这次见面可以说是专门为我举行的，"面子"足够大。

2014年7月10日下午13:00—15:40，在大阪国立民族学博物馆会议室，中日双方的人类学家进行了一次极其有益的交流。日方参加的人员有：

渡边欣雄　日本著名人类学民俗学家　国学院大学文学

部教授　日本文化人类学学会前会长

韩敏　国立民族学博物馆　民族社会研究部部长　教授

朝仓敏夫　国立民族学博物馆　民族社会研究部教授（日本著名的饮食人类学家）

饭田卓　国立民族学博物馆　人类文化研究机构先端人类科学研究部准教授（文化遗产专家）

横山广子　国立民族学博物馆　人间文化研究机构　民族社会研究部准教授

河合洋尚　国立民族学博物馆　民族社会研究部助理教授

这次交流的话题围绕日本和食进入联合国教科文组织非物质文化遗产名录后日本学术界的研究情形。

当时我的《饮食人类学》刚刚出版，而我又正在主持国家重大课题“中国非物质文化遗产体系探索研究”，饮食作为非遗类话题亦在讨论范围。

双方交流得非常好。我们讨论了非物质文化遗产的人类学、民俗学的学科关系，饮食作为非物质文化遗产研究的最新进展，日本学者提出了“后和食”问题，民族饮食在人类学研究中的相关话题。“后和食”话题引起了我的兴趣，它的主要关注点在于：和食原来是日本人民生活中的饮用食物，更多的只是从饮食范围来看待，自从和食进入联合国的非物质文化遗产（日本通称为“无形文化财”）名录以后，就与原来的不一样了，有了附加值。这些都成了“后和食”中讨论的内容。

我也介绍了我的国家重大课题的设计和进展情形。

韩敏教授为此次交流做了细致的工作。我把我的新作《饮食人类学》送给了韩教授。其实，我与韩教授早年就有了“神交”，好些年前，她就把她的博士论文寄给了我，真让我受益匪浅。后来，又在几次会议上见过面。所以，一见如故。

韩敏教授属于那种端庄雅致、聪慧敏锐、美丽大方型的学者。她非常敬业，业务能力又强，英语极好，所以，一些重要的国际活动也由她主持。见到她，看到她的工作，就有由衷为我们中国学者骄傲的感觉。不过，韩敏教授又属于那种严肃认真型的学者，她待人接物非常细致，也很热情，只是不太开玩笑。哪怕我再想赞美她，也没敢当着她的面，我不知道当面赞美她，她尴尬起来会不会脸红，万一出现面面相觑的场面，那就麻烦了。我就把赞美搁在心里就好了。

韩敏教授还带我到大阪国立民族学博物馆的图书馆。她指给

左至右：韩敏，横山广子，渡边欣雄，朝仓敏夫，饭田卓

与饭田卓交流，弟子张颖等在场

赠送《饮食人类学》给韩敏教授

年轻学者河合洋尚向我请教，左为弟子葛荣玲（张进福摄）

我看摆在书柜上我的几本著作，还真挺齐的，我为此深感荣幸。

也因为这一次学术交流的因缘，我推荐弟子张颖到民博做了访问学者。

座谈期间还与年轻的日本学者河合洋尚有过交流。他曾经做过我国的客家研究，同时又是景观人类学在日本的年轻拓荒者。他与我的弟子葛荣玲博士的研究旨趣相投。事实上，以现在两个国家的景观人类学方面的研究来看，葛荣玲和河合洋尚已经成为先行者。

因为河合洋尚曾经做过中国的客家研究，他告诉我，我的客家研究专著《边际族群：远离帝国庇佑的客人》是他研究重要的参考书。我让他再到中国调查时，到厦门大学来。他答应了。

顺便道来，此次大阪之行，除了孙洁博士一路陪同外，我还见到了厦大人类学系毕业的潘宏力教授。厦大毕业后，他就到日本攻读人类学博士学位，毕业后就留在了日本。他热情地接待了来自母校的同行，大家相见甚欢。

结束了大阪的行程，我们取道东京前往横滨，参加国际旅游人类学研讨会。

会议拉开了另一个故事的序幕。

横滨会议我并没有准备发言，因为来不及准备论文，但我收到会议的邀请。对我而言，这是老师组织的，我当然是要去的，不管是参加、助阵还是看看老师，都是应该的。

会议开始前，老师坐在前排，每一位代表都会上前跟老师打招呼，这种无规定程序的礼仪我已经不只见过一次。说明在这个领域老师的泰斗地位。

我坐在后排认真地听每一位学者的发言。

期间，在一位学者发言结束后，突然有一位来自德国的女教授站了起来，说："我想请彭教授利用这个机会介绍一下他的课题情况。"

我感到非常诧异。按说，在这样的场合，每位代表都是按照事先的议程安排进行的，而且不少学者都会拖时间，所以，时间很宝贵。

因为我没有提交论文，会议并没有安排我发言，更没有什么与旅游人类学不相干的内容。

然而，德国的女教授提议却得到了代表的认可。没办法，我只得简短地介绍了我当时所主持的国家重大招标课题"中国非物质文化遗产体系探索研究"的情况。

代表们居然没有反感。我当时观察一下会场，确定并不是因为大家知道我是Graburn教授的学生而给的“面子”，看起来代表们还真是愿意了解我的课题。

但我诚惶诚恐。

不过，我倒是有些想不明白，怎么会出现这样的事情。我参加了不少国际学术会议，中断会议转到另一个话题，罕见。反正之前我没有想到，更没有遇到过。

当天会议结束后，那位德国女教授私下找到我，说对我现在的研究很感兴趣，暑假她会让她的一位博士生到中国来采访我。我说那个时候我在昆明，她说没关系。

8月份，在我的昆明住宅，真的来了一位德国的女博士，她就是一个月前在横滨会议期间我与她的老师约定下来的那位学生。她采访我半天，问得很详细。

原以为这只是个小插曲。

横滨会议后不久，我收到老师一封信。信写得比平时长，而且正式。老师在信中问我，为什么我在过去的时间主要研究西方文明，还去法国留学，近些年却转向中国的“国学”，老师用的是拼音Guo Xue。是什么原因促使我做这样的转变。

我只当是老师关心我的学术和学业。我也如实回答，大意是：

是的，老师，我出生于一个外语世家，爷爷、爸爸都是外语教授。我从小就接受西方文明熏陶，后来我读硕士、博士都与西方文明有关。我三度赴法，两度去希腊、罗马，还准备去土耳其的特洛伊考察，都是为了了解西方文明。人类学也是西方的学科。我从28岁开始自学人类学，后来到法国，学的也是人类学，特别是有幸成为您的学生。但是，我明白，我无论是研究西方文明还是人类学，都是要为自己的国家服务。可是，当我到了50岁的时候，我转过身来，突然发现我对中国的传统文化（我记得我是用“mother culture”）已经有点陌生，所以，我重新开始学习国学。这也是为什么这些年我能够为自己的国家做一些事情。

老师的回信很简单，只是说他了解了。

我并没有把二者联系在一起。

又过了些日子，也是那年暑假快要结束的时候，我还在昆明。一天，我接到朱煜杰的电话。朱煜杰博士当时在澳大利亚国立大学的中国中心工作，他的田野点是云南的丽江。

他利用假期到丽江做田野，返程时途经昆明，大概听我的弟子们说我在昆明，朱博士便给我打电话。

因为他要赶飞机，所以我只是在电话里与他问候、道别。

可是，朱博士说还有时间，坚持说要见我一面。我让他到我在昆明的小区“荷塘月色”，小朱以前来过。

见面，聊天，叙旧，谈“新”。我顺便就把老师前些日子写信的事告诉了朱博士。朱博士与老师也非常熟悉。

当我说完此事后，朱博士反问我：“你知道你的老师为什么写这封信吗？”

“老师关心学生的学术，这很正常啊。”我说。

“不全是这样的。你老师写这封信主要不是关心你的学业，依我看，多半是受人或受学术机构之托来了解你。”朱博士说。

“我有什么好了解的，中国的学者那么多。”我说。

他回我，大意是：你知道，西方国家对中国的发展是有追踪的，科技、经济是主要的领域，也包括学术。你是被西方一些学者和机构追踪的中国学者中的一个。我们澳大利亚国立大学中国中心就有追踪你的学术。

我默然。

我也无法更进一步证实。

没有空，也没有必要。

我没有因此询问老师。

或许都是“误读”吧。

三、快乐的田野

与老师在一起的日子里，最快乐的，还是在一起田野。对于人类学家，不田野便不作为，没办法，这是人类学的“硬把件”。

但是，老师毕竟老了，而且越来越老。他在田野中的步伐也越来越弱。这是生命的轨迹，但不妨碍田野的快乐。

我带老师去过不少民族和族群生活的地方，有些地方很艰苦。我们去调研过瑶族、苗族、侗族、布依族、白族、傣族、蒙古族、藏族、回族、土族（青海）；其他弟子带他去了解过维吾尔族，还有其他民族。我敢肯定，我带的最多。我感受到了他的身体在一年一年地衰弱。这两年，他不止一次对我说I don’t know when I will die。老师从不悲切，即便他说这样的话的时候，也没有流露出悲切。作为学生，老师的衰老可以从他饮酒的变化上看出来。我也配合着提供酒类和品种上的变化。

老师能酒，但不嗜酒。在我刚认识他的时候，他爱喝度数高的白酒。记得2003年的圣诞节，我和太太受邀到他家过节，同时受邀请的还有在伯克利工作的人类学家刘新夫妇，以及张丽夫妻。张丽是张晓萍教授的妹妹，也是很好的人类学家，她在加州大学戴维斯分校当人类学教授。我们的关系一直很好。

想着到老师家过节是要带礼物的。在西方社会，受邀到朋友家过节、吃饭，要捎一点礼物去，不需要重礼，但要有。西方人在这方面遵循“不欠债”原则，即你若请我，我带点礼物，“当场结清”，大家开心，不留心债，勿需“回请”。这是中西方社交伦理的重要差别。中国现在很多年轻人执行AA制，东不东，西不西的。孰不知，请客吃饭在中国大有学问，AA把“中式学问”给“A”掉了。中国的亲情、乡情、人情、友情少不了连续不断的请客吃饭。你这次请我，我下次回请，这关系便拉长了。传统的乡土社会，像一个大家庭，有些事情必须大家合作，比如建房的竖梁，白喜的抬棺材，都需要大家帮衬，大家一起吃个饭。这是“大家”的事情。AA制，说得重一点，有“断绝关系”之嫌。

在美国，与美国人打交道，当然遵循美式规则。老师请客，给老师带什么呢？老师爱酒，我们决定带酒。于是我们前一天就到当地最大的一家中华超市，购得一瓶4两装的茅台酒。

第二天去老师家，准备晚餐是师母的事，我们就在客厅聊天。我把酒拿出来，老师很高兴，他当场就把酒开了，然后拿出一个装着开心果的瓶子，边聊边喝，一会儿工夫，那瓶酒就被他喝完了，像喝白开水，一点事都没有。我们都没有喝，茅台酒太烈，许多中国人大抵是消受不了的。当然，茅台酒是奢侈品，大多数中国人是消受不起的。

田野中老师是要喝点酒的，每天都要，尤其是晚饭。但是，与老师一起田野久了，他的酒量在下降。开始那几年，我都为他准备白酒；如果白天很累，我会为他准备红酒、啤酒。近几年，老师已经不再怎么喝白酒，只喝红酒和啤酒。

以前喝啤酒很随意，晚餐在上菜之前，给他上两瓶啤酒，冰的、不冰的都可以。到后来，他对啤酒的温度有了要求，不能冰得太厉害，又不能是常温的。所以，每次晚饭时，我第一件事是让餐厅的服务员立即把啤酒拿去速冻，20分钟后，大概老师来就餐时，那啤酒的温度就正好了。作为学生，这样的服务工作我做了好几年。

对旅游进行调查，传统的民族志方法有点勉为其难，因为观察对象分为东道主（host）与游客（guest）的组合。虽然，东

和老师在青海（邸平伟、曹娅丽摄）

道主社会可以作为相对稳定的对象进行传统的人类学田野作业的“参与观察”(participation and observation),但是,即便是东道主社会的变迁,在很大程度上也受到游客的影响;而对游客的民族志田野作业就有些困难,最好的方式就是“参与体验”(participation and experience)。这是我的总结。

老师是这样的。他从来不会错过“参与体验”,无论是场景、仪式、活动、表演、娱乐、饮食等。记得我们在青海省互助县对当地土族的旅游做调查时,当地有一个让游客体验土族婚礼的活动。当主持人邀请游客参与时,老师站了起来,他要去体验“当新郎、背新娘、入洞房”。他很高兴,每个程序都认真参加,结束后把新娘的名字挂在嘴边,说个不停。那个“逗”的样子,把人笑翻了。

在那十几年中,只要是我陪他去做类似的旅游体验,都是他体验,我买单。这没得说。

老师跳过舞,唱过歌,骑过马,射过箭,翻过山,越过岭,摸过鱼,划过船,灌过酒,打过糍粑,进过庙,“拜过神”,“背过新娘”,抛过绣球,反正民族地区有什么好玩的旅游项目他能体验都体验。

他老高兴,老是高兴。

老师高兴,学生也高兴。

老师的精力过人。他是一个口袋里总揣着国际机票的“世界飞人”。他不是Michael Jordan,是Nelson Graburn。我也算走过世界很多地方,见识很多人的人。不过,像老师这样的精力充沛的人少之又少。他今年84岁，要不是新冠疫情，不定他现在在世界上的哪个角落。

老师有一个本领，他能够在飞机上写文章。这点很少人能够做到。

老师的年岁在增长，他的脚步却没有停下来，这本来是老师自己的事情，可有时却“吓到人家”。记得有一次，我请老师到南京旅游专科学校讲学，当然是因为邸平伟教授的关系。讲学期间，愣是把那个老实的校长吓得，追着我说：“你的老师年纪这么大，这么有名，万一身体出了问题可怎么办？”

我拍着他的肩膀：“没事的，放心，有我呢。”

校长就把眼皮翻着，将信将疑，看得出，他的心一直悬着的。

老师是个美食家，那是绝对的。除了体验不同的美味之外，还体验饮食文化。我在美国的时候，老师也常请我们到不同国家或有族群特色的餐馆吃饭。

老师非常习惯中国的餐桌文化，中国的“面子文化”最能体现的地方就是餐桌。中国人在请贵宾的时候，通常总是要点很多的菜，吃不完，但要点；浪费也要点，不然不足以撑面子。虽然用这种对待中国人的方式对待老外是再愚蠢不过的事情，但愚蠢也要为之。

这种场合老师是经常要面对的，他的美食策略是：所有的菜都要“品”过，哪怕只一口；逮到他喜欢的，就多吃。体验与喜爱全都兼顾。

不过，饮食实有所属。我们今天常常讲认同（identity），那很学术。我们每一个成年人都有一张身份证，也叫IC卡，其实这两个字母，第一个就是身份确认的意思。买机票、动车票，入住酒店，银行取款等都要确认你的身份。

这，就是认同，确定你与人家不一样的地方。

我认为，人在社会中有很多事情是可以变的，比如身份、国籍、政党、宗教、认知、觉悟，甚至性别（“人妖”）。但是，对于一个成年人来说，你的味蕾，也就是位于舌头的味觉感受器官，一旦形成，那是很难改变的。

相信大家都有感受。比如我到现在仍吃老家江西泰和的“米辣子”，一种只有家乡才有的食品；那是打小就形成的“味蕾忠诚”。

饮食是一种“忠诚”，永不叛变的忠诚！

老师在晚年常到中国来，他也从不“缺席”对中国饮食的体味、体验。可是，有的时候，他的身体接受不了。

有一次，我和老师在中国田野后，老师回到美国，病了。他去看医生，医生说他得了“中国饮食综合征”（我没有记下那个单词，大致的意思就是因食用中国饮食而出现的症状）。我在心里发笑，“科学”有的时候真是造孽。那中国人可是世世代代患“中国饮食综合征”了。

不过，老师很明白，也很豁达。尽管那一次得了那个病，却从来没有因此放弃对中国饮食的任性，照吃不误！

这就是老师。

说到饮食，我要顺便说一件事情：

中国（大陆）第一部《饮食人类学》是我写的。2013年由北京大学出版社出版。在“后记”中我有这样一段话：

> 两年前，因撰写一篇饮食方面的文章，我在查找与我国饮食有关的研究资料时，被美国人类学家尤金·N·安德森的著作《中国食物》的献辞“谨以本书献给世界上饥饿的人们，希望中国供养人类四分之一人口的经验能被更广泛地借鉴”深深触动。此书的作者毕业于加州大学伯克利分校（UC Berkeley）人类学系，若要套近乎，他与我也算有些关系，我在该系有过一年的访学经历。

后来，我把这件事告诉老师。老师说，安德森是他的学生。这样说起来，他还是我未曾谋面的“师兄”。难怪，对吃这么讲究，有师承啊。我在心里嘀咕着，老师到底有多少学生啊。

四、金钟山

桂林山水名气大，那山那水煞是奇特，不是一山一水孤立，是连片连片的，面积达2万多平方公里。

金钟山是桂林周边永福县罗锦镇的一个小山地，喀斯特地貌造就了一个天然的溶洞。不过，在桂林山水之中，它完全可以忽略不计，大抵没有什么人知道那个地方。我也一样，如果不是经历了一段偶遇，大概这辈子是不会知道什么金钟山，尽管我对桂林非常熟悉。

可以这么说，永福就像是桂林“公主”的“仆人”，没人理会，没人在意，加上地处郊外，40多公里的车程，完全就是桂林的乡下。没人知，没人晓，就是现在去问桂林人，知道永福的也不多。对于像桂林这样著名的旅游目的地来说，没人知道，没人光顾，自然也就缺少最重要的经济来源。所以，永福相对的穷。

在21世纪初的几年里，永福的金钟山发生了一个故事。

故事的第一位角色，吕志辉，浙江人，一位做蚊香生意起家的商人。他因勤勉、精明而发家。手里有了钱，就想做一点事。于是约了他的一个亲戚去了桂林，不知怎的，就误打误撞到了永福县的金钟山。他们探秘般地进了金钟山的溶洞，那原始、古朴感动了他，就喜欢上了。当浙江商人表达想在金钟山投资的意愿时，永福县委县政府对“送上门的馅饼”大为兴奋，大开绿灯，于是谈判一拍即合：吕先生对金钟山拥有了20年的开发使用权。

那个时候，这种事情在中国每天都在发生，只是，离我们这些学者十万八千里。我们知道，不在意。

这时，故事的第二位角色出现。徐杰舜，一位中国当代算得上最勤奋、最能干、最能来事的人类学家。他成了事件的牵线人。

浙江商人吕先生与徐杰舜不仅是老乡，而且徐教授在年轻时就与他有过交集。吕先生要在广西做事，自然会找在广西工作的徐教授，双方一拍即合。

徐教授的“活络”在人类学界是公认的，他成了吕先生的策划高手。徐杰舜为吕先生出了一个点子：在那溶洞里办一个以“原始人”为背景的歌舞表演。

这个想法委实亮丽，夺人眼球。想想看，在原始的山洞里，来一出原始的表演，穿得又少，咿里哇啦的，游客想必是喜欢的。那点子不输张艺谋在桂林漓江上的“印象刘三姐”。

他显然说服了吕总，开始了他的策划，写了一个厚厚的文本。

本子总要找人评审，这是程序。徐教授找到了我，我成了那本子的评审专家。我与徐教授的交情历史悠久，此外，我对广西的了解，特别是民族调研的深度很少人知道，徐教授知道。

看完策划文本后，我给徐教授打了一通电话，大意是认可他的想法，但难以实行，难以实现。因为以原始状态招揽游客虽然吸引力大，可是对公安也吸引力大，完全可能在诸如“扫黄”的运动中把它“扫掉”。原始表演的噱头在于此，危险也在于此。

徐杰舜于是问我：“彭兄，那你有什么点子？”

我回他：“搞洞穴酒店。”

我接着说：“中国的洞穴资源在世界是非常丰富的，可是中国，乃至亚洲都没有洞穴酒店。而世界上的洞穴酒店不仅很多，也像一般酒店一样有星级评定，法国、瑞士、希腊、土耳其等国都有很好的洞穴酒店。如果在金钟山设计洞穴酒店，特别是与中国传统婚俗‘入洞房’联系起来，设计一个中国的洞穴酒店，这不仅填补了中国甚至亚洲洞穴酒店的空白，而且可以把中国的文化元素，特别是婚姻要素加入进去，侧重于设计高端的新婚酒店，这会比原始表演更好，至少更安全。”

徐教授一听就来劲了。他说，我马上打电话给吕总，问我能否明天来一趟金钟山，我们大家见一个面，让我把想法完整地告诉吕总。

我犹豫了，主要原因是我曾经为自己定了一个原则，那就是与朋友不掺和经济关系，担心经济利益伤害友情。但我还是很快答应了，主要原因是我这个人很难拒绝人家，特别是朋友。再说，洞穴酒店在我的内心还真是挺召唤的。

接下来的事情反而变得简单。我与吕先生的交流也非常顺

与徐教授一起穿山洞

畅，想是徐教授已经在电话里与他沟通得差不多了。我们很快进入到实质性商谈，确定由我负责组织团队完成金钟山洞穴酒店的策划方案。

项目形成了。

我也顺手组了一个团队，成员包括：我，李春霞，卡佳（我的乌克兰学生），李菲（后来成为我的博士后），同时邀请了广西的罗树杰教授，冯智明（她当时是中山大学麻国庆教授的博士研究生，在广西师范大学工作，由于她的博士论文做的是瑶族，而我对那一带的瑶族很熟悉，于是她来请教我，我也就请她加入）。徐教授则是合作双方的“中间人”。

这样，老师的角色也就顺势出现。我请老师作为课题组的顾问，不是名义上的，是真正的参与。我把我的想法和团队的想法告诉他，也听取他的意见。他不仅认可，而且认为好。

按理，这样的项目是不值得费笔墨，因为是“横向课题”。但是，课题引出了一个重要的成果和一个令人啼笑皆非的后续故事。

在团队入驻金钟山的调研期间，吕总倒是一个热心、有心和用心的人，他不仅追踪课题的进展，与我们讨论相关问题，还从此爱上了人类学。在徐教授的斡旋下，我们在金钟山创立了“中国旅游人类学研究院”，组成了一个委员会，老师是学术顾问，吕志辉出资，成了名誉主任，我和徐杰舜是挂名主任。我们决定每两年举行一次旅游人类学方面的国际专题学术研讨会。2010年10月31日到11月3日，“桂林金钟山中国旅游研究院暨中国旅游人类学高峰论坛”开场。

我要特别表扬韦小鹏，他当时成了旅游研究院的专任秘书。10年来，他一直任劳任怨，为论坛做大量细致的工作。

杨慧，师母，老师，我，葛荣玲，郑向春，张进福，（从左至右）

本人与孙九霞教授

此后的每两年，我们都要举行一次专题性的旅游人类学高峰论坛，每一次论坛结束后都要将会议论文结集出版。这事由徐教授负责，在黑龙江人民出版社出版。按照“民间协会”的潜规则，出钱者挂名主编。所以，每一辑论文集都是“弄钱者”（徐教授）和“出钱者”（承办单位负责人）当主编。

每一次论坛老师都亲自到场，每一次论坛我也都让老师请那些在世界上从事相关研究的专家参加。他是主角，他也把这事搁在心里，每隔一年，他都会提前询问论坛的时间、地点和相关的细节。要不是全球性的新冠疫情，我们2020年5月份在银川的宁夏大学还要举行论坛，按计划是第六届了。

我敢说，到现在为止，中国旅游人类学领域最集中的成果，最有代表性的学术活动非此莫属。

这就是课题延伸出的重要成果。

回到金钟山洞穴酒店的课题。我们整个团队在那个小山坳里辛苦工作，山洞成为我们的“洞房”，只是没有“新娘”，我们没有幸福感，倒有些探险的味道，剩下的只是新奇感和辛苦感。

经过艰苦的调研和团队的工作，我们的策划方案出炉。方案以洞穴酒店为主体，以“婚礼洞房”为主打，同时在金钟山小范围的山坳中选择三个相连的山包作为“穿越时空体验区”，它们既各自独立又相互贯穿，一个为原始状态，一个为农耕田园状态，一个是现代生活状态。还有就是以养生为主的项目，原因是当地罗锦镇的居民长寿，百岁老人有好几位。这样三位一体的项目，既填补了中国洞穴酒店的空白，利用了金钟山的资源特色，又植入了中式“婚礼入洞房”的元素，还有从原始到现代的穿越性体验区，加上养生保命的原理。在一个边远的、名不见经传的小地方，依托桂林山水，是很理想的。重要的是，如果按照这样的理念去做设计方案，资金投入并不太大。

可是，可惜也可笑的是，后续的设计方案由香格里拉集团（如果我没有记错的话）接手，他们没有接受我们的方案，而是要将金钟山的整个山体切开，搞一个山体观光电梯，从山顶到山脚，经费预算要几个亿。可以想象，这样的方案是实现不了的，甚至连相关部门审批的批文都拿不到。

我在完成了策划后课题就结束了，团队也解散了。后续的故事与我们就没有什么关系了；虽然后来他们还有一两次请我们与新来的设计团队交流，但实在理念出入太大，我们也就淡出了。

出乎意料的是，大约在两年之后的一天，老师从美国写信给我，说我们的那个策划案以英文发表在伦敦的一家设计刊物上，但署名成了上海的一家设计公司。

老师有点愤愤不平，我也有点愤愤不平。可是，那有什么办法呢，我们在交方案书的时候没有强调知识产权的问题。课题结束后，老板给了钱，方案就“属于”出资方了。似乎习惯上是这样。虽然觉得其中有些不妥，可是对于学者来说，要搞清楚这些“蹊跷”是很困难的。

最后，我和我的老师都只能一笑置之。

这，就是我所说的一个令人哭笑不得的故事。

项目过去了好些年的一天，我在家里接到一个电话，是吕总打的。他说："彭教授，你在家吗？"我说："在的。"

“我现在在厦门大学学习。”

“你学什么习啊？”

“是政协委员的培训班。”

“那我下午请你喝咖啡。”我说。

那天下午三点，在厦门大学逸夫楼的咖啡厅我们又见面了。吕总还那个样子，他挺谦和的。他告诉我，他的金钟山项目基本上脱手了，他说那不好搞。他还回到了老本行，制造业。他说一种产品，我没记住。

看上去吕总很好。是政协委员了。

分手的时候，他握着我的手说："彭教授，虽然我们金钟山的合作不长，可是你和你的老师所从事的人类学对我影响很大，谢谢你。"

我应和着。

五、"天真"的人类学家

《天真的人类学家》大概是中国社会对人类学家误会最深的一部由人类学家写就的田野随笔。书中所记录的确是真实的，却何以导致"误会"？原因在于，人类学家以特有的"天真"态度在特定语境中的表现可能被误解；就像一位著名的人类学家把他在田野中的形态换到公开的场合，会被认为不合适，甚至是"脑残"的行为一样。这就好似把舞台上演员在后台的工作搬到前台一样。其实，前台、后台都是真实的。

当然，还有一个前提，这就是中国的民众对人类学这一学科的陌生。人类学的专业书民众大多不看，突然来了一本这样"好玩"的书，那民众会怎么看待人类学家？个个都是"天真"的，都只是"天真"的。这种情况放到西方社会或许不会有这样的误会。

我在百度上下载了人类学家巴利的《天真的人类学家》的简

介和精彩段落：

内容简介：

诚实但又不失风趣地记录了作为人类学家的作者在非洲喀麦隆多瓦悠人村落两次进行田野工作的经历，将人类学家如何克服乏味、灾难、生病与敌意的真实田野生活拍案叫绝地呈现在读者面前。不同于一般的人类学研究报告，这是一部令人捧腹不止的人类学笔记，透过幽默的笔调，读者看到了人类学者如何与研究对象进行互动，在互动中如何调整他的学术成见，以及田野工作上的琐事如何影响后来的研究结果、研究的盲点与反思。因此不管是严肃的读者、无聊地只想打发时间或者是向往非洲原始部落的异国情调而蠢蠢欲动的旅人，巴利《天真的人类学家》绝对是一个有趣的选择。

精彩段落：

多瓦悠人的解释总是绕圈子打转。我问："你为啥这么做？"

"因为它是好的。"

"为什么它是好的？"

"因为祖先要我们这么做。"

我狡猾问道："祖先为什么要你这么做？"

"因为它是好的。"

我永远打不败这些祖先——他们是一切解释的起始与结束。

多瓦悠人喜欢用惯例说法，令我困惑不已。

我问："谁是庆典的主办人？"

"那个头戴豪猪毛的男人。"

"我没看到头戴豪猪毛的人。"

"他今天没戴。"

作者巴利是我们的同行，他经历的事情也是我们在田野中常常经历的。人类学家在田野中确实会是"天真"的，不过我把"天真"定义为"天性返璞归真"。

人类学家与"土著"最大的区别在于：人类学家认为必须打破砂锅问到底，有点像小孩那样好奇，不断地提问题；可是经常的窘境是，在土著那儿已经是终极了，"底线"是——"我们的祖先就是这样的"。我在我国西南对一些少数民族做调查的时候也经常遇到同样的情形。人类学家却还要不停地问，那就"天真"了。

但是，人类学家的"天真"意义和意思并不这么简单。因为他们是不同文化法则的探索者，开始阶段他们会碰到许多困惑，他们都要跨越和超越。

老师也是一位天真的人类学家。他在田野中除了有类似《天真的人类学家》中普遍的"天真"外，还有属于他自己的"天真”。他经常表现出“老小孩”的样子，非常非常好奇，对什么都有兴趣。

我在四川美术学院有一个平台：“中国艺术遗产研究中心”，我是首席专家，老师是顾问。我在桂林旅游学院也有一个平台：“中国南亚旅游战略研究中心”，我是首席专家，老师是顾问。

受聘仪式：老师是顾问，我是首席专家，中间是校长（桂林旅游学院）

反正顾问、顾问就是“光顾着问”。所以我也就有理由经常把老师请到中国来，让老师多“光顾”。记忆中我请老师“光顾”桂林就不下三次。

2016年我在四川美术学院搞一个小型的国际沙龙，顺势就把老师和师母请来。我随意撷取几张照片，可见一斑。

逗鸡乐

逗狗玩

与四川美院院长交流

观摩手工艺

欣赏美术作品

受聘仪式

短短三天时间，除了参加小型国际论坛和相关正式的仪式外，老师还认真欣赏美术作品，悉心观摩美院的手艺工作室，与院长共进晚餐，与猫、狗、鸡逗乐……一个八十岁的老头，能有这样的心性，难得。

有一件事是一定要说的。人类学家满世界走，游着游着就“油”了。“民间智慧”有时用的地方不对，让人捧腹。

那天院长宴请晚餐后，我们送他回酒店。在大堂，老师看到了酒店酒吧里有一个小姑娘在那儿调鸡尾酒，他是想喝酒了，可是他不说，径自走过去，对着人家小姑娘就说，你这调法不对。老师让小姑娘把柜台上需要的酒都拿上，像调酒师一样，边教边调，调好后，端着酒杯就走了，也不登记个房号。那小姑娘根本没反应过来怎么回事，那架势定然是把她蒙着了，吓着了，端端地就愣在那儿。

看着老师的背影，那样子“痞痞的”。

第一天，老师骗得一杯酒，估计那小姑娘定是要被主管骂的，可能还要赔酒钱，因为根本就不知道那洋老头是何方神圣，没给钱呢。

第二天，老师如法炮制，这次可跑不了。他就有点不爽。其实，老师是知道的，学生请他来意味着什么，十几年来，他每次来中国，只要我在他身边，他不需要付费。这次也一样，账单记到了我的名下，连同前一天的。所以，不是账单的问题，而是人类学家的雕虫小技，他大概觉得能够“骗”得一杯鸡尾酒是人类学家的本领。

其实，我在田野中有时也这样，也能“骗吃骗喝”；不过，态度不一样。我不是“痞痞的”，而是“傻傻的”。有时是装出来的。

难怪，人类学家总是快乐的。因为他们总在新奇中，总有好奇事，总在品味各类食物，也总在自己逗乐子。

曾经有一段时间，我频繁地往返成都。成都有一位本家朋友，叫彭小华，她很能干。记得2005年的时候，她在成都郊区的崇州有一个合作项目，即世界遗产地四川卧龙大熊猫保护区鸡冠山段的调研和评估。项目中包含保护性旅游开发的内容。崇州鸡冠山是大熊猫最靠近城市的栖息地，要在那样的地方搞旅游开发，“保护”是第一位的。

在中国，大熊猫的命比人值钱，这个大家都明白。因为少。它不仅是国宝，而且着实招人喜欢，世界人民都喜欢。

项目需要进行非常细致的前期调研工作。2006年6月，小华请我，我也拉上了老师一起上鸡冠山。当然，我们已经在前期对成都大熊猫基地的熊猫生活情形有过了解，知道那家伙的脾气、性情、作息时间等。

实地调研很辛苦，要翻山越岭。我们都身着迷彩服，开始了几天的调查，循着大熊猫的行动线路做实地勘察。我们需要严格确立核心区、缓冲区的范围，严格限制旅游开发殃及的区域。

老师的精力过人，纵然如此，他也要累，也要病。在我与老师的这二十多年的交往中，尤其是早些年与老师一起做田野的时候，印象中他从来没有说过累，从来没有。这与“一不怕苦，二不怕累”没有任何关系。他是人，他是老人。他会累，只是不说。

大概“男人（很Man）”是这样的。

老师累不累，靠观察。

观察什么，他的眼光；眼光是藏不了的。

这是我的经验。

下面这几张照片，老师是累了的。他的眼光“眯”起来了。

与老师在鸡冠山勘察

熊猫、熊猫，你真幸福，你呼呼大睡，不会有游客吵到你的。

我和我的老师正为你勘察呢。

人类学家的样子“天真”吗？

你看得出一位老人这样工作的实景吗？

好好看看老人的眼光。

他真的累了，真是累了。

看着，我的心就隐隐地痛。

六、“博物馆”：西装穿到东方人身上

老师的成就主要集中在旅游人类学和博物馆学。他曾经是北美赫斯特博物馆馆长。大家也知道，人类学与博物馆学有着天然

的关系，许多的人类学家也都是博物馆学家。一般大学里有人类学系的地方大多会办一个博物馆。厦门大学有人类学系，也有人类博物馆。

人类学原与博物学关联甚密，至少有“亲属关系”。达尔文是博物学家，人类学的第一个学派就是进化学派。

当今的世界被认为是博物馆时代（the Age of Museum）。意思是说，博物馆越来越走近我们的生活。中国的情形也契合了这种说法。我国许多城市、地区、大学，甚至村镇，现在最大的、具有“标志性”的文化工程，不是别的，就是博物馆。

不过，博物馆是西方的东西，不是中国的，中国自古以来就没有这东西。西方的东西搬到中国总是要变的，有的变到面目全非。

博物馆与博物学有关。西方的博物学，英文称作natural history。也不知道是什么人把natural history翻成“博物学”，漂亮是漂亮的，就是有些含混。如果直接译成“自然史”可能还要好些，至少不会造成混淆。原因是，中国古来并没有博物馆这样的东西，却有博物志、博物学，与西方的natural history不一样。这样的译法莫说老百姓不明白，会把二者误认为是一个东西，就是有些专业人士也不太搞得清楚。

中国的博物学在古代是经、史、子、集四大分类的一种“补充”，也可以说是一种典籍的“补充类别”。西方的natural history与中国的博物学顶多只是表象上相似，却完全没有中式博物学的意思。大家可以去读读我国西晋张华著的《博物志》，与西方任何一本博物志都不一样，一眼就能看出来。我在我的书架上随便抽一本英国吉尔伯特的《博物志》，把它和张华的《博物志》摆放在一起，宛如西方人与中国人站在一起，泾渭分明。

我国之所以没有博物馆的概念和形制，与中国古代“家国天下”的“国体”有关。“家”就是“国”，而且“家”在前“国”在后。皇帝就是“家长”。所有的财物，都是由“家族”的线索传承下来，不会传到别人家去。死了就把财产埋进坟墓。中国有一个“传家宝”的概念，也是中式遗产传承方式。这样的财产继承关系也就不可能产生博物馆的形制。我们现在在博物馆里看到的文物，除了石器时代那些远古岁月的以外，进入封建社会，财产都是某一“家”的，而且大多数是从人家的祖墓里掘出来的；现在都成了“公家财产”。这有点像一群人冲到我家，横横地就把我的传家宝抢走“充公”了。

至于那些盗墓贼，搞到“十墓九空”，我不知道他们晚上睡觉时有没有鬼魂找上门。人说“不做亏心事，不怕鬼敲门”。毁人家的祖坟，掘人家的祖墓，肯定是亏心事。我想必然是怕鬼来敲门的了。

我也不知道我们的考古同行会不会偶尔闪现一丝丝的自责。他们不是“盗墓”，盗墓是偷偷摸摸的；考古学家是公开的，他们是“挖墓”，正名叫作“古墓挖掘”。他们是专家，有时也搞现场直播。电视上他们看上去都很风光，不过再风光也是在掘人祖墓。从人家的祖墓挖出来的宝贝变成今天“博物馆”里的摆件，这样的形制倒很有些中国特色，在西方国家不容易看到。我总是隐隐约约觉着这与传统的伦理有些不吻合。

我在这里也发发牢骚。考古学是人类学的一个分支，这是人类学的常识。可是在我国，好像考古学被“另立门户”起来，独自一家。“分家”了好像是不一样了，搞考古的比搞文化的“抖”得多。他们经常被请到各种各样的光鲜、光亮场合，无论是文物鉴定、考古挖掘还是大师传说，都可以看到他们的身影。文化人类学家却从来都在冷板凳上。这倒不是考古同行的错，是当今之世，太过务实，搞挖掘的，哪怕是掘人祖墓，只要挖出“宝贝”就可以。搞“文化”的不值钱，那就该受冷落。

中国古代没有博物馆还有一个原因，那就是在漫长的历史中并没有形成“公民社会”，当然也就不会把“私家”的东西放到“公家”去。反正中国有“博物”没有“博物馆”。西方的不来，大家还清楚，一来就有点乱。我曾经写过一篇文章，称中国的博物形制为“博物体”，就是想提醒大家中国古代有自己的博物学知识和理念，却是没有博物馆的。

近代以降，中国把博物馆形制引来，其实是配合“公民社会”的民众需求，而“公民社会”也是引进来的。我们在引来这些东西的时候，并没有进行认真的评估，更没有做好“质检”工作。

说起“博物馆”的渊源，可谓悲喜交加。Museum的本义有二：一是与古希腊的缪斯女神（Muse）有关，她是专门掌管诗歌、艺术和科学的女神，人们为了祭祀她，在缪斯庙里进行各种牺牲祭献；二是与“音乐”（Music）同源，在古希腊神话传说，特别在荷马史诗《奥德修纪》里有详细的记述。缪斯原也是一位歌唱女神，后来成了艺术总管。她的化身从一位演变到三位，最后定位于九位。

Museum的原型就来自缪斯庙，也是用于收藏女神掌管的艺术品的场所。古希腊时期的各个城邦都有缪斯庙。历史上最负盛名的是建于公元前280年埃及濒临地中海的亚里山大城的缪斯庙，也就是最早的亚历山大博物馆（Museum of Alexandria）。它对希腊文化的传播起到了非常重要的作用，也被认为是现代博物馆、美术馆的先驱。我去过埃及，可惜那次因行程安排太紧，我未能前往那座城市，但其他重要博物馆大都看了。

Museum还有一个重要的意思，就是“记忆”；缪斯的母亲正是记忆女神。换句话说，博物馆还有一个重要功能就是让参观者通过知识将过去、现在和将来完整地连接在一起的记忆过程，具有纪念和神圣的意思。

近代博物馆还与殖民掠夺搅到了一起，中国没有殖民历史，有的只是“被殖民”的惨痛历史。甚至连西方的博物馆学专家都在强调博物馆的殖民掠夺，认为博物馆成了殖民主义收藏文物的一种特殊范式。有的专家甚至认为，现代博物馆是一种以帝国主义、殖民主义“父权结构”为主导的文化样式。

说起西方的殖民掠夺，中国人首先会想到圆明园。当年英、法等国烧掠圆明园，抢走我国宝物，放到哪里？博物馆！连法国大诗人雨果都谴责这种“强盗”行径：两个强盗闯进圆明园，一个抢劫，一个放火，我们全部教堂所有的宝藏加起来，也比不上这座灿烂惊人的东方博物馆呀。

终于明白，西方的近代博物馆历史劣迹斑斑。某种意义上说，西方的近代博物馆有“销赃”“洗钱”之嫌，即把偷来、盗来、抢来、掠来的宝贝，当着全世界人民的面，把它们变作“全人类共同财产”，摆放在我家的“保险箱”（博物馆）里，由我“保管”。这样，“不合法”的掠抢变成了“合法”的收藏，博物馆是“魔方”。

这样说有一点不厚道，可是这些都是事实。我们似乎不能责怪“保险箱”，但保险箱里存放的是“赃物”，该如何评说?

虽然，在世界范围内，包括联合国教科文组织在内，一再呼吁归还被殖民者抢夺的文物给归属国和原属地，并将其上升到“基本人权”的高度，可是迄今为止，仍收效甚微。2009年2月对八国联军抢夺的两件中国文物“兔首”“鼠首”的拍卖事件就是一个典型的例子。福建籍收藏家、商人蔡铭超以3 149万欧元竞拍，把自己的文物买回来。面对这般冤案、冤情，博物馆专家最通常的作派是把肩耸一耸，一副很无奈的样子。

博物馆的劣迹还不只如此，更有侵略者炫耀“胜利”的丑恶嘴脸。20世纪80年代末，我在留学法国的时候到巴黎的“荣军院”（L'Hotel des Invalides）参观。荣军院全称为荣誉军人院，本来安置伤残军人的，后来转变成了一座军事博物馆（Musée de l'Armée），原来的教堂则被改建为拿破仑的陵墓。

在荣军院，我看到了大清帝国的“帅旗”被摆放在那里。我感到万分愤怒，有一种受侮辱的感觉；很长一段时间那口气都没能消。

侵略者、殖民者侵略人家、欺侮人家、掠夺人家、霸占人家、残害人家、杀戮人家还嫌不够，还要把抢来的东西摆在博物馆里炫耀。

原本博物馆就是西方的东西，没有西学知识，有时连反思的余地都没有了。博物馆那家伙有一点像赫尔墨斯。人类学名著《写文化》中有一篇名为“赫尔墨斯的困境：民族志描述中对颠覆因素的掩饰”，借民族志讲“偷盗”。赫尔墨斯（Hermes）就是一个语义复杂的古希腊神，他在奥林匹斯神系中担任宙斯和诸神的使者和传译，他为宙斯传送消息，完成各种任务。更逗人的是，还是小偷们崇拜的神。但他的眼力似乎不太好；他出生在黑漆漆的山洞里，要点火才能看到，所以他成了祭祀中点火的人。这，也与heméros同源，就是盲人、瞎子的意思。

这样看起来，由赫尔墨斯来当信使，真有“监守自盗”的嫌疑。重要的是，他确实有“偷盗”的案底，公安局都备着呢：赫尔墨斯在出生的当天，就偷了阿波罗的牛；实在是太“牛”了。天生的小偷，宙斯竟然让他去传信、汇款什么的，谁敢信啊。

终于明白，赫尔墨斯原来就有中国古代“掩耳盗铃”之功，赫尔墨斯的功夫在于“蒙眼掠物”。在我看来，赫尔墨斯就是西方近代博物馆的化身。

揭一点西方博物馆的老底，其实脏得很。

我希望我国的博物馆同仁们读一点西方博物馆的历史。

当然，博物馆本身就像一件衣服，可以穿在正人君子身上，也可穿在恶人坏蛋身上。重要的是，中国的博物馆学要有把西服改成中装的本领。

当然，现代博物馆与殖民的关系不能赖到博物馆专家身上，就像人类学在发轫时也与殖民扩张搭上些关系，原子弹杀人与原子专家的工作也有关系，那是“婴儿”与“洗澡水”的关系。

从20世纪70年代开始，随着博物馆数量的增多，出现了很多新的博物馆形式，比如生态博物馆（eco-museums）、露天博物馆（open air museums）等。这些新博物馆形式侧重于区域性历史文化的整体保护和社区参与。

在中国，很多人大概不太清楚，那些考古学家、博物馆学家其实也是人类学家。美国的人类学历史学派的鼻祖博厄斯和他的弟子米德都曾经当过博物馆馆长。博厄斯也因此守护、保护了许多印第安的文物。因为其他专业的人不懂，人类学家懂。

老师来到中国，我也经常带他去看博物馆。记得有一次在成都，弟子肖坤冰介绍我们去成都郊外的安仁古镇，那是一个以博物馆为主题的小镇。老师非常认真地查看了许多重要细节，并对一些“错误”提出了修正意见。他是真正的专家，很专业。他把博物馆的“西方原理—中国摆放”搞得非常清楚。我从他那儿学了很多。

既然人类学与博物（馆）学就像是亲属关系一样，人类学也大多对文物有着天然的“警觉”。只是，人类学不是“小偷”，他们是专家。

今天，博物馆的功能早已从单纯的文物存放、保管、展示的功能扩大到教育、宣传等功能。日本的中小学生就经常要到博物

成都安仁古镇（被称为博物馆小镇）

访问日本国立民族学博物馆

日本博物馆的现场教学

加拿大博物馆家庭教学现场

馆去上课的，西方的博物馆早已把家庭教育挪进了博物馆。

我国的博物馆事业如火如荼，相比较而言，博物馆学研究的深度仍有欠缺。浪费现象严重，国家投入很大，所收到的社会效益、文化效益、教育效益、经济效益都不理想。据我所知，因为博物馆事业发展得太快，没有足够的文物来“摆设”，有的地方干脆以赝品来充数。

博物馆形制的“中国特色”更需加力。

七、寿比南山

老师长我整整20岁，1936年出生于英格兰，1958年获得剑桥大学学士学位，1960年获得加拿大麦吉尔大学硕士学位，1963年获得芝加哥大学博士学位，之后就到伯克利，一直到现在。

老师的研究领域非常宽，涉及因纽特部落社会、加拿大Naskapi-Cree印第安部落社会、加拿大研究、日本研究、宗族研究、艺术研究、酒文化研究等；博物馆、旅游研究更为世界级大家。他是联合国教科文组织、国际旅游组织、加拿大等相关机构的智库专家、院士。他发表的文章很多，超过300篇。

老师是伯克利的终身教授，现在还在上课，还在带学生。从20世纪60年代算起，教学生涯超过了半个世纪。伯克利是世界上最好的公立大学，来自世界各地的优秀学生集中在那里，老师的学生也遍及世界。

在我有限的生活经历中，与老师学生的各种交流、交往、邂逅，除了上面所提到的，迄今未能谋面的安德森外，还有一段缘分会让人感叹“世界真小”。

露易莎（Louisa Schein），老师的另一位优秀学生。但在很长的时间里我并不知道这层关系。

1984年，我到贵州大学读硕士研究生，开始喜欢上了人类学。贵州也是一个天然做民族志田野作业的好地方。

贵州属于“民族地区”，那个时候，少数民族地区刚刚对外

与美国语言人类学家普莱尔在贵州调查

开放，就吸引了一批西方的人类学家、人类学博士候选人纷至沓来。他们中的有些人一边调查，一边在贵州大学当外教，或学汉语，或与学者交流。我当时一边与他们交流，一边教他们汉语，一边跟他们学人类学，一边与他们一起做田野，一边与他们做朋友，还有很多“一边”反正。

露易莎，加州大学伯克利分校人类学系的博士候选人，一位漂亮的美国白人姑娘。她调查的对象是苗族，主要田野地是黔东南苗族侗族自治州，具体的田野点为凯里西江苗寨。她在当地穿苗族的服装，吃苗族的饮食，讲当地语言，特别关注苗族女性的情况。

顺便说，她的博士论文于2000年由美国杜克大学出版社出版，题为《少数民族规则：中国文化政治中的苗族和苗族女性》（*Minority Rules, The Miao and the Feminine in China's Cultural Politics*）。

露易莎在贵州的两年（我所知道）中，除了在苗族村寨做调查外，时不时要到贵阳来，与学者，与苗族的知识分子交流，也到省民委、省图书馆、大学图书馆查阅档案、资料。她来贵阳的时候，常会到贵州大学与我交流，有时也诉苦。

有一件事情令我记忆深刻。她在贵州调查的时候，偶尔回纽约。再回贵州来时她曾告诉我这样的感受：刚到贵州时，她感到什么都新鲜，什么都想看、想问、想了解，因为苗族的文化与她们的文化太不一样了。可是一段时间后，这种新奇感就没有了，她成了他们中的一员，习惯了，感觉也不敏感了，学术感受也少了。这个时候，她会离开一小段时间，再回来，那种新奇感就又回来了。

露易莎调研完离开了贵州，临别时，她把随身带的美国人类学教材留给了我。她知道，我需要。

她离开后，我们就没有再联系。

有一次领着老师去黔东南，顺便就讲到了露易莎，谁知道老师回说："She is my student."这令我很是诧异，这老师到底有多

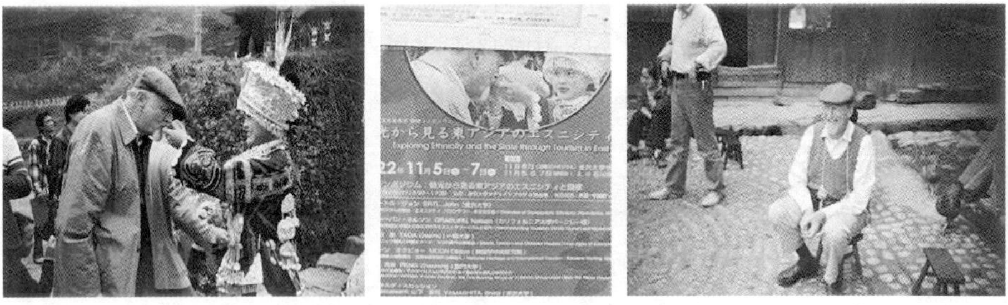

老师在黔东南苗寨郎德

少的学生啊。

有意思的是，老师也很在意他的贵州调查，有意无意地满世界宣传贵州。上一页的照片是我们一起去苗族村寨郎德时的“入寨酒”，后面在日本金泽大学举行的一次旅游人类学领域的国际会议上，老师就用这张照片介绍贵州、介绍苗族、介绍自己。

“邂逅”的后面似乎长了眼睛。露易莎离开贵州后我们再无联系，可是自从我与老师在黔东南的苗寨，我告诉他认识露易莎后的不久，在一次国际会议上，露易莎出现了。不知道是否老师有意安排。我们相互问候，老师却很酷的样子坐在那儿。

老师其实很随和，可是由于他的地位，特别在旅游人类学领域，只要他坐在那儿，学者们大多是要去“拜”的。我遇到几次，印象深刻。他是“学术长老”。

人说“长寿”，指活得久。总的来说，人类学家活得相对长些。我没有统计，没有数据，但如果人的长寿与心情愉悦、生活快乐、饮食多样、心性豁达、同情包容、经常旅行等有关系的话，那么，人类学家把上述的特点都给包圆了。

我还想说的是，老师的教龄是长寿的，老师的学术生命是长寿的；所以，“寿比南山”对老师，多了这些意思。

老师今年84岁，身体还很好，满世界地跑。作为学生，我衷心祝福老师寿比南山。

在中国，“寿比南山”通常是在给老人做寿时的敬辞、颂词，特别是在高寿整数的时候，比如80岁、90岁、100岁等。在中国，这是非常隆重的礼仪。

老师的80大寿是我这个中国弟子专门为他在中国做的。

Graburn教授80大寿与50金婚（中国武汉）

2016年是老师的80寿辰，也是老师的50年金婚。刚好那一年我们要在武汉中南民族大学举行第四届旅游人类学高级论坛，我想借此机会办好这件事。

事先，我告知门内弟子这个决定，希望全体弟子都参加。费用的集资是这样的：我出资3 000元，每一位去过伯克利的出500元，其余的出300元。我的弟子很多，博士、博士后加起来有六十多位（当时），还没有算上认养的。我请武汉籍弟子张进的母亲谭教授协助承办，她是一位非常能干的女性，湖北省优秀老师，武汉外语学院英语教授。谭教授全心全意，纪念活动办得非常好。同时，我事先请弟子张颖让四川美术学院的师生为老师的纪念活动准备字画等寿礼。

为了老师的寿诞，我不仅把老师、师母请来，还把当时在宁波教外语的老师的小女儿茜茜莉也请来。庆寿活动云集了一批与会的中外专家、我的弟子们。

老师很高兴，在庆典上他深情地说：“我在世界上有很多的学生，我的中国的学生对我最好，中国的学生中……”

看着老师的笑容，我在内心深深地祝愿：老师，弟子祝你寿比南山！

老师90大寿时，学生再来为你庆寿！我在心里说。

我的法国老师

一、法兰西，我来了

要写法国老师，先要讲讲我去法国的事情。

人生有的时候会出现“想不明白”的事情，甚至做梦都没有想到，清醒时也没想明白。可能到死也搞不明白。

我是1988年获得公派留学资格赴法的。其实，早在两年前的1986年，也就是我在读研究生三年级的时候，我不仅考了“托福”，得了高分，考取了美国的大学，还得了资助。只是都要准备走了，却没走成，故事走得曲曲折折、歪歪扭扭的。

那“托福”之“福”也没“托”上。要知道，那个年代，考“托福”是要熬更守夜排队的，不少年轻人把出国看作改变个人命运的途径。当时国家穷，外汇奇缺，考试报名都得要美金。可以想见，刚经历“文化大革命”，改革开放又不久，大家都穷。

中国人最了不起的品德是，再穷，口袋里还得有几个保命钱。

考“托福”，当时竟然有那么多的人手上拥有美金，排着队着急着花美金。啧啧！中国社会的民间力量原来一直被低估，后来发现，它整个地改变了国家命运的方向。“民营”是什么？讲不清！经过“文化大革命”，“民营”早就被铲除了，剩下的只是“国营”。不过，“民营”是野草，野火烧不尽，春风吹又生。

我们不是“民营”，只是“民间”。为了弄几十美金去报名，我的整个家族都动员起来了。爸爸不知道通过什么渠道让人从美国给我汇来了一笔美金，迄今这仍是个谜，而且永远是个谜。爸爸已经离世很久了。汇钱的人可能也已经离世。当时隐约知道，自己来自一个大户人家，有海外关系，奶奶有九姊妹，全都嫁入大户人家，国民党高官、共产党高官、商贾人家、高级知识分子都有。只是在“文化大革命”期间，所有海外关系都处于“潜伏”状态。父母为了保护自己的孩子们，都让这些“关系”变成永久尘封的历史。

我还算“争气”，用那笔美金报名、考试、联系学校，很顺利地考取了美国亚利桑那州立大学人类学系，还意外获得了一笔入学奖学金。

至于当时为什么报那所学校，说起来也有故事。20世纪80年代初，我在贵州大学读研究生，那个时候，陆陆续续已经有一些欧美的学者、博士候选人、NGO成员、学生到中国西南的民族地区。他们中有不少是人类学专业的，我认识的露易莎、张兆和、普莱尔都是学人类学的。当时因为我的外语不错，被学校叫去给外国人上课，我一边当他们的老师，教他们中国文化；一边当他们的学生，跟着他们学人类学。

我的外国学生中有一个来自美国亚利桑那州，中文名字叫“杭迪”，她说她的家乡有好多印第安部落，还给我看了图片。她知道我喜欢人类学，就鼓励我考那里，说是考上了到时可以去她家。当时我真的想去印第安部落做田野，于是就有了这段故事。

故事就这么走着，原想研究生一毕业就去美国攻读人类学博士。可谁知，这样的梦想蓦地就破灭。之所以没能成行，是当时正准备出国时，国家教委（也就是现在的教育部）下了一个“红头文件”：凡是我国培养的研究生，毕业后要为国家服务两年后才可以自己申请出国。

那个时候，国家处于转型变革之中，百废待兴，急需人才。1977年恢复高考，80年代初期、中期读研究生，80年代中后期出现了出国潮。后来发现，那一批人因此改变了自己的命运，也改变了国家的命运。现在回看，如果没有当时国家公派以及允许个人出国留学，或许不能有今日国家的发展。

发展是国家的硬道理，人才是发展的硬道理。反正都“硬”。

故事正往高潮发展的时候，倏地就摔到了地上，跌到了低点。沮丧的心情可以想见。我自己倒还好，只是觉得有点对不起整个家族。美国没去成，我毕业后留校当老师，也安心地到贵州民族地区做田野去了。

谁料想，有一次我在乡下做田野时，学校人事处就来了电话，说是国家要派我去法国留学，让我快点回去体检。我一头雾水，回到省城都没清醒过来，完全不明白发生了什么。

有的时候，人们可以思考、回答最复杂的问题，却解答不了为什么鸡蛋是圆的这样看上去最简单的问题。

我当时做梦都想出国，我的家族拼命都想让我出国，愣是去不了；好像走到了边境线又折返回来。一个电话，把最复杂的事情变得简单得没有答案。其实，到今天为止，我也不是想得太明白为什么让我去法国。好几年以后，还有人神神秘秘地说些什么，我也听不太明白。

在贵州，我没有关系，没有权势，没有金钱，一个外地的学生因为成绩好而读研究生，因为优秀而留校任教。隐约的道理好像是：机会总是留给做好准备的人。当时，对于多数人来说，我确实属于“准备好了”的那一部分少数人。

说到国家派我去法国我没想到，而我去法国学人类学也没想到，因为在当时选报的专业中没有“人类学”，所以，在国家教委的留学档案记录中，“人类学”填写上的是“新学科”的字样。改革开放，很多人没想到，改革开放的事情，也很多人没想到。人们似乎已经习惯了不断搞“运动”，就像“文化大革命”那样的生活——厌倦、厌恶，但习惯了。

突然改革开放，又是高考，又是留洋，还想学人类学，真的像做梦，昏昏然。至少我是改革开放后公派出国学人类学的“先行者”。想着头发就竖了起来。“先行者”一般不得好死，就像吃蟹者，还不知有多少无名英雄死在前面。

其实，当时留学生出国前选专业大都是“海选”，国家也没有提供对口的专业，都是自己选。那个时候，中国人都没有“海外关系”，以前的关系也基本都被掐断了，所以我们在出国前都要发好多的联系信件。每一位出洋者的专业、学校都由自己联系和决定，我在选择时侧重选择地中海沿岸的大学。早年学古希腊、罗马，知道地中海的美。

当时就这么想。

我在海选中留下了三所大学，这三所大学基本上靠着地中海，或靠近大海。1. 蒙布利耶大学“世界电影史”专业，学校可以为我提供一笔奖学金。奖学金的数目虽不太大，但非常诱人，因为我已经有国家奖学金。2. 马赛大学“比较文化”专业，这所学校的比较文化相当不错。学过比较文学的都知道，比较文学中有一个“法国学派”。3. 尼斯大学人类学系，我对这所学校一无所知。

我当时所学的专业是比较文化，我当时想学的专业是人类学，当时最诱惑我的专业是世界电影史。原因是这个专业提供奖学金。为此，我专门咨询了一位与电影评论有关的人士，他劝我不要读世界电影史，原因是一般人进不了“电影圈”。

知道了，行当即“圈”，有人做了一辈子专业，竟然还在“圈外”。这位朋友劝我，“入圈”非常非常困难，尤其是电影。我想，如果我费尽全力读了世界电影史，却不能“入圈”，那还搞什么搞啊。多少有点瞎子点灯白费蜡的味道。

我决定放弃！

至于在“比较文学”和“人类学”之间的选择，我坚定地选择了后者。一是我喜欢它；二是我不太看好比较文学的前景，特别是它的方法，相当古板。

后来到了法国才发现，我不是“先行者”，我国已有几位同胞在那儿学“人类学”。卢汇、蔡华都比我早。不过，他们走的都不是“国家公派”途径。蔡华在人类学界的名气大家都熟知，我就不多说了。我在法国时，与他没有什么交集，只是从法国老师那儿听说过。与卢汇的交流很多。卢汇是卢汉的侄女。卢汉在云南近代史上的地位很显赫。卢汇早我去了法国读人类学博士学位，她很聪慧，只可惜毕业后去了联合国工作。先时还做一些人类学研究，后来就不再做了。如果她继续做人类学研究，一定能够成为很好的人类学家。

顺便插一件小事。因为卢汇与我是朋友，我常在昆明，2020年夏天，我去参观了坐落在昆明翠湖畔的卢汉公馆。可是我在卢汉公馆，一个以家族人物为背景的博物馆“公馆”，居然没有看到任何有关卢氏家族的材料，至少要有一幅亲属图吧，都没有；好像卢汉是从石头缝里蹦出来的。如果卢汇能够看到我的这些文字，回来时把它补上吧。

终于体会到，今天回头看改革开放的成绩时，当时出国时的八仙过海是多么重要的“线路遗产”；如果没有当年一大批有志青年奋勇奔赴“洋”前线，何有今日民族振兴之洋洋大观？！

那个年代，能够被选为公派留学的人数极少，据说都是精英。因为层层筛选，整个贵州省当时只有两个指标。这是我后来才听说的。那一年我们这一批公派赴法的，全国只有30人。我不确认还有其他渠道，反正挺少。因为国家穷，缺少外汇。

我们先是到上海外语学院（现在的上海外国语大学）跟着法国老师强化法语。出国前，我们被集中到了北京语言学院，现在的北京语言大学。在“北语”集训的主要目的是听取相关部门的领导讲话，了解出国的注意事项，看一些国外的录像资料，备一些国外用的日常用品。当时所有留学生的原则是：能带多少带多少，外国的东西贵。印象中当时的国航比较体恤我们这些穷学生，好像不太有什么“超重”的事情发生。

我的体会，那个时候的出洋，其实就是“洋插队”。我们比不起三四十年代出洋的人，他们多数都是家底殷实的；我们也比不起现在出洋的后生，不少是“富二代”，至少家里可以帮助的。我的女儿去加拿大留学，学医，花的是老爸的钱。

那时的留洋是先行者，也是“穷留学”的先行者。

在“北语”受训时，有件事情记忆真切：一位负责留学事务的“老师”告诉大家，在国外出门的时候都要带一些“救命钱”，不可以多，但不能没有。国外有一些人专门抢中国人的钱，曾经发生过这样一件事，我国有一位教授在国外的街巷被几个黑人混混拦截，我们这位可亲可敬的教授居然对他们说：“你们不能抢我的钱，我是你们的朋友，我来自中国，毛主席很关心非洲人民……”把抢匪说得一愣一愣的。他们哪儿有我们的教授那么有学问，知道“中国出了个毛泽东”。结果可想而知，把我们这位教授抢个精光。

事实上，法国的小偷确实多，据说意大利还更多。我初到尼斯，刚下火车，就被抢走一个随身包。一个黑人，抢了就跑，我那时东南西北都分不清，如何追得了。

那个时代的人，虽然经历了“文化大革命”，但由于耽误了读书的大好时光，所以特别珍惜留学的机会。我们到巴黎后，中国驻法大使、文化参赞在使馆为我们举行了一个简单的欢迎会，会上说了一些激励的话，我大都忘记了，但有一段却记忆犹新。大意是，我们这些人是国家在外汇极其紧张的情况下送来的，我们在国外一年的费用是国内20个教授一年的薪水。希望你们努力学习，早日学成回去报效祖国。那一番话很激励我，我后来按期归国与此有关。

我们这一批经历“文化大革命”后的知识青年，在国内的时候也常发牢骚，一旦跨出了国门，“爱国”便油然而生！今天才明白，原来那叫“认同”。虽然，我们都知道，现代的“民族国家”是一个所谓“想象共同体”，可是，那个“想象共同体”是每一个人最重要的价值存放地，没有她，人的现代价值都变得悬空，虚脱，无处寄存，无处托管，死了也变成“孤魂野鬼”找不到投胎托生地儿。

到了国外，每一个人立即感受到的是“我是中国人”。这就好像一张身份证，走到哪儿都带着的，你的体质特征无不说明。所有的外国人都会对来自某一个国家的人报以某种态度，这很自然。其实，我们对欧洲人、美国人、非洲人、日本人、越南

凯旋门前留个影

人、泰国人也都报以不同的态度。这不消说，也说不清，就是存在。

在异国他乡，爱自己的国家成为你尊严的一部分，爱得越坦然，爱得越坚定，爱得越深沉，你就越有尊严，得到的尊敬也就越多。这里不是爱国主义教育，更不是宣传口号，而是在现代国家形制下类似于“指纹”的验证，就像你过海关要检验你的护照一样。

当时我弟弟在德国留学，他告诉我一件事情：有一位中国留学生，学业很好，他选的德国教授也很有名，第一次见面的时候，那位中国留学生竟然批评自己的祖国，德国教授当场就拒绝了做这位中国学生的导师。他说："连自己的祖国都不尊敬，学了专业，以后还不知道会做出什么事。"这位教授或许并非是热爱中国，只是他认为做人要有底线。狗都不会嫌弃自己的主人，何况人之于自己的祖国。

二、蓝色海岸

人们把法国的地中海地区称为蓝色海岸（Côte d'Azur），真是漂亮。尼斯是法国蓝色海岸的大城市。

尼斯的法语为Nice，英语就是美好的意思。我来到了尼斯，一座美好的城市。我来到尼斯大学人类学系，一个不错的人类学系。

到了尼斯，中国的留学生联谊会通常会在周末组织活动。记得我刚到法国不久，有一次，"法中友协"（热爱中国文化的法国人自发组织的民间组织）举行活动，一位法国友人问起我的名字，我未及开口，旁边一位来自北京的女留学生脱口说："彭先生名叫'塔拉贡'（法国'龙'的读音）。"我的"荣"被说成了"龙"。这原是北京同学的误读，我正想纠正，不料法国友人解释说："塔拉贡是中国的象征啊！ O，LA LA。"误解常常有新义，我觉得这不错，干脆将错就错。从此，我在尼斯的名字便成了"中国龙"，法国人就都叫我"龙先生"。甚至个别看过中国功夫片的法国年轻人还会做出功夫的动作，嘴里"噢噢"地叫，一派李小龙的劲头。

初到尼斯，我认为那是"天堂"，我是生活在那个天堂里的幸运儿。虽然我在那里省吃俭用，但衣食无忧，节俭只是为了回国时买"三大件"。那时的中国留学生都这样。尼斯与戛纳、摩纳哥毗邻，那一带都漂亮。人，有的时候，陡然会被眼前的美所烫烧、所震撼，会说“我不想活了！”

尼斯的海非常好，海天一色。法国人喜欢脱得很光地躺着晒太阳，很悠然的样子。有一次，我也学着法国人躺到鹅卵石上。尼斯的海岸不是沙滩，而是鹅卵石，看着湛蓝的大海，海鸥在飞翔，鸣叫，游艇贴在海上，如诗如画。法国的领土濒临两个海：地中海和大西洋。我总结了：前者似家养的宠犬，后者如流浪的野狗。我躺在那儿，一半惬意，一半难受，就像那两个“海”一样。惬意，因为那景色是美的；难受，因为晒不了太阳。

既是“留学”，学业必首当其冲。

在留学的经历中，学术目标的预设、设计很重要。我到尼斯是冲“人类学”而来的，我的计划是学好人类学回国从事人类学的教学和研究工作。加之，贵州是一个做人类学研究的好地方，所以，最好要计划与中国有点关系的人类学。不过，我在尼斯只待了一个学期就决定离开，我知道，那个“美女”不属于我。

离开的原因很简单，我没有找到自己所要的东西。尼斯大学人类学系里的教授主要以非洲和法属殖民地为研究对象，这也是他们的学术专长，而且他们多数属于“小人类学家”（little anthropologist）——“小人类学家”不是“差人类学家”，而是指专门做“精致民族志”的人类学家；他们不太在意所谓“普世价值”的文化法则。列维-斯特劳斯属于“大人类学家”。我的法国老师李穆安也属于“小人类学家”——我希望找到的对象和学到的东西与自己祖国有关，至少比较接近。

其实，尼斯大学人类学系里的老师待我都挺好。我在尼斯也有一群很好的中、法朋友。几乎每个周末都有人开车带我去玩，只要我想去——去海边、出海，上山，到乡下、逛古堡，看博物馆，感受教堂气氛，听音乐会，听讲座，拜访相关学者，参加各种活动。我当时有几位法国粉丝，有老太太，有小姑娘，有迷恋中国文化的小伙子，Oh, la la, c'est formidable!（哦，实在太精妙了！）

也就是说，如果仅仅是混个"留学"经历，留在尼斯就非常好。因为那日子过得惬意。然而，我放弃了，放弃得很坚定。

我要去找能够真正契合我的学术兴趣的"法国老师"。

我找到了。我通过我的一位朋友，了解到了我要找的"法国老师"。我写信给他，告诉他我想做与中国有关的人类学研究时，他爽快地接纳了我。从此，我与他的交往和友谊长达近二十年。

我的法国老师的全名为Jacques Lemoine，中文名字叫李穆安。他当时是法国国家科研中心（CNRS）"华南及印支半岛人类学研究中心"主任，也是法国国家科研中心的人类学学部委员，法国在远东及印支半岛国家和地区最资深的人类学家。

我开始联系巴黎的住房，联系好后，我把地址告诉老师，他还亲自到现场去看了我的住房。

当我决定离开尼斯后，在等待的日子里，发生了一个故事。

这个故事发生在1990年4月25日，我之所以记得这个日子，是在我生日的前一天。那段时间，我准备离开尼斯大学转到巴黎，由于巴黎的租房从5月1日开始，我便闲在尼斯。恰好4月份“老佛爷”——Lafayette——法国最大百货公司集团，在尼斯举办一个中国商品展销活动，需要一位懂中国文化的学者到场介绍商品。

我去了，这种“软工”挺合适我，那本来就是“我的菜”！

活很轻松，比如商品中的瓷器上有些个字、画、题之类的，我去给法国人描绘一下，介绍一下，推销一下。事实证明我是一个非常称职的推销员，不少法国人听了我的介绍后都慷慨地掏了腰包。

到了展销会的后期，商品卖得差不多了，客人来的也稀少了，我的活就更少了。没事就与法国人神侃，练口语。当然，也带着观察他们，看看法国人是“酒神型”还是“日神型”。后来发现都不是，是“公鸡型”。

这天下午，我看到一位法国老太太迈着蹒跚的脚步在那儿转圈，嘴里叨叨个不停。我观察她，大约75岁至80岁之间，衣着破旧，有些邋遢，外形像个流浪者，眼光和神情却透出丝丝高贵。

我上前，问她是否需要帮助。她回我：“我想买一双好一点的中国筷子，我爱吃中国的饺子，要买一双回去，可惜这些剩下的都不好了。嗨，我太迟知道‘老佛爷’举办这个展销会了。”

我说：“太好了，你喜欢中国饮食，我是专门研究中国文化的，是大学老师。你爱我们国家的文化，我感到特别高兴。如果您住的地方不太远，明天请再来这里，我有很好的筷子，明天送你一双。如果你住的地方远，我等明天下班后送到你家去。”

她说她就住在尼斯郊区。

话匣子打开，像摆开了架势，两个没事的人儿开始神聊。我们聊得很好，聊到了我在祖国的情形，家庭，工作，也聊到了即将前往法国国家科研中心的事情。我的知识如潺潺流水，我感到了，她也感到了；我的眼光饱含真诚，我看到了，她也看到了。

离别的时候，我提醒她明天要来，她似应非应。

我不能确认她会不会再来，我想着一个流浪的老人或许不会再来了。

第二天，我把从国内带来的礼物——其中就有象牙筷子——选了一双，带到了“老佛爷”。我把它包装得非常漂亮（那个时候我的包礼品作业做得非常好）。

我等待着老太太的到来。时间走得很慢，已经是展销会的尾声，没有什么顾客。

那一天，正好是我的生日。我预感到要发生些什么。是什么，不知道。

快到中午时分，我看到电梯那边上来了一位老太太。是她！

我很高兴，仿佛等了很久。

我把包装好的筷子给了她。

她高兴地接受了我给她的礼物。老太太久久地看着我，她的眼光在变化，很复杂，慢慢地流露出欣喜……

她缓慢地从她破旧的衣服口袋里拿出一支笔，神态庄严地送给我。我拒绝，她坚持，我拗不过，于是说：“今天刚好是我的生日，我把这支笔当作法国人民对中国人民的友谊来接受。”

我心想，一个看上去像四处流浪的老人，或许那只是一支“一次性”的圆珠笔；只当礼轻情义重吧。不接受反而不礼貌了。

不曾想，她又从口袋里掏出了一支塞给我，说：“这是给你的生日礼物。”

这下我坚决拒绝了，态度坚定，无可商量。

我看到她的眼睛里流露出一丝哀婉的神情，她或许从我的眼光里看到了我对她生活际遇的判断。瞬间，我分明从她的眼神中看到了坚定。

她使出浑身的力量塞给我，那个坚定的力量不容置喙。我只得收下。（顺便说，后来我才发现那两支笔都是派克金笔。回国后我将其中的一支送给了爸爸。爸爸去世后，我把那支笔放在爸爸的骨灰盒前，因为爸爸是最好的学者，要配用最好的笔。）

不知道是什么力量，让她在那个时候做出重大决定。

突然，她把我拉到一个角落，掀开她的破旧外衣。我看到她的腰间包扎着复杂的内容：好几个精致的小包、小袋。她告诉我，她是贵族，现在孤身一人，因担心被打劫，所以穿成这样。

她接着说：“你是这一生中我见到的最好的人。你要是愿意，我认你为孩子，我没有后代，你要愿意，以后我的家产和家业就由你来继承。我在法国有三处房产，一个葡萄庄园；你可以把太太和孩子都接来，我来帮你办这些事情。你去巴黎就不要租房子了，我在巴黎有一幢房子，你可以住在里面。”

她边说边从破旧的衣服口袋里拿出一张纸，把她在巴黎的住址写在上面。我看到那张纸很特别，有她家族名号的水印，似乎是贵族的族徽。这张纸我现在应该还保留着。

我变得有些迟钝，不知道如何回应，因为眼前这位法国老太太的身世变化太大，把我弄得有点懵。

试想，一双筷子怎么就能够“夹”出如此离奇的情节？老太太没想到，我更没想到。唉，那天竟然是我的生日。怎么就有这样的事情。我相信，那不是祸，是福。我揪了一下我的眼皮子，左眼、右眼，都没有跳！

在告别的时候，我告诉她，我到巴黎会与她联系，并祝愿她身体健康。

我后来再没有与她书信联系，我决定不接受这从天而降的“大礼包”；它不属于我，我也没有准备去给法国人当干儿子。虽然在当时来看，法国是那么样的好，但我从来就不认为我属于那里，我属于我的祖国。

我把这事电话告诉太太，她支持我的决定。

后来，我回国了，我给老太太寄了一盒上好的人参。

她没有回音，人参也没有退回来。

三、李穆安，谢谢你

就这样，我去了巴黎，去了法国国家科研中心（CNRS）“华南与印支半岛人类学研究中心”。名字很长，但很清晰。

那天早上，应老师之约，我去了中心。

中心并不很大，但该有的都有。第一次造访，三个印象令我永世难忘。

第一个印象，中心大厅中央的一幅华南与印支半岛国家的人类学地图。我之所以说是“人类学地图”，因为地图上各种符号、色彩、箭头等标注的都是人类学的内容，比如哪个国家有什么民族、族群，世居的或迁徙的，不同民族栖息地区的海拔高度，他们的主要生计方式，不同民族、族群、部落的地形地貌特征、居住方式等等。

看着我就呆在了那儿。此后我在世界许多国家大学的人类学机构访问时，我再没有看到这样的地图。虽然，后来我去了美国加州大学伯克利分校（UC Berkeley），在伯克利人类学院的图书馆里，我也看到一幅“人类学地图”，那是标注伯克利历史上在世界各地的人类学“行踪”的地图，有考古发掘的遗址，老师们曾经的田野点等。两幅“人类学地图”是不一样的。后一幅是以地图的方式记录伯克利的人类学历史，有点像“奖状”；前一幅则是人类学的“形势图”。

我突然意识到，如果发生战争，悬挂在中心的那幅“人类学区域地图”是可以作为军用参考地图的。如果那个地区发生战争，他们会事先知道那些是什么族群，他们居住的自然特点是什么，他们的生计和生产方式，族群之间的关系，他们对战争可能会做出什么反应，他们会以什么姿态应对战争，他们的居住情况与地形地貌形成什么关系，等等。

我回国后曾经在一些场合说起这件事，印象中也写过。我希望我国的民委系统可以编制类似的“人类学地图”。但我知道，难。中国的事情一般要遇到了才想到去做，预警、预示、预期的事情人们不太愿意做。因为短时间看不到“效益”，更不能成为“业绩”。

末了，我也就不再说了。

第二个印象，中心的相关研究资料挺充足的。我可以查到印支半岛民族类的主要材料。这对于一个经历过“文化大革命”的青年学者来说，图书资料的诱惑力自然是很大的。

第三个印象，法国老师挺邋遢，东西乱扔。满地都是书、信。他要找信的时候，要趴在地上找。

说到“中心”，我也就顺便说说“中心”的形制。

在我国高校，“中心”满天飞，“牌子”到处挂。

以前我还真不知道“中心”与“研究所”有什么不同。尽管我1990年在法国的“华南与印支半岛人类学研究中心”访学，我仍然没有体察二者的差异。

10年之后，也就是2000年，当我再一次赴法，这时我已经当教授了，身份改成了高级访问学者。我还想和老师合作，还想到中心去。

我写信给老师，他很快回信，说他已退休，中心也拆了。中心的资料都转到巴黎大学（十大Paris X-Nanterre）。他说，如果我要去那儿，他帮我联系一位教授，Bernard Formoso, 他的研究与中国有关。我答应了。那年，我同时与Bernard Formoso教授和巴黎大学（索邦Sorbonne）“法国远东学院”的劳格文教授（John Lagerway）交流合作。那是后话。

老师退休，中心就拆了。这让我明白了“中心”与“研究所”的差别。“中心”是因人、因事而设，具有明确的应用、应对事物和目标。也就是说，法国的“华南与印支半岛人类学研究中心”是专门为老师所设，中心的目标就是法兰西在中国南方、印支半岛方面与人类学有关的事务，包括相关的智库性质。

老师退休，法国再也找不到这方面的专才，目标任务也就没有了。“中心”也就不再有存在的必要了。

而“研究所”通常是常设的。做基础研究的。

我在退休前，同时任厦门大学人类学研究所所长和厦门大学旅游人类学研究中心主任。我退休了，“中心”还虚挂在那儿。其实应该拆了，因为我已经离开了。

初到巴黎，总是要到处走走、看看。我原来学的就是欧洲文学和文化，对于与其有关的“景点”我是不会落下的。

“走动”对人是重要的，人类也属于“动物”；在诸多的学科中，人类学就是专门研究人这类“动物”的学科，同时又是一门靠脚走动的学科；因为“田野作业”的前提就是走动旅行。早期有一位英国的人类学家叫作弗雷泽，他主要靠文本，靠采访从殖民地回来的传教士获取资料，被“业内人士”戏谑为“太师椅上的人类学家”（armchair's anthropologist）。原因就是他不走。我国伟大的人类学家费孝通晚年有一本书，取名为《行行重行行》。

费先生《行行重行行》是借用，又是概括，也是复义，更是写照：

借用，是因为“行行重行行”原是汉代《古诗十九首》中的一首，抒写了一个女子对远行在外的丈夫的思念之情。

概括，是费先生以此概括人类学就是“行动”的学科。

复义，是“行行”既包括不停的运动，也包含不同的“行业”。

写照，是费先生的一生都在“行行”中“行行”。

老师当时的研究主要集中在瑶族方面。研究瑶族，除了人类学本身的“腿脚”性质外，瑶族作为研究对象，也特别能“动”。瑶族是一个迁徙族群，“迁徙”是书面语，其实就是不停走动的民族。我认识到，要追随老师，就要先体认旅行。所以，我得先花些笔墨谈谈人类学与旅行。老师与他的老师列维-斯特劳斯对“旅行”的看法不同。

人类学家一生都在“旅行”。没有旅行便没有田野作业。列维-斯特劳斯在众多的著述中，最有影响力的必定是《忧郁的热带》，这可以说是一部人类学家的“游记”。可是他把这部著作第一章叫作“结束旅行”，而全书开篇的第一句是：“我讨厌旅行，我恨探险家。”接下去是他苦苦诉说着他的纠结，甚至是难以忍受的折磨：

> “我讨厌旅行，我恨探险家。”然而，现在我预备要讲述我自己的探险经验。话说回来，我是考虑了很长一段时间

以后，才终于决定这样做的。我最后一次离开巴西，已经是十五年前的事了，在这十五年中间，我好几次都计划开始进行我目前要做的工作，但每次都因为一种羞辱与厌恶之感而无法动笔。每次我都自问：为什么要不厌其烦地把这些无足轻重的情境，这些没有什么重大意义的事件详详细细地记录下来呢？一个人类学者的专业中应该不包含任何探险的成分；探险只是人类学者工作过程中无可避免的障碍之一，只会使人类学者平白失去几个星期，甚至几个月的有效工作时间；有时候因为找不到报道人而浪费好几个小时；有时候是因为饥饿、疲倦或生病而白费时光；另外还有在原始森林深处生活所无可避免的，像服兵役那样非进行不可的一千零一种烦人而又不做不行的杂事，把光阴平白地消耗掉，毫无结果……单是和我们所要研究的对象接触，就必须花掉那么多时间和精力。这并没有使我们的专业增添任何价值，反而应该看作一种障碍。我们到那么远的地方去，所欲追求的真理，只是在把那真理本身和追求过程的废料分别开来以后，才能显出其价值。

这是这位人类学大师在这部经典著作最开头讲的一段话。其实，我不太相信这是他的真实想法，我更想把它看作这部“人类学小说”的噱头。小说总希望有人读，一般读者的胃口，往往被开头所卖弄的噱头所吸引：旅行、探险、原始丛林、野蛮人、树皮衣服……加上作者“英雄般”的勇气和众人所不及、未到的秘境，作品已经成功大半。

讨厌旅行，憎恨探险，鄙视参与异文化的场境，厌恶观察日常生活，不屑于记录平凡事件，那还当什么人类学家？列氏当了一辈子人类学家，还当成了大师，而且他还是“转行”来研究人类学的，他要是不喜欢，他为什么还要来呢？这对法国人来说几乎是难以置信的。既然自愿当了人类学家，他怎么还能这样说呢？

可惜他已过世，不然我真要问问他到底怎么回事。

其实不必去问，他的整部著作，他的全部人生告诉我们一个完全相反的语义：他热爱旅行，他勇于探险，他热衷参与异文化的场境，他善于观察日常生活，他是一位令人尊敬的人类学家，他把人类学带到了一个前所未有的高度，成就了一个空前的影响力度。

原来这不过是故事开场的一个“讲法”。有点像《红楼梦》中的“假作真时真亦假，无为有处有还无”，“皆云作者痴，谁解其中味”，大大的噱头！

说起来，人类学的走动可以概括为“进进出出”。人类学田野作业讲究所谓“出来–进去–出来”。就是说人类学者在进入田野之前要做详细的田野计划，“出来”指依照人类学学科规则，尽可能做到客观，要很“科学”，他是“旁观者”；而“进去”则指进到田野对象中去，“成为他们中的一员”；结束田野，回到研究层面，他又“出来”。这一套规矩在人类学那儿有专门的用语，叫作“主位–客位”。但是，无论用“出来–进去–出来”还是“主位–客位”，都以旅行为前提；否则都是纸上谈兵。

旅行其实是一种体验和学习的方式，旅行更是一种思维。说起来有些荒谬，在中国传统的学术界，一般不会有人把旅行当作正当的学问，即便明代出了一个徐霞客这样的大地理学家、旅行家，他总是无法与孔子、孟子这些人比肩的。而且那徐霞客要是读的不好就成了“侠客”。中国的学者喜欢把学术、把理论当成那象牙塔里面的学问，而把行动归到“工”的范畴。

可是，从西方文字的知识谱系来看，“理论”（theory）一词源自希腊语theōriā，意思是“观点”“视域”。theōriā的动词词根为theōreein，本义是“观看”“观察”。在古代希腊，“理论”原指旅行和观察活动；具体的行为是城邦派专人到另一城邦观摩宗教庆典仪式。

说白了，“理论”原来就是从一个地方到另一个地方去旅行、去观摩。可是现在不是这样子的。

有很多的事情，原来的样子都被后人给毁了。现在的理论大多是理论家在象牙塔里苦思冥想出来的，高悬在半空中，再也找不到旅行的影子。中国也有很多这样的例子，比如“组织”，“组”是古代女性编辫子，“织”是女性织布。男耕女织嘛。好了，现在的组织部大多都被男人们给占了。又不会编辫子，又不会织布，却要占领组织部。

悲哀。

跟着法国老师李穆安，就粘上了旅行。三个原因：一是因为他当时研究瑶族；二是因为人类学田野作业主要靠腿走；三是因为老师特别能走。

四、哦，瑶族

人类学讲究“异文化”（other culture），就是专门研究其他文化。瑶族成了异文化的例证。当时，李穆安与乔健教授致力于建立国际瑶族研讨会的国际平台，乔健是第一任会长，李穆安是第二任会长，我很自然地成了国际瑶学会会员。他们有时开玩笑地说，他们是国际“谣言会”（瑶研会）的会长。

可以说，我此生第一个真正意义上的“异文化”研究对象——瑶族，竟然是在法国“邂逅”的，是我的法国老师李穆安带入的。瑶族是起源于中国的一个民族，却在法国进入对她的研究，实在是连做梦都没想到。

瑶族是一个典型的迁徙性少数民族，其祖先传说来自黄河流域的中原地区，大约属炎帝集团的蚩尤部属。唐宋以前，苗、瑶一家，语言上被归为“苗瑶语系（支）”。瑶族“随山散去”，“食尽一山便迁徙”。他们大都生活在西南、东南山区，现在我国的广西、广东、湖南、贵州、云南等省区都有瑶族。大约从明末开始，随着南下汉族人口的激增，他们从云南、广西迁徙到了印支半岛的越南、老挝、柬埔寨、泰国等地，这一拨瑶人自称“勉”“优勉”。

“越南战争”使他们的家园遭到破坏，他们中有不少人因此离开自己的家园，沦为难民。后由联合国难民署协调、分配、安排，他们分别去往美国、法国、法属圭亚那、加拿大等地，成为典型的国际性少数族群。

自从研究瑶族，我此后陆续追踪这个源自中国、国际性的少数民族超过20年。我的第一次瑶族调研居然是在法国南部大城市图卢兹（Toulouse）。

在图卢兹，我看到瑶族社区的实景是：一方面保持很好的瑶族民俗和民风，仍然保持瑶族的仪式，仍然讲自己的语言，仍然穿着传统的服装（至少老人们都穿着）；另一方面，他们的工作却极其“现代化”，他们都在协和飞机（法国协和飞机制造基地）生产流水线上工作，他们都在“造飞机”。酷得很！

当然，他们的生活已经与他们的祖籍地和迁出地——中国和印支半岛完全不同，他们住上了洋房，他们开着小车，一般一家都有两部车。

在图卢兹，有两件事情令我在以后很长的时间里都忘不了。

第一桩事，1990年在法国的图卢兹举行了一次国际瑶族研讨会。当然是因为老师的缘故。举办一次国际会议，费时、费钱、费心、费力。我作为老师的助手，提前到图卢兹，也筹备，也体验，也调查。当时，我还年轻，30岁出头。同行的有一位中国台湾年轻的人类学者厉以壮，他当时在法国学人类学。或许因为乔健的原因，他也加入，与我一起先期去了图卢兹。去之前，法国瑶族总会的会长告诉我，你们到瑶族社区去调查，要说你们是瑶族人，这样就可以赢得信任，否则我们瑶胞是不会告诉你们什么的。我说我不是瑶族啊，他说没关系。你们专门研究我们瑶族，就是我们的人。我说那我不会讲勉语怎么办？会长说，你就说你是瑶族，只是在城市里长大。

法国的瑶族会长，不，就是法国的瑶族头人教我如此这般。那我也不能违背吧。没想到，这一“骗”，差一点就“骗”得个瑶族妹子。

我们去了图卢兹，住在瑶族社区，社区内部保持传统的瑶族礼俗。吃饭时是男人在饭厅里吃，妇女则在厨房里吃。

那天晚上，当地的瑶族头人请我们吃饭，问起我们是不是瑶族，我们早把会长的交待记在心里，说我们是瑶族，只是在城里长大，已经不会说勉语了。

令我们没想到的是，瑶族头人立即就跟周围的人咕咕了什么，那人就去了。一会儿就来了两位瑶族姑娘，很漂亮。两位姑娘为我们跳舞，那舞跳得着实是好的，既有瑶族的体韵，又有印支半岛的风味，很是动人。

我们只当是为我们这两个“假瑶族”献舞。姑娘跳完后，我们热烈鼓掌。头人就把两位姑娘叫过来。原来她们是俩姊妹，头人当着大家很正式地说，要把姑娘说给我们当新娘。

这把我们吓得。我赶紧说我已经结婚，家里有妻子。

厉以壮也说他已经有了女朋友。

这才算了。不过整个过程很自然，没有任何突兀的感觉。

旁边的瑶胞告诉我，瑶族有一个不是很严格，但大都遵守的族内婚规矩，就是瑶族的女孩子是要嫁给瑶族男孩子的。因为法国瑶族人数较少，适婚男女不多，所以他们会到中国、美国的瑶胞中找伴侣。而我们来了，都是瑶族，又从巴黎来，看上去很有教养，也还是“帅”的——那个时候。头人就想撮合。

后来才知道，那两位瑶族姑娘就是头人的女儿。

啊呀，真是辜负了。

在图卢兹的日子里，头人对我们真是很好的。

图卢兹当年（我，厉以壮，法国的两位瑶族姑娘）

第二桩事，会议开幕的前一天，来自世界各地的代表都到了图卢兹，会长乔健先生提前一天就到了。

来自祖国的与会代表一行五人，以“代表团”的形式来的。团长是当时广西壮族自治区民委副主任，名叫盘朝月，是瑶族；其他四人中有两位瑶族学者，两位从事瑶族研究的汉族学者，他们是云南省的宋恩常和中山大学的容观琼。但有一件事情令我难忘。他们不会法语，这是正常的，我当他们的翻译。但是他们中有三位瑶族同胞，其中一位是中央民族大学的刘玉莲。瑶族之间的语言完全不通。至于他们属于什么支系，我已经忘了。所以，我成了他们在法国期间的耳朵、嘴巴和导游。会议结束后，我陪他们到巴黎旅游，我就是导游。

我对他们很好，他们来自祖国，他们都是瑶族和从事瑶族研究的专家，他们都和我一样，是学者；他们需要我的帮助。几天的行程，我们结下了友谊，这友谊对我后来的瑶族研究还真的有些帮助。

1990年10月，我按时返回祖国。一回来，就收到广西的盘朝月主任的邀请，要我到广西参加11月底到12月初在广西富川举行的盘王节。

我去了，从此与广西的瑶族结下了不解之缘。

可以说，与瑶族的缘分差不多花去我半辈子最好的时光。

回国后，我开始专注于瑶族的研究，我国所有有瑶族的省区我大都去过。所有瑶族所在地的生活都相当艰苦，我的第一部完整意义上的民族志《文化特例：黔南瑶麓社区的人类学研究》，做的是瑶族；我的第一部田野日记体《寂静与躁动》，是我在瑶族社区所写下的田野日志。可惜，这本书原有38万字，后在“民委”的审查中被删去了大半，许多精华和精彩没能留下。那个时候，没有电脑，没有备份，留下的只是遗憾。

为了了解瑶族，我除了跑我国的瑶族村寨，我也几乎跑遍了印支半岛的瑶族聚居地，跑了美国的瑶人社区……瑶族作为我的第一个“异文化”研究，对我的人类学生涯具有“奠基”作用。而它却是在我留学时所“邂逅”的。

我也因此有了许多机会向我的法国老师学习，同时一起为瑶学研究尽心尽力。我与法国老师在20世纪90年代初到中期，每年至少一次共同调研，我协助他举办过至少四次国际瑶族研讨会（法国图卢兹、广西贺县、云南河口、泰国清迈）。

与法国老师、徐杰舜在云南河口

观察瑶族盘王节师公的工作

我很高兴。因为研究瑶族，我有机会了解到完全不同的族群面貌，我有机会深入到他们的生活场景，我有机会了解到他们文化的细节，我有机会与瑶族学者进行深度交流。我有机会接触到法国老师李穆安，还有乔健、谢剑、郑瑞贞等，有机会追随费孝通曾经走过的路……（费孝通的第一个异文化调研对象也是瑶族，他的新婚妻子因此死在广西的大瑶山，今天一个叫“金秀”的地方。）

现在回想起来，瑶族是我所心仪，并且是冷静选择的、一见钟情的“爱人”。

为了“她”，我曾三度遇险，大难未死，却从无后悔、后怕，

在广西贺县为老师当翻译

留下的只有美好。

研究瑶族，大半是因为法国老师李穆安引导了我，法国老师的敬业感动了我，还有，法国老师的田野逸事喜乐着我。

李穆安是地道的法国人，法国人的思想、观念很活跃，很奇特，有时也很怪异。有一件事情是一定要记下来的。

老师研究瑶族，瑶族起源于中国，现在世界上瑶族最大的聚集地在广西。老师在那些年定期要到广西做调查，他当时调研的题目是瑶族宗教与道教的关系。做过瑶族研究的人都知道，瑶族的仪式非常重要，仪式中有不少道教的东西。

为了更好地调查，老师在广西买了一辆小车，他到广西的时候，就自己开车去调查。他离开的时候，就把车子放在原贺州民委主任邓元东那儿。那一带我非常熟悉，自然也与邓元东很熟，我们是好朋友。

从元东的嘴里听到两件与老师有关的事情。

第一件，老师离开广西的时候，把车放在元东家，他就常常开着车显摆。他亲口告诉我，他曾经开着老师的车载过11个人：他开车，肩头上架着一个小孩；副驾驶的座位上，一个成年人的大腿上坐着两个小孩；后面三个座位，三位成年人的腿上各坐着一个小孩。

我就想，这可以去申报吉尼斯纪录了吧。

我说："那车受得了吗？"

他说："没事，你老师的车很好的。"

我唏嘘不已。

第二件事更是逗。元东告诉我，每次老师到贺州调查，都住在他的家里。

有一次，老师调查回来，身上不仅脏，还臭。他回来的时候已经到了晚饭时间，我们的邓主任就让他赶快去洗个澡，然后吃饭。

老师去洗澡，邓太太拿出一瓶刚买的"飘柔"给了老师。

老师进去，关门，开水。

虽然元东早就进了城，但瑶族的习惯还是在的。通常瑶族洗澡的地方与猪圈是连在一起的。

老师进去洗澡，听着水流的声音，还伴着猪叫的声音。这没什么。

可是，老师进去了很久，一直没出来，只听着水流的声音和猪叫得很“压抑”的声音。

邓太太就悄悄地对丈夫说：“你那个法国朋友怎么洗得那么久，怕是‘飘柔’要被他用完。”

那个年代，在民族地区，“飘柔”大抵算得上奢侈品。

女主人心痛，那是可以理解的。

元东只说：“再等一下。”

可是，左等右等，总等不出老师。

实在忍不住了，元东就喊：“李穆安先生，你还没洗完啊，菜都凉了，赶快出来吃饭。”一会儿，简陋的洗澡间开了，老师怀里抱着一只小猪，那小猪发出一种很舒服的叫声。再一看，那小猪一身被洗得微微发红，还散发着飘柔的味道。

老师身上还是脏兮兮的。

他还没洗。他在给小猪洗澡，老师把小猪当宠物着呢。

看着老师的那副样子，主任和他太太目瞪口呆，半晌都说不出话来。

这，就是法国人；这，就是李穆安；这，就是我的法国老师。

老师的一生大多在田野中度过。晚年时，他出现了严重的腰椎间盘突出问题。可是他从来没有因此放弃田野生活。有一次在广西见到他时，他的腰捆着厚厚的腰带。

敬业有时很打动人，不需要说什么。

当你看到一位外国老人，从他的祖国去往遥远的异国他乡，在山路上踱步蹒跚的时候，你作何感受？

何况，看着这种情形的是他的学生。

五、暹罗，暹罗

说完引导，说感动，说喜乐。

李穆安少时就在印支半岛生活。法国曾有这样的规定，我不知道现在是否仍然实行。大致是青年人要服兵役，但如果他愿意去第三世界，特别是法属殖民地去当志愿者，就可以免除兵役。

李穆安对日本，尤其对印支半岛的了解非常多。除法语外，他可以说英语、日语、汉语、泰语、老挝语、瑶族的勉语。可能还会一些粤语，因为他曾经在香港中文大学人类学系当过几年的特聘教授。

人类学家有一个“优势”，找当地人当老婆。这是玩笑，但也有事实依据，也情有可原。你想啊，传统的人类学家做的是“总体民族志”（general ethnography），就是什么都要了解到；所以田野作业的时间很长，要与当地人同吃同住同劳动，日久生情那也属于人之常情。

我的法国老师的第二任妻子有着泰国皇家血统。

反正我在他身边的时候，他的妻子是一位泰国人。老师的前妻原是他的大学同学，一位纯粹的法国人，很漂亮。在图卢兹开会的时候，她前来助阵。老师与前妻，看上去还是朋友，毕竟是曾经的同学。其实婚姻是一种价值观的实践方式，有什么样的价值观，就有什么样的婚姻形态。所以，婚姻是历史时段、社会伦理和族群文化的“三位一体”。

婚姻是人类学研究的重要内容，婚姻是什么，人类学家也最清楚。因为他们有横竖两组序列的比较和参照。纵向上，人类学要研究婚姻从亲属性关系，比如兄妹婚等（后来叫作“乱伦”），到普那路亚婚，也就是原始社会中的一种群婚，即一族团内的女子与另一族团内的一群男子，或一族团内的兄弟与另一族团内的一群女子互相通婚；后来发展成了对偶婚，今天成了一夫一妻。

至于婚姻形式，在原始母系社会，女人是“老大”，那个时候，男人们不知道生孩子与自己有关系，生育是女人的“单性事务”，所以有“女儿国”。喝了什么水，吹了什么风，履了“大人迹”就可以怀孕。而且女人是原始农业的始祖，农业比起男人的狩猎更稳定。男人想要女人，只能像野狗一样到处寻找。

但是，男人有力量，有力气，可以抢，“婚”这个字就是趁着黄昏抢女人。世界各地抢女人的记录大多都有，凭证也很多。据意大利学者维柯在《新科学》中考证，现在女人脖子上挂的项链，手指戴的戒指，有些地方的女性还有脚链，全都是当年男人用绳索捆女人时留下的“罪证”。衷心感谢女性对男性野蛮粗鲁所表现的大度和豁达，竟然可以不计前嫌，把捆绑自己的绳索改造成为婚姻礼物留存下来。所以啊，新郎给新娘买什么“戒指”都是应该的，那与其说是定情物，还不如说是赎罪。

横向上，今天世界上仍然遗留了千奇百怪的婚俗。不同的民族、族群都有自己的婚姻道德，人类学家最有机会观察和了解。

所以，当人类学家看到电视上那些侃侃而谈、专门解答婚姻问题的“专家”的观点，有时会觉得很好笑。今天的“婚姻道德”只负责两点：1. 婚姻拥有相互占有对方的“合法性”；2. 婚姻配合特定社会的“稳定”。

如果“婚姻”中的男女相悦、相爱、相欲的生物本能属于“天经地义”的话，那么，今天的社会化婚姻形式绝对不属于“天经地义”。100年前，我们国家的男人还以妻妾成群为正统。100年后婚姻会是什么样子，还不好预测。可能那个时候的许多家庭，“夫妻”中或有一方是机器人。那个时候的婚姻伦理，要加上智能伦理。

人类学家明白婚姻的道理，他们了解婚姻的演变轨迹，也有机会了解不同国家、民族、地区的婚俗。他们知道婚姻是什么，只是不能什么都说，自己做就好了。

老师是这样的。

他打小就只身在印支半岛国家生活，而且有时田野调查会遇到各种各样的人，与他们同吃同住很长时间，完全可能生长出感情来。老师在泰国待的时间长，找个泰国妻子很正常。他的前妻也是学人类学的，或许可以包容。

这是我的观察，与老师相处近20年，他从来没有跟我讨论过婚姻，也不说他的婚姻。在很多时候，知道得越是多，说得越是少。在中国，有两件事不能说只能做，那就是宫闱阴谋和床笫之欢。性爱婚姻大致属于后者。我与我的法国老师、美国老师都没有讨论相关的话题。虽然大家都明白，只是不说而已。因此，我也只是观察、听说，加上对老师的认识而做的判断。

泰国在中国古代有一个称谓，暹罗。

法国在历史上曾经有过对印支半岛的殖民历史，虽然泰国在历史上没有过被殖民的历史，但周边的国家大多曾经是欧洲老牌殖民国家争夺的对象。泰国虽然不是真正意义上的殖民地国家，却也受到欧洲殖民国家的历史影响。比如清迈就很有法式风味，游客中也有很多法国人。重要的是，泰国有瑶族。泰国与中国是近邻，历史上相互走动的情形频繁。在泰北山区，有傣族、苗族、瑶族等。

泰国是老师第二个家。他的妻子是泰国人，并育有一双儿女，混血的。

老师在泰国有房产。最特别的是，老师买下了前泰国政府要员在湄南河上的一处别墅，把那旧式的房屋改造成他的“博物馆”，准确地说，是他的收藏室。

我有一个观察，人类学家如果“做得好”，一定是富有的。今天有很多人把“富有”窄化为“有钱”，真是对富有的不恭不敬。

我当然不会把“富有”说成很有学问，却要满街乞讨的穷酸文人，而是想说，人类学家因为工作的性质，野外作业的便利，他们有机会得到一般人得不到的东西。考古学是人类学的一个分支，考古学者最有可能第一手接触到地下的文物。德国考古学家谢里曼在土耳其挖出特洛伊遗址，又在希腊的迈锡尼挖掘出《荷马史诗》中提到的阿伽门农的金面具，价值连城。甚至在第二次世界大战结束时，盟军和苏联军队都要争先攻占柏林，为什么？其中有一个理由，明白人都明白，明白人都不说。事实上，这批宝贝中的一部分迄今在哪里仍是个谜。

我不是考古学家，但经常在外田野。除了与考古同行关系好外，也有机会撞见、遇见各种考古发现。

在广西贺州田野时观察晋代墓葬

在法国，有这样一个规矩，就是法国的人类学家如果要到外国去调查，是可以向法国文物和博物馆相关部门支取一些费用，帮助国家购买有价值的文物、风物的。我们国家没有这样的正规渠道，错失了一个重要的获得文物、风物的机会。

李穆安是大人类学家，他对东南亚，特别是印支半岛的了解可以说在当时的法国首屈一指。作为有着殖民传统国家的人类学家，拥有一个私人博物馆，也算不了什么。

我去过老师在湄南河上的那处宅邸。

故事还要从瑶族说起。

1993年，老师在泰国组织了一次国际瑶族研讨会。老师让我去，同时还给了我五个指标（包括我），所有的费用都由老师出。

老师很有钱，也很会弄钱。

我把其他的四个指标给了我的朋友：徐新建、徐杰舜、宫哲兵、夏敏。夏敏因护照、签证办得迟了，没能赶上开会，他硬生生地到泰国玩了一趟。我们四人全程参加在清迈举行的国际研讨会。

会议结束后，老师给了我们一人一包的钱，是泰铢。我们“四人帮”就从清迈乘火车到曼谷、芭提雅玩去了。老师还约我们，等他处理完会议的后续事务后，到曼谷与我们会合，带我们去他的家庭博物馆参观。

国际瑶学会研讨会

左为第三任国际瑶学会会长迈尔斯，右为中国瑶学会会长张有隽

在老师的博物馆宅邸

老师带我去了泰国，这一“带”又带出了一连串后续的泰国故事。

从泰国回来，我就从贵州调到了厦门大学。

仿佛是天意，1994年我就认识了一位东南亚的橡胶大王林引桐。他的橡胶基地就在泰国，他邀请我去他巨大的家族企业，并由我负责东南亚华人家族企业的调研计划。我领着厦门大学人类学研究所的几位教授又去了泰国，独自更是频繁往返于泰中之间。期间，除了了解华人家族企业的情况外，还到泰北调查了瑶族，与清迈大学山地研究所（也就是人类学研究所）保持了良好的关系。还去了金三角看罂粟花，看了国民党当年从大西南被赶到泰北的残余情境，详细了解人妖的“制造”程序与过程。

如果与美国老师相比，李穆安不属于那种很爱讲话的人，但非常幽默。他是标准的“小人类学家”（以具体、细致的民族志见长）。他不像他的老师列维-斯特劳斯那样，搞的东西没有什么人能够看得懂。

我曾经问过他，列维-斯特劳斯是不是他的老师，他回：“算是吧。”

我问：“你怎么看你老师的东西？”

他回：“看不懂。”

“看不懂”既是他的谦辞，也是事实。在人类学界，我所知道的大概只有英国的大人类学家利奇（Leach）敢说他懂斯特劳斯。

我宁可把老师所说的“看不懂”理解为不当列维-斯特劳斯

那样的"大人类学家"（以建构大理论见长），而要当像我李穆安这样的"小人类学家"。

老师做到了。

六、法兰西浪漫

老师是典型的法国人，有时自由散漫，我行我素。作为学生，很多时候我也搞不懂他。即使是他的同辈，也时常搞不明白。记得当年在图卢兹老师组织的国际瑶族学术研讨会，一个庄重且规模不小的国际学术会议，老师是组织委员会的主席。可是，老师的那只爱犬在会场里上上下下地跑，那样子很亢奋。坐在我旁边的美国学者珀内尔教授看着直摇头。这就是法国人，也或许正是这种法兰西文化才能够培育出那么多伟大的学者。

我不知道法兰西的浪漫与散漫是否有助于酝酿、成就那些伟大的理论。不过有一点可以肯定：伟大的理论通常诞生在思想不受约束的文化土壤中。所以，法兰西出思想家也就不奇怪。

还有一件事情定然与他的性格有关。老师曾经与人类学家Nicholas Tapp的关系非常好，Nicholas Tapp的中文名叫王富文，他的苗族研究很有影响。晚年受聘于华东师范大学，出任华东师范大学人类学研究所所长。可惜六年前去世了。

老师与Tapp有一段时间过从甚密，他们都曾受聘于香港中文大学人类学系，两人又都研究中国的少数民族，老师研究瑶族，Tapp研究苗族。而苗、瑶在历史上关系非常密切，故有

"苗瑶一家"的说法。老师与Tapp的关系曾经情同手足。不知怎的，关系就僵了。连当事人Tapp都懵。记得不止一次与Tapp在学术场合相见，他都非常认真，而且满脸委屈地问我："彭教授，你是李穆安的学生，他有没有告诉你为什么后来就不理我了？我们曾经是非常要好的朋友，我从来也没有得罪他呀。"我回答："我还真的不知道，老师很少说他自己的事情。"

老师是这种人。人类学家也是人，"人"是动物中最复杂的一类。莫说要让别人搞懂自己难，经常的情况是：自己也搞不懂自己。

老师的晚年基本上是"隐身"去了，也很少与外界联系，只知道他大多隐居在印支半岛的某一个角落。记得有一次，李亦园先生问我："彭先生，你的老师李穆安最近在哪里，他还有一个蒋经国基金会的项目没完成啊。"

我回答："我真不知道他在哪儿，给他写信没有回。"

我也在不同场合向认识老师的学者打听他的消息。说法各不相同。

一次，我问乔健先生，我的法国老师怎么样了。乔先生告诉我，他已经走了。

老师走了，

老师走了，

走着走着，

就走了。

老师，您去哪里了？

是跟着瑶族迁徙去了吗?
还是出家西游去了?
一路走好啊，老师。
你的学生在远方默默地注视，
注视着你远去的背影。

友师篇

我的北方之缘

一、回望北方

做了好长时间的西南民族研究，对大西南，特别是贵州、广西、云南、四川可以说相对熟悉了；有些地方相当熟悉了。西南地区栖息着许多少数民族，他们因历史上地理的封闭而寓居西南。古代大诗人李白就有著名的诗句：蜀道之难，难于上青天！这样的自然环境，保持了相对完整的文化特殊性，我称之为“文化物种”。在那片土地上生活和研究久了，像是徜徉在熟悉的海洋，我也成了她的一部分。

大概到了五十岁的样子，我在做民族认同的研究，读了一大批的资料，有一天，忽然就有所感悟：在中国，如果要做民族学，如果缺失对北方民族的了解，无疑是一个重大的缺失。似乎是一种巧合，挚友叶舒宪教授也在那个阶段开始了他的“玉石之路”朝圣式的调查和相关研究领域的拓展，他也提醒我，北方民族对中华民族的重要性。

不谋而合。好兄弟有的时候确实可以达到这样一种契合，仿佛是心灵的沟通。不过，他在北方玩他的玉石，我到北方做我的民族调研。有的时候，我也顺便捎上他的弟子一起调查。

北方的民族大多是大的少数民族，尤以游牧民族为主。虽然最典型的游牧民族是蒙古族，学界有时俗称为“骑马民族”，但北方民族中不少都有着或掺杂着游牧历史背景。大家知道，1911年，孙中山先生起事辛亥革命，推翻封建王朝，借用了西方的国家政体，把共和制引入中国，以“五族共和”作为新国家的主体。哪五族呢？汉、满、蒙、回、藏。

大家也知道，就民族而论，汉族是中国最大的民族，满族、蒙古族、回族、藏族四个民族在地理分布上大多属于北方或西北地区。而且中国历史上还有元朝和清朝，皆由北方民族所建立。所以，中国历史上第一个共和制国家（也就是当时中华民国）的“国旗”，也模仿了欧洲不少国家国旗以“颜色代表群体”的立意，设计成了五色旗。五色分别代表汉族（红）、满族（黄）、蒙古族（蓝）、回族（信仰伊斯兰教的诸多民族，白）、藏族（黑）。五族共和源自清末立宪运动的“五族大同”。

这很清楚了。因此，如果不了解北方民族，不了解这些民族的文明特点，不了解它们的来龙去脉，说是做民族研究的，或有不完整之嫌。无论你做什么民族的研究，这样的历史背景都需要一直参照着——一直“参”着，一直“罩”着。

悟到了，就行动。“心动不如行动”。

我开始了步入北方。我用了十几年的时间，跑遍了北方的所有省区。我利用在青海当昆仑学者的机会，去了玉树，上了果洛，爬上了昆仑山，拉通了“三关”（阳关、玉门关、嘉峪关），走了新疆，到了宁夏，去了内蒙古。看了辽阔的大草原，明白了蒙古族歌手唱歌怎么那样的好听——原来都是在草原上练的，那声音能像波浪那样的起伏。

于是，与内蒙古大学的一批民族学家交上了朋友，与他们一起调查。比如托雷伊金仪典是重要的遗礼，我曾经两次参加和参与。托雷伊金祭奠有一个专门的研究会，出于信任，他们聘我为内蒙古鄂托克旗托雷伊金祭奠文化研究协会名誉顾问。说明我与他们的关系处得非常好。

托雷伊金遗迹调研

托雷伊金何许人也？他是成吉思汗的子嗣。那成吉思汗的家谱不是我们这些外族人搞得清楚的。我请我的蒙古族弟子，内蒙古财经大学的副教授叶高娃介绍祭典的相关内容。

托雷伊金祭典

托雷，伊金，分别是蒙古文ᠲᠣᠯᠤᠢ和ᠡᠵᠡᠨ的汉译。托雷，是历史人物，即成吉思汗季子；伊金，是尊称，圣主之意。

托雷伊金，被供奉在今鄂尔多斯市（昭乌达盟）鄂托克旗（旗，相当于县）乌兰镇东北方向的查干淖尔苏木（苏木，相当于乡）沙日布日都嘎查（嘎查，相当于村）境内的苏里图梁（小山丘）上。地理位置处于东经108°10′563″，北纬39°15′044″，海拔1 457.3米。

托雷伊金的仪式场所，除一处钢筋水泥铸成的房式建筑（类似享殿）及左右分别设有两座蒙古包式班房外，还由鄂尔多斯地区常见的敖包和苏鲁锭组成。享殿内，除托雷伊金充楚（方形蒙古包），还有托雷金铸雕像、托雷伊金画像、成吉思汗雕像、火镰、查日给（龙头祭祀乐器）、查古（祭祀酒具）以及其他祭祀器具。

托雷伊金祭典和成吉思汗祭典，有着千丝万缕的关联。《元史》记载，托雷去世后的第二年，窝阔台合罕“合祭昊天后土，以太祖（成吉思汗）、睿宗（托雷）配享”（宋濂：《元史》卷一百一十五，列传第二，睿宗，第2887页，中华书局1976年版）。据口述史研究，托雷伊金祭祀场所，原先在杭锦旗和鄂托克旗交界处道伦呼都克“七眼井”（东经108°34′429″，北纬39°39′048″，海拔1 445.8米），1942年秋迁至如今的祭祀地点。1956年，被合并到伊金霍洛旗的成吉思汗陵祭祀。2000年，在苏里图梁恢复了其原有的仪式仪轨和仪式形态。

祭祀和守护托雷伊金“神灵”的人称之为“托雷伊金达尔扈特”。托雷伊金达尔扈特与成吉思汗达尔扈特“同根同祖”，均属成吉思汗九杰之一的孛尔赤后裔。托雷伊金达尔扈特人，姓“沃尔勒古惕”。

托雷伊金祭典，由四时大祭、月祭组成。春季大祭，称为“查干苏鲁克”大祭，在农历三月二十一举行；夏季大典，称为“淖尔”祭。淖尔，是湖泊之意，寓意游牧传统饮品的酸马奶像湖泊一样丰盛，每年农历六月十五举行；秋季大典，称为“术日格”祭，每年农历九月十二举行。术日格，意为戴在马驹、牛犊、幼驼等幼畜鼻子上的刺猬皮或者木杈等，是防止幼畜吃母乳的禁乳工具。所以，秋季祭祀意味着秋草干枯、幼畜不易吃饱，加之母畜产奶量下降，牧民们开始减少或停止挤奶，并摘除幼畜鼻上所佩戴的禁奶杈，使幼畜尽量多吃些母乳；冬季祭祀，称“达斯玛”祭，在农历十月初三举行。达斯玛，是指按照特定规则将归圣的羊皮切割成条状的祭祀用品。

蒙古人的性格也像草原那样，有豪情；连起名字都“豪”。记得他们请我喝酒，喝蒙古人的酒，其中一种烈性白酒，叫“闷倒驴”。嚯嚯，厉害吧。有一次，内蒙古大学的道尔吉院长就请我喝那酒，我不能酒，但我喜欢那名字，豪迈！

多次去内蒙古，到内蒙古大学去开会、讲学，到赤峰考古遗址去了解远古的情状，到呼伦贝尔去感受草原的辽阔，还在我的蒙古族弟子兴安的陪同下，随着牧民在草原深处放过牧。那些日子，真的别有情调，生命的体验另是风景。蓦然就想起了《我和草原有个约定》的歌。还别说，真就在大草原听到了这首歌。记得那是与弟子兴安、高娃在呼和浩特郊外的蒙古包里烤全羊，边

在牧民家做客

牧羊犬跟我有交情

到草原放牧去

蒙古族弟子兴安为师父准备的蒙古包大餐

啃羊排边听着悠扬的旋律，那心潮就澎湃了。

反正，那些年把整个北方大都跑了个遍。直到2019年之前，北方省份，除了黑龙江之外，我全部都到过，而且去过的地方大都是历史文化具有厚重积淀的地方，也是艰苦的地方。为了弥补没去过黑龙江这个缺憾，2019年10月8—15日，我走访了我国最北的漠河地区，也就是中国的最北端，到黑龙江省加各达旗对鄂伦春族进行调研，也到了大兴安岭深处感受自然的风光。

中俄边境界碑

鄂伦春族故居

与非遗传承人满古梅交流

2019年12月4—10日，由四川美术学院“中国艺术遗产研究中心”主导，我和张颖教授组织了一次别开生面的活动：“非遗传承人与学者交流暨教学活动”，即让非遗传承人到艺术院校当老师，现场指导，与专家对话。为此，我们请了中国艺术研究院的李修建教授、中国社会科学院民族文学研究所的毛巧晖教授、东南大学的孟凡行教授。

效果非常好。

北方的苍劲与南方的婀娜不是一个款，去了，就有体会。2013年4月，兰州大学的徐黎丽教授在兰州大学成立了“中国边疆安全研究中心”，成立大会邀请我到场，并聘我为该中心学术委员会委员。会议结束后，徐教授及她的弟子，陪同我和一位浙江大学的委员一并往大漠狠狠地走了一趟，对嘉峪关、阳关、玉

受聘仪式

咱兄妹

饿得不行

丝绸之路遗址

阳关故址

关隘遗址

调研团队

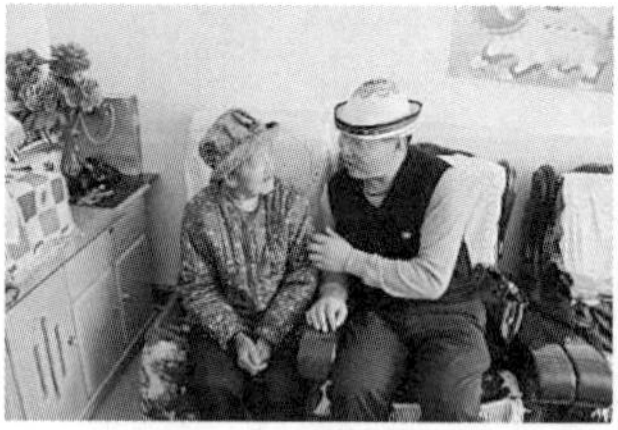
在裕固族人家

大漠夕阳

门关、敦煌莫高窟、肃南裕固族自治县、肃北蒙古族自治县、阿克塞哈萨克族自治县等地进行调查。

阳关、玉门关、嘉峪关是历史上西域重要的关隘，前两关曾经是汉代重要的军事镇守关口，也是历史上丝绸之路的要道。嘉峪关则是当时万里长城西端的起点。站在那“三关”上，心里就感慨。仿佛穿上了铁铠，想要誓死镇守边关的架势。

大家知道的，历史上的“三关”都是边关，也是戍边的地界。在阳关，我们能够看到当年王维“劝君更尽一杯酒，西出阳关无故人”的别情与豪情。在玉门关，人们首先想到的是王之涣的“黄河远上白云间，一片孤城万仞山。羌笛何须怨杨柳，春风不度玉门关”，豪迈与苍凉交织。

当年张骞出使西域，打通了丝绸之路，阳关和玉门关曾经是南北的门户。可以想象，这前“一带一路”原来早就开始了。我们生活中的许多与“胡”有关的货物、乐器、音乐等，大多都是从中亚进来的。原因是，我国古代把北方和西域各民族人民，包括从西亚来的外国人都归为“胡人”。

西域发生了中国历史上的“长时段历史”。无论地理空间关系、人文交流、线路交通，还是军事遗产、物流互惠，甚至可以这样说，如果没有西域线路遗产的发生与存在，中国人生活大概不会是今天这个样子。以最日常的生活为例子，我们中华文明若以地缘来划分，以农业作物的最明显特征来看，“北方麦作”与“南方稻作”无疑最平凡，也最重要；最平俗，也最攸关。人们通常所说的“面食”，它的主要原料是各类麦子，而麦子依据现在考古学的材料，就是从中亚通过西域而来的，“麦”在甲骨文里的意思是“来”，也就是“外来”的意思。“麦作文明”与中华文明的关系可谓密切。

文明原来就是这个样子，“高大上”的解释，哲学家喜欢；人类学家喜欢“以小见大”。一块石头、一粒粮食、一个遗迹都可有所发现，都可能让他们欣喜若狂。更为极端的，人类学家可能还会到垃圾堆里去寻找“文化法则”。

反正，虽然早先已经去过一些地方，可是，重走当年戍边将士的大漠，一直是我的梦想。这次旅行着实让我受益匪浅。

我比徐教授虚长十岁。她称我作“老哥”，我回称她为“老妹”。可见关系是极好的。她是上海人，却在西域做研究，成为优秀的民族学家。

生命不能回头。若能，我或许也要选择西域做研究。

人届五十，要重新钻研一个新的领域，为时已晚。好在我们是学者，我对“学者”的理解是不断学习的人。不能成为专家，至少可以学习，可以体验。

重走唐蕃古道

在嘛呢石堆里

去玉树感受天地生命

当老师有一个便利：通过招收学生介入对地缘的了解。我的博士研究生的田野地我都要亲临现场，至少在我退休前是这样。这是我的原则。

于是，我开始有目标地招收西北的学生。在近十年，我招收了十几位来自西北和东北的博士研究生。他们中的大多数都是北方的少数民族。我带他们，也向他们了解北方民族，特别是游牧民族的特点。

于是，我结识了一大批北方的学者，一大批的“狼友”。

二、我的北方“狼友”

前些年，在我国的图书市场有一本书，名叫《狼图腾》，作品讲述了20世纪六七十年代一位知青在内蒙古草原插队时与草原狼、游牧民族相依相存的故事。在书中，狼是朋友，以命相待。

我无意介绍这部小说，虽然这部小说是这么有名。

“图腾”是人类学的一个重要概念，起源于北美印第安人土语的音译，在人类学研究领域，“totem”，意思是“它的亲族”。人类在原始部落社会时期，通常会将某一种与人们关系密切的动物、植物等视为与人类存在亲属关系的伙伴，有些部落将图腾作为族徽。

在我国的北方，栖息着游牧民族，特别是在大草原上，狼也成为人类生存相依的伙伴。小说中的“图腾”，更多的还只是借用。

狼的特点很多，但群体精神、坚韧勇猛、忠诚如一等是重要的特点。我曾看过“一个女画家与一只狼的故事”，说的是一个女画家在草原上收养了一只小狼，从此，她当起了“狼妈妈”。8个月，陪伴小狼从草原到城市，再从城市回归自然。故事感人至深。这是一个真实的故事，我很少会为一个真实记录的作品如此动容。如果读者没有看过，建议去看看，别错过。它让你真正地了解“狼性”的高贵。

现代社会中有许多人喜欢狗，因为狗有着许多其他动物没有的品德。而狗实际上就是被驯化了的狼的后代。当人们使用“狼图腾”这样的字眼的时候，已经把狼、狗的这些品德精神融汇进去了。

在生活中，如果你幸运地结交了一批“狼友”，是多么大的一件幸事。

我就有。

我在手机上一直留着一条短信，是我的“狼友”郝苏民先生写给我的。我留了好几年，珍惜得很，经常翻给人看，好些人看过。反正满珂（《西北民族研究》副主编）、索南吉（青海果洛州委常委）、宁梅（西北民族大学“格萨尔研究院”院长）、毛巧晖（中国社会科学院民族文学研究所研究员）等与郝先生有关系的学者们都看过。我像收藏文物那样收着。

最近我的这些“狼友”写给我的信件丢失了，我沮丧了好些日子。

我原来的手机是最为简单和陈旧的那种，只能接听电话和收发短信。什么微信、抖音反正全不会，不想学。所以，“朋友圈”“粉圈”“呼啦圈”什么的都没有。也不想自我“推销”。安静最好。

虽然简陋的工具在生活中有时会有些不方便，但也自得其乐。在机场等飞机的时候，偌大的候机大厅，除我手捧“老式”的纸书在读以外，其余全都在用手指滑动手机，连傻子都那样。我不会，我的手机不能滑，滑也滑不出内容，我成了全场最傻的傻子。

终于体会到，“傻乐”是一种最幸福的状态，那是自得其乐的乐趣。

只是到了今年（2020），我要到上海社会科学院讲学，说是社科院社会学研究所成立四十周年庆祝活动，去年就定了的。我是受邀学者之一。新冠疫情全球播散，要去上海，我的老手机就不行了，要扫码什么的，要申报“八闽健康码”（福建）、“随申码”（上海），只好换手机。这一换，把我老手机上的那些留了好几年的遗产短信给弄没了。

我心疼死了。

我记录郝先生写给我的一条短信，因为常给西北的朋友们看，所以大致记得真切。

兆荣兄：

又想你了。当然是学者之间的交情，你的学品与人品俱佳，是我们北方狼友的好兄弟。给你写信，是想请你撰稿，无论是仪式、旅游人类学、遗产研究等方面的稿子都可，想请你为敝刊增色。如兄不弃，请将大作直接寄给我。

苏民

郝先生年长我近二十岁，他是回族，西北地区民族研究方面公认的大家。担任西北民族大学社会学学院院长，《西北民族研究》的主编，中国申报“世界人类口头和非物质文化遗产代表作”评审委员会委员，文化部中国民间文化遗产保护工程专家委员会委员，中国民间文化遗产抢救工程专家委员会委员，甘肃省高校高级职称评审委员会学科组组长，甘肃省民俗学会主席等职。

郝苏民先生

郝先生在学术圈有“西北王”之称。作为长辈，作为大家，以这样的身段请我写稿，我自然是感到极大的荣耀。这几年来，我给《西北民族研究》写的文稿全部被采用，而且搁置的时间很短。当然，作为小老弟，完成兄长布置的作业必须是极其严谨认真的。否则，不仅有过，甚至有罪。

郝先生自称为西北民族研究领域的“西北狼”。

郝先生与我是那种用心交通的朋友，是只要用眼光交流就能够达到默契的那种。我们之间的联系并不多，见面的机会也不多，记忆中只有两次：一次是西北民族大学请我去讲演，由郝先生主持和点评；另一次是到兰州大学参加学术会议，我去看郝先生。那时他刚刚做完心脏搭桥手术，由助手搀扶着到一家上好的餐馆请我吃饭。席间他的话不多，或因刚做完手术不久。但他的风范、他的笑容、他的举止瞬间刻在了我心里，把那些民间对郝先生的传言都变成了名副其实。

郝先生的助手私下告诉我说，郝先生很少这样对待学者，领导就更不用说了；他把你当成最好的朋友。

我真的好感动。

望着郝先生被搀扶着缓慢地离开，我的心揪着，紧紧的。望着郝先生的背影，我的眼眶就湿了。

他说他是我的“北方狼友”，不止一次地说。“狼友”，那是可以用生命照应的朋友，我似乎突然就觉着领悟到了“狼图腾”的现代意义。

“半个人类学家”

易中天，注定是要“如日中天”的。

人家的名字就这样，大气得很，没办法。

《祕书》上说，日月合为易。“易”的一种解释：日月同辉，阴阳变化。

唉，易中天果然就“如日中天”了。

我不是小学、训诂专家。只是觉得这个名字太傲，叫出来就嗷嗷的；响亮得很。

完全没有“损”的意思。

易中天是我的兄弟，我的朋友，我的同事。

与他认识，与他结识，与他相识，与他成为朋友原属私事，本无必要张扬，我更没有因为易兄出名而想要沾他一点光的意思。其实，我不羡慕他，是他羡慕我。这可是易兄亲口对我说的。此事容后再表。

写易中天，完全因为与人类学有关。

故事有些婉约，没有语法，全由“缘分”调动故事推展的步幅。

我惜缘。

一、“半个人类学家”

1994年，我从贵州大学调到厦门大学工作。

在这之前，我们之间未曾谋面，也没联系过，只是读过相互的文章。或许因为当时我俩都在中文系，我在中国高校的“中文系列”中是较早涉猎人类学的，加之贵州天然就是做人类学的宝地，所以，那些年我的文章中已经染上了很重的人类学色彩。易中天也是我国很早尝试将美学与人类学相结合的一位先行者，这些都体现在他的《艺术人类学》中。也就是说，我们虽未谋面，却已然成了“同情者”。

我们俩有点儿像，都是不安分于牢笼般学科捆绑，喜欢穿越学科边界的人。

1992年11月，易中天的《艺术人类学》在上海文艺出版社出版，责任编辑是赵南荣。

1994年，他把大作寄往贵州大学，送给我。

那个时候，没有快递。易兄的大作就这样慢悠悠地在邮路上走。

大概贵州地属古蜀道之故，难走。当时的书信在邮路上要走挺久的，书籍大体还算作“报刊资料”，走起来还要慢些。

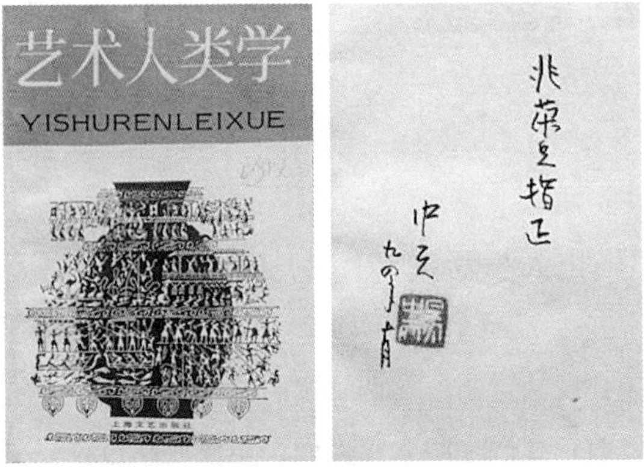

易兄寄往贵州大学的《艺术人类学》，还签了名，盖了章，顺了一张名片

慢，有故事；现在什么都快，少了很多故事；即使有故事，也没时间品味。

谁知道，当《艺术人类学》在邮路上从东南向西南缓行的同时，我却从贵州大学调入了厦门大学，从西南来到了东南，与他成了同事。

我的身形与他的大作就这样在途中“擦肩而过”：我在天上飞，易兄的大作在地上跑；有一点电视悬疑片中的镜头感。

双方都不知道。

大概过了一个多月，我在厦门大学人类学研究所收到了易兄从厦门大学寄往贵州大学，又从贵州大学退转到厦门大学的邮件。

好在邮件寄到贵州大学时，虽然没有人签收，却按我的新地址给寄了回来。

收到时，那邮件脏兮兮的。

我在厦大收到他从厦大寄出的作品，立即按照名片上的号码给易兄拨了个电话。

真是好事多磨（魔）！

电话的开场："易兄，我是彭兆荣，收到你的大作。我是在厦大收到的。我也调到厦大来了，我们现在是同事了，没想到吧。"

"啊，太好了。我想我这书一定要寄给你，你老兄是最有资格指教的。"易兄也很客气。

"你是湖南人吧。"我说。

对方沉默了几秒钟。

"你怎么知道的？"

"我是人类学家啊。"

我们在电话里至少聊了半个小时，聊得很投缘，很开心。

在放下电话之前，对方突然问："彭兄是江西人吧？"

"哎，你怎么知道？"

"我是半个人类学家。"

电话那头，那腔调很是得意的。

后来，他告诉我，能一句话猜到他是湖南人，他是根本没有想到。虽然他讲话的时候有口音，但口音很混杂。他在湖南、新疆、湖北都有过很长时间的生活经历，而湖南与湖北在地缘上是接近的，能够一句话听出他是湖南人的只有"彭兄"。

但说实话，如果他不是事先知道我的祖籍是江西，却能够听出我是江西人，那本领还要更大些。因为我在襁褓中就离开江西老家去了闽都福州。我是在福州长大的，所以口音中只有福州腔，应该没有什么江西调。不过，由于我父母都是江西吉安泰和人氏，所以我在家里确实是讲江西老家话。易兄居然能够听（猜）出来。

厉害，要不然人怎么敢把名都叫作“中天”啊。

二、外来的“另类”

就这样，我们认识了，认识出了一个笑得捧腹的故事来。

从此以后，我们就经常相聚，后来加进了厦大中文系的周宁。我们三人都是从外地调入厦大的，同病相怜，聚在一起的时候免不了常常“骂娘”。清高的文人总那样，自古而然，所以容易被整，还死不悔改。那个时候我们都还年轻，我38岁。对于人文学者来说，正是意气风发的年岁。

何况，那个时候，外地人在厦大确实挺难受的。厦大的裙带关系很厉害，特别在人文学院。院领导一度全是福建人，且多为闽南人，他们可以用闽南话开会。现在好些了。

这对我们这些外来人来说，当然不爽。

易兄更不爽。三人中易兄最年长，40年代生人；我其次，50年代生人；周宁最小，60年代生人。我和周宁都有留洋的历史。易兄不谙洋文，没有留过洋，他后来更乐意“古玩”似地“玩古”，把中国古代的历史玩得转来转去的。

易兄到厦门原是想来养老的，武汉太热。记得他跟我说过这样的话。

厦大的氛围令他不爽，他的牢骚也最多。

也许都是外地来的，而且都不是厦大毕业的，在厦门大学人文学院就有些“另类”。其实迄今为止我仍然觉得自己在厦门大学属于“另类”。

不过，我们的研究和教学都是认真的，课也上得好。当时在人文学院的学生中有“二剑客”的传言。

这是我的弟子告诉我的。

反正当时我们关系很好，特别是我与易兄的关系更进一步，到了只差说“苟富贵，勿相忘”的地步了。

以当时的情境看，易兄真的“不易”。他从武汉大学调来厦门大学，先是在厦门大学艺术教育学院的“艺术研究所”待着，结果可想而知，一个搞美学研究的聪明人与一群搞艺术的能干人凑在一起，说不上冤家路窄，至少路数不对。加上易中天本来就是个厉害的人，有时甚至刻薄，免不了是要“斗”的，而且，“斗”得没有章法。易兄说那帮艺术家没有理论，只会“手工”，没有脑子；艺术家损他“连鸡蛋都画不圆，赖在艺术学院干什么？”

这些都是我在艺术学院工作的弟子传来的“传言”。

我未向易兄证实，小道消息总有出处，空穴来风不多。从风格上看大体无误。

反正搞不到一起。易中天干脆就回到了人文学院中文系，干他的老本行。

厦门大学人文学院是一个很大的学院，当时有五个系，除了中文、历史、哲学这三个传统的“文史哲”学科外，还加上新闻系和人类学系。这在我国重点大学中极为少见。

这样，我与易兄就成了同一个学院的同事。

三、艺术人类学教授

易中天的夫人身体不好，很早就病退了。女儿很有出息，当年考大学的时候成绩优异是可以保送到清华和同济的，但如果去清华，专业的选择会受到一些限制。同济是我国建筑设计方面最好的大学，以他女儿的成绩可以有更大的专业选择空间。易中天让女儿去了同济。

此事易兄找我说过，我还建议同济毕业后可考虑到德国留学。我说我弟弟在德国，混得不错，加入了德国籍。我答应帮他。不过后来时过境迁，没有了下文，我也就没有再问了。

女儿学建筑设计很花钱，当时易中天做美学研究，一个副教授，夫人又退休了，靠那点工资要供女儿读大学，有些窘。而那一段时间，易兄似乎对我国的美学研究已经有些腻了，有一次他告诉我，他去开个美学会，居然听不懂“那些人在讲什么”。

我也参加过一两次类似的会，确实如此。一拨人，把那西方的各种理论、概念掀来翻去，说得很溜，眼里放光，侃侃而谈。那种高论，别人听不懂也罢了，怕是连他自己也没听懂在说什么。

在这种情况下，易兄决定放弃美学、文艺理论的研究，转而写通俗读本。他的《中国：掀起你的盖头来》《闲话中国人》《中国的男人和女人》都是20世纪90年代中后期的作品。

他曾经无奈地说，实在不行，副教授就当到退休吧。

大家知道，在中国的大学，那样的书是不能算“科研成果”的。在厦门大学，评教授需要发几篇A刊的文章。

不过，易中天后来当上的教授，还真的因为他的那本《艺术人类学》获得了教育部的二等奖。这算是一个不错的“硬件”。要不是“人类学”，易兄或许到现在还在当副教授。不过其实想明白了也没什么的，今天的大学职称与学问并不一定成正比。

他说他是“半个人类学家”倒也符合中国的国情。其实，艺术人类学原是学科交叉的产物，没有固定的范式，迄今为止，没有人敢说自己的艺术人类学才是“正宗”的，即便回到人类学学科的本身，我们也没能在博厄斯的《原始艺术》与莱顿的《艺术人类学》之间找出明确的范式脉络。

中国的情况更是复杂、多样。像易中天、郑元者、王杰等这些学者都是学美学出身的，他们做艺术人类学原本就有优势。至少，美学与艺术是靠近的。无论如何，易中天是中国大陆艺术人类学研究的一位拓荒人。

“业内人士”都知道英国莱顿的《艺术人类学》，知道易中天的《艺术人类学》的人不多。这很正常，因为易中天只是“半个人类学家”。后来我国有不少加入艺术人类学行列的学者，他们大多都有人类学的背景，王建民、何明、方李莉、李修建等。

他们或许并不认为易中天的《艺术人类学》是正统的人类学，却也不敢妄称自己的就是“正统”的艺术人类学。我也不相信有人敢说“艺术人类学是人类学的专利”这样的话。人家大哲学家康德还写过《实用人类学》呢，那“人类学”其实也很美学，很艺术的。

我更愿意把“艺术人类学”当作一个实践、表述和实验的平台，大家各抒己见。

反正，我从易中天、郑元者等的艺术人类学中受益良多。

这与朋友关系无关。

四、如日中天

易中天是极其聪明、反应极快的人，而且相当犀利；当然，他的知识积淀也厚。记得在他成为“学术明星”之后，曾有一次，当时在央视以口才好著称（在港台叫“名嘴”）的王志对他有一个专访。一般的人在接受央视专访时，绝大多数都采访者问，受访者答。可是，王志在访谈易中天的时候，不时发生受访者反问问题，反抛话题的情况。搞得王志猝不及防。

这，就是易中天。

别惹到他，他会让你受不了。因为一般人的辩才、机锋、知识都达不到。

他身上有湖南人的聪明、湖北人的率直、新疆人的豪放。

他成为学术明星那可不是浪得虚名。一般的人是当不了的。当时的“网界”哗然，什么声音都有，私底下不少人指指戳戳的，多半属于酸葡萄情结，酸得不行。知识分子常犯这毛病。我后来在外地的几次讲学的提问环节中，多次地被问及类似的话题，诸如：你怎么评价易中天的“电视学术”“大众学术”“平庸学术”，有个别学者的言辞非常激烈，好像易中天上了电视就犯下了什么天条似的，玷污了学术。

我记得我当时的回答是：“易中天是我的同事和朋友。现在是传媒时代，学者把学术、学问与传媒相结合，是一件很正常的事情，就像我们现在用电脑写文章一样。再说，学术和学问总是要面对现实、走向大众的，越是到了今天，越是如此。象牙塔的学问已经很难做下去了。至于易中天的某些学术见解、观点你如果不认可，可以通过正常的学术渠道与他商榷。有些人言辞激愤，表面上是维护学术的经院正统，其实，始作俑者是酸葡萄情结。再说了，中央电视台怎么不找你，要找易中天？”

我讲完这一通，台下也就“闭嘴”了。反正我经历的就是这样。

说起易兄的“出名”，还真与我有些关系——与我的那些关系和与易兄的那些关系。易兄与我都是学者，我们可以说互为“师友”。我们的相处是互益的。

这故事得从头说起。

上面讲到了易中天与我相识是因为那本《艺术人类学》，上

左：丛书出版的首发式，赵南荣、彭兆荣、易中天

右：彭兆荣介绍“文化人类学笔记丛书”第一批五本

海文艺出版社出版，责任编辑是赵南荣先生。易中天与赵编辑是朋友。到厦大，认识易中天，也撮合上了赵南荣。当时我有一个想法，就是在中国搞一套人类学通俗性的丛书，我把它称为“笔记丛书”。这是一件开拓性的工作，也是中国第一套以人类学田野为背景的通俗读物。

我与易中天、赵南荣商议后，大家觉得好。决定由我负责搭建一个编委会，写作体例由我设计，学者由我邀请，主编由我担任。我还设想丛书出版时搞一个丛书首发式。

一切都按计划顺利进行。

1998年，在厦门举行首届中国文学人类学研讨会（有关会议的情况，我将在“互惠的学科：文学与人类学”部分讲述），我在会议中插入“文化人类学笔记丛书”首发式的议程。第一辑共五本，包括：我的《生存于漂泊之中》、易中天的《读城记》、王铭铭的《山街的记忆》、徐新建的《苗疆考察记》、潘年英的《扶贫手记》。

这一套丛书计划两辑，每辑5本。第二辑有1本脱稿，所以最后共出版了9本。在这一套丛书中，读者反映最好的是易中天的《读城记》和潘年英的《扶贫手记》，所以，这两本后来也就由上海文艺出版社从丛书中取出再版。再版时，赵南荣让两位作者重新做出修订，增加了内容。只是书名仍然不变。

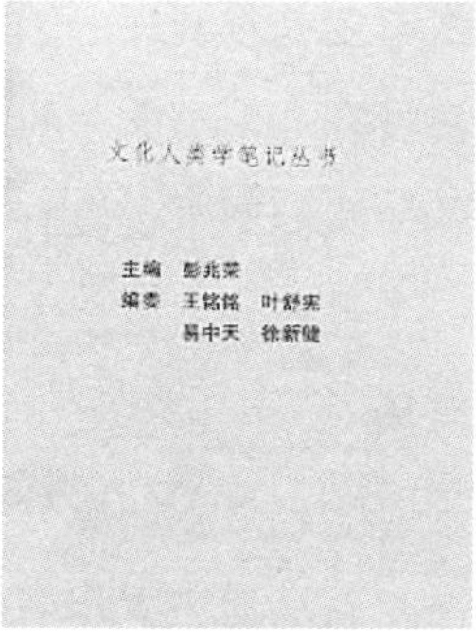

“文化人类学笔记丛书”编委

易中天的《读城记》也成了中央电视台找到易中天，让他上“百家讲坛”的一条线索。

易中天出名了，如日中天。

到了退休年龄（厦门大学规定是60岁），他也坚决地从厦门大学退休，搬离了厦门大学，我们的联系也少了。

只是听说他出门要戴墨镜，接听电话有助理，云云。我也只是听之。

我在外地参加学术活动，不时有人想让我联系易中天，说要干什么、干什么的，我全都拒绝了。

我的为人原则是：兄弟好就好，不打搅，只祝福。

五、偶遇

原以为这就要与易兄拜拜了。我想我这辈子大概不会再有什么事要找易兄了，看到他一本本摆在新华书店显要位置的书籍，已没有“人类学”的内容、字样。

我们似乎也没有什么要合作的学术了。

没想到，茫茫人海，我们居然硬生生地撞见，而且是在首都机场。

嗨，这人的缘分在，连鬼都扯不断。

就在易中天出名后的一段时间，一次，我受邀去内蒙古大学开会、讲学，在北京转机。

那天，我刚出引道，迎面就撞上易中天。他刚从洗手间出来，一边还在接听电话。

我拍了拍他的肩膀，他折过头，放下电话。

“兄弟，你还认得我吗？”

“彭兆荣，你这家伙烧成灰我都认得出来。”

“你干什么啊，这是？”我问。

“嗨，我那个小舅子不是在新疆吗，他在那儿捣鼓自治区的什么单位让我去讲学。”

“你呢？”

“我去内蒙古大学讲学。”

这回轮到他拍我的肩膀，“你老兄还那样，我真羡慕你。”

“我知道。因为我现在出门还可以到野地里偷个黄瓜、红薯什么的，你就不行了。”我说。

“我？我还没到黄瓜地，行踪就到网上去了。”

“有了名利，没了自由，划得来吗？”我问。

“所以我羡慕你啊。”这真是他的感慨之言。

“我听说现在要找你很难，厦大校长也找不到你，说是助理接电话。有这事吗？”

“别听他们乱说。唉，兆荣，真的，我给你一个电话号码，你随时可以找到我。”

“我没有什么事要找你，你好就好了。”

我没有要他的电话号码。

末了，我们道别，互致珍重。

此后我就没有再找过他。

同一个时间、同一个地点，没有约定、没有告知，能在大千世界、芸芸众生中再见。

这还有什么可说的呢。

“说”是多余的。

互惠的学科：文学与人类学

一、文学人类学：两个“人学”搞到了一起

早年学文学，就谙熟“文学是人学”的经典传言，都知道这句话是没有经过科班学习、自学成才的伟大苏联文学家高尔基讲的。他是在有关“地方志”研究工作的一次活动中提出这样的见解，那蛮接近人类学的研究取向。

人类学是研究人的学科和科学。这不用说太多，那名目就已经可以“说文解字”了。

两个“人学”凑到一起，就成了“文学人类学”。这听上去有点“趣说”的味道，不那么严肃，倒也不失为一种解释。反正，不管是“凑合”还是“凑数”都无妨“存在”的事实。很多时候，哪怕是简单的概念，最伟大学者的解说也难以说得圆满。比如“文化人类学”，“文化”看上去是学科“看家”概念，可是，三百年来，人类学家们试着给“文化”下了数百个定义，也

没有得到“共识”。

后来明白了，“人文科学”不求统一、共识，但求各说各话，人言言殊。

对事实有不同看法，很正常。国家与国家、政党与政党、组织与组织、人与人、父与子、夫与妻的观念、争斗、抵牾、争吵、离异等多数出自对“事实”不同的认识，因为相左的看法而引起的。我们也可以从正面说，“百花齐放，百家争鸣”。

问题是，在中国，要给学生讲课，都要有一个固定的定义，考试起来他们才可以“背”得高分。所以就要分开来对待：给学生上课的时候要有明确的定义，做研究的时候可以“我行我素”，只要“自圆其说”就好。

像“文学人类学”这样名不见经传的学科名称更不必太过认真，没有人会训诂到孔子、孟子、柏拉图、亚里士多德那里去的。

定义虽可以各说各话，历史总是尊重“事实”的。反正，我所知的中国“文学人类学”，无论是概念还是学科，都是20世纪后期的产物。有的学者把它推到以前，把那“历史”拉得很长，我不认可。有两个证据可以支持我。

其一，在2010年出版的叶舒宪教授的《文学人类学教程》中，乐黛云教授在“序言”中的开篇是这样的：

文学人类学是20世纪比较文学领域催生的跨学科研究，在中国人文学界形成了富有创新活力的知识群体。我一直是这门新学科的热烈拥护者和爱好者，常常忍不住在各种场合想要谈谈自己的感想。这大概就是我敢于为这门学科的第一部研究生教材作序的唯一理由吧。记得1988年随杨周翰、王佐良教授赴美参加第二届中美比较文学双边会议，萧兵教授的一篇有关在世界神话话语语境中探讨中国太阳神的报告，在普林斯顿、印第安纳、洛杉矶各大学引起了不小的轰动。我当即清醒地感到这就是中国比较文学的重要特色和面向世界的重要前景。

此后20年，文学人类学在中国有了长足的进展。1996年夏在长春召开的中国比较文学学会第五届年会上，成立了中国文学人类学研究会。1997年我也出席了在厦门召开的中国文学人类学第一届年会。

乐教授在“序言”中所述的梗概，与我在《文学人类学研究》创刊号上的一篇文章“二十年，我们一起走过”中的事件表述是一致的，只是我对有些事实的描述更为细化：

1996年，中国比较文学学会第五届年会在长春举行，在乐黛云教授的倡议下，成立了二级学会——文学人类学研究会，萧兵教授任会长，叶舒宪教授、彭兆荣教授、徐新建教授任副会长，彭兆荣教授兼任秘书长。1997年11月，彭兆荣教授在厦门筹措、组织了中国文学人类学研究会首届年会。中国比较文学学会主席乐黛云教授、中国台湾“中研院”院士李亦园教授、中国文化书院院长汤一介教授，以及萧兵、

> 叶舒宪、徐新建、庄孔韶、曹顺庆、徐杰舜、杨儒宾、刘毓庆、易中天、郑元者、Mary Hardy等学者出席。李亦园教授在大会总结时说："中国文学人类学是现代学术传统中有本土色彩与独创性，能与西学方法接榫并创新的新兴学科。"
>
> 这两次标志性的事件并非横空出世，此前已经历过漫长的酝酿和准备。大体上看，有以下几个原因：1. 蓄势待发。改革开放走了40年，各种外来（主要是西方）学术思想、流派纷纷涌入，新思潮、新学科、新视野相继汇合，西方的文学人类学作为学科已经成型；国内学术界经过了这一阶段的准备，许多传统学科开始寻找转型、发展的新路径。2. 人类学复兴。经历了30余年的沉沦，20世纪80年代人类学在中国恢复。作为一门整合性学科，人类学具备了与其他学科相拥的特殊品质。3. 学术成长。以萧兵、叶舒宪等为代表的学者，组织、翻译、撰写、出版了一大批相关著述。4. 机构完善。中国比较文学学会的组织机构完备，以及会长乐黛云教授的鼓励和鞭策。5. 学者队伍。一批志同道合的年轻学者走到了一起，他们意气风发，锐意进取。

提取这样的"官样文章"只是想以此告诉读者一个大致的历史背景和轮廓。当然，这只是发生在中国的事情，国外的情形有所不同。

其二，1997年在厦门举行了首届中国文学人类学研讨会，我邀请了李亦园先生（台湾“中研院”院士）参加。李先生在会议期间给我讲了这样一件轶事，轶事由“文学人类学”的概念所引起。李先生问我：

> 彭先生，“文学人类学”英文是literature anthropology, literary anthropology, anthropology of literature还是其他专用语？我在参加这次会议提交的论文题目中使用“文学人类学”，我的助手把它改成了“文化人类学”，英文用cultural anthropology，她以为我写错了。我告诉她不是“文化人类学”而是“文学人类学”，助手问我，那英文是什么？我也答不上来。

这轶事说明，“文学人类学”在当时的国际学术界也算是新的学科。

学术界有将文学人类学“提前”的说法，我不同意，但我不会去反驳，我会维护学者各抒己见的权利。

只是我在心里不太认可学术界隐隐存在一种弱弱的现象，就是在学术研究上有“往前推、往外推”的倾向和辙迹。不自信。我不认为非要用“古”、用“洋”来装点；更不需要“影推”——根据不同的“影子”把它往前推，那是没影的。比如，我国的一些民族就喜欢把他们的族源口述故事都说成“史诗”，那又何必？中国自古就没有“史诗”的概念，你去查查，无论是汉族还是少数民族都没有，汉语倒有“死尸”的概念。

“史诗”是西方的文类，比如《荷马史诗》，那是一个瞎子当年沿着爱琴海“游说”的一种方式，有点像我国的民间“盲艺人”阿炳。史诗后来成了西方四个文类中的一个。中国古代没有，经、史、子、集中没有，博物志中也没有。少数民族也没有。少数民族那些“古歌”大多会讲到自己那个民族的来源，会歌颂自己的英雄祖先。古希腊的史诗中从来没有这些东西，《荷马史诗》讲的是“整个人类”的故事。人类学家克拉克洪就用了“人类中心”（anthro-center）这样的概念。所以，我的意见是，如果自己的民族、族群有自己的叙事传统，最好用本民族的概念，用自己习惯了的词汇。不需要去搬用、套用西方的东西。

这还只是一个例子，不需要去附会什么。把头发染成金黄色，还是中国人。如果那样，我们或许也可以在中国上古神话中找到“智能机器人”的影子——完全没影的故事。

文学人类学的产生虽说作为学术“二级学会”是乐先生在“序言”中提到的两个时间点，但先前已经有一批学者做了辛勤耕耘，有了实质性的成果，这也是事实。

从成果的计算上看，萧兵、叶舒宪、王建辉等人的“中国文化的人类学破译”系列早在20世纪90年代初就已经由湖北人民出版社推出。在学术界产生了不小的影响。

若要以个人的研究志向与兴趣为依据，还可以推到更早一些。

记得我在贵州的时候，大抵是20世纪80年代中期，萧兵先生在贵州搜取少数民族材料时，我们就已经认识。萧兵是福州人，我们可以用福州话交流。他对贵州也熟悉。有一次我们几位当时还是很年轻的学者、研究生与萧先生一起在花溪聊天，他就在主张和主导用人类学的方法介入文学，特别是神话研究。萧先生无疑是中国文学人类学的“开拓者”。

萧先生的经历坎坷，百度上是这样介绍他的，我撷取要者：

> 萧兵，原名邵宜健，1933年11月生，福建福州人。历任上海海军预备学校教员、淮阴县农民、淮阴市文联编剧、淮阴师范学院中文系教授，中国比较文学学会文学人类学分会会长、江苏省淮阴市人大常委会副主任等职。享受国务院政府特殊津贴。1959年，萧兵被定为右派，开除军籍、公职，遣送苏北强制劳动。在劳动中，不慎失去四个手指，依然顽强学习，始终没有停止过。

他没有进入正规大学学习，但非常勤奋，特别聪明。或许正是因为没有经过大学的“科班”训练，反而让其学术可以纵横捭阖，无所顾忌，成就大家的学问。这种人有很多，本文最开始讲到的高尔基就是，在我国的情况也有很多。比如沈从文的学历就是小学，人家当过北大教授。这要放到现在，让沈从文当大学的保安都不要。“大学”就是这样，有时看着可气，有时看着可恨，有时看着又可怜。文凭与学问原本并不完全是一回事。

萧兵的学术经历，特别是“经院评价”或许对他有所“不公”，但都不妨碍萧先生的学术成就。叶舒宪曾经告诉我，有一个时期，南京某知名大学中文系曾有意调萧先生，他拎着一麻袋的著述去了，那大学的同行学者看到那么多的“成果”就皱眉，结果萧先生还是没能被聘用。他也就一直待在了淮阴。

萧先生的境遇有点像“文学人类学”这样的新小学科，大家拼命努力想得到正统学科的认可，可是很难。所以，做文学人类学研究的人，多少都有点“待在宫廷撒野”的味道　即使都是大学里的学者，干的却是“正统”学科不认可的事情。

其实，以我的主张，根本不需要人家认可。有的时候，你越是想得到认可，人家越是不“认可”你。因为“人家”知道你对他有所求，你的“短”就被人抓住了，他讲话时就不用正眼看你，只会从鼻孔出气，拿眼瞟你。

这又何必？大家做学术，原本都是“讨饭吃”，莫非传统学科的“饭”就可以讨得这般“嘚瑟”？

我是绝对不要受这种气的。我右派的“崽子”当了二十年，我知道如何保护自己的尊严，又不伤害人家；最重要的是善待，做好自己。我在厦门大学二十多年，从来没有向人、向组织提出“我要什么”。想到人家钱锺书的故事段子：有人想给钱先生钱，钱先生说了，“我姓钱都姓了一辈子，还缺钱吗？”什么都不要，他就拿你没办法了。

虽然我们有时会私下里自言自语，这两个“人学”这么重要的，你们怎么可以那样轻看？有时也会恨恨地说，“你不是

‘人’”，要么怎能不认可“人学”呢？可是，连自己都知道，这种想法很“阿Q”。

我早就想明白了：文学人类学，他爱认不认。

我自己做好自己的事情，就好。

说起来，我的“学位生涯”都是文学的，可是我的“生命生涯”都是人类学的。我的博士论文做的是“文学与仪式”，研究古希腊的酒神。具体地说，是酒神与戏剧的发生学原理。为此，我不止一次到希腊、土耳其去调查，甚至去丈量圆形剧场遗址。我的《文学与仪式》2019年再版。

我与叶舒宪（1996年·长春）

二、厦门会议

按照乐黛云教授的提点，中国文学人类学研究会是在1996年夏天于长春召开的中国比较文学学会第五届年会上成立的。也就是说，“有组织”的文学人类学活动是在那个时候。不过，像这样的学术组织，在辽阔的中国大地上无以计数，多得像草原上的蝗虫。这样的研究会，至多不过属于“草根组织”。

中国人好面子。曾几何时，学者们相识相见都喜欢揣一张片子（名片），逢人就递一张（“片子–骗子”），那上面安了很多很多的头衔。记得在改革开放后的一段时间，“世界名人组织”纷纷给中国的学者发来邀请，只要交钱，就可以上世界“名人榜”，那些发放“名片”的机构倒是有点像《围城》中给方鸿渐发假文凭的克莱登大学。

我当然明白个中道理。我亮出“副会长兼秘书长”并不是要“彰显”自己，恰恰相反，是要表明自己“愚蠢”。但我也不因为自己“愚”而后悔，有时还要装出一副大智若愚的样子。我总结了，做都做了，就不要埋怨，至少不要在大家面前埋怨，否则，你也就白干，白辛苦了。

我总结了，要么你就不要干，干了就不要埋怨。干了又埋怨，那是蠢上加蠢。

想起当时在长春的时候，乐先生把我们三个年轻人叫去，谈建立文学人类学研究会，我们都很激动，很受鼓舞。乐先生一直是我景仰的学者，她也是从贵州出去的。她的父亲原来是贵州大学的教授，而我和新建都与贵州关系密切，也因此多了一份亲切。我记得很清楚，乐先生召见我们的时候，讲到中国的比较文学未来拓展的一个方向是比较文化学，就是把文学向文化拓展。

她看好我们所做的文学人类学研究，勉励我们为中国的文学人类学事业做出自己的贡献。

有些人讲话具有天然的号召力，激励人，听了会心潮澎湃。乐先生就属于那种。我们当时听了就激动不已。

三人回到房间，我还在激动，叶舒宪、徐新建很快就恢复了“理性”，他们很默契地为我安了一个秘书长的头衔。我当时有点喝醉酒的状态，居然就接受了。

知道吗，接受这个头衔意味着要筹措举办第一届文学人类学研讨会，而且还要办好。毕竟是“首届”，仿佛一个饭馆要开张，总要有几个像样的花篮什么的，摆出点声势。

我，就领下了这个光荣的任务。

看了很多电视剧，当“组织”交代任务时，几乎没有例外地回答：“坚决完成任务”。可是，接下来的事情，基本上回答的人是把半条命，有时甚至是一条命给搭上的。可是，他们都成了“英雄”，死去的成了“烈士”。反正电视剧里是这样。

我也这样回答，也搭上了半条命，却不是英雄，不是烈士，充其量是个“无名英雄”。但想起来就高兴。“无名英雄”，挺好的。在学术界，千万不要成为出头的“英雄”，要遭打的。这是公理。大家知道，中国没有活着的“英雄”，不死就有可能“变节”，所以要盖棺定论。我早就想明白了，在中国，要当学者就不要“出头”，把自己的学术留给未来更好些。虽然，只要是人，都想“被认可”“被吹捧”，都想听好听的话，这是人类的普遍心理。但你的代价是：不安静，不安全。

文学人类学的“厦门会议”序幕就这样在长春徐徐地拉开，报幕员是彭兆荣，最后落幕也是他，走出来跟观众道晚安。

筹措厦门会议真的折损了我一大截阳寿，此后，我一听说要办会，我就想吐。所以此后我真的也很少主动出面办会了。

从长春回来，我就开始了筹办首届文学人类学会议的痛苦工作，历程相当艰难。

那个时候，我从贵州调到厦门大学不久，没有关系，没有资金，没有人手。我评估了一下，要向厦门大学申请经费是没有可能的，别自找没趣。不仅学校、学院不可能提供经费，还得求人，还要受气，何苦？

我放弃了向单位申请经费的念头。

怎么办呢？

只有到企业和私人那儿去要钱。那可不是要一万两万的，一万两万不够。

我这个人也算有个优点，事情要么不做，要做就要争取做到“最好”。

可是，要说学者做点学问还可以，跟人要钱？！门都不知道往哪儿开呀。那可不是把字写到纸上就算了，而是要让人家把钱打到我账户上。我这辈子从来就没做过，反正那次办会让我做了此生最不堪的事情。

“讨钱”，嚯嚯，这还得先跨越心理障碍，要把那“好面子”换成“死皮赖脸”，人说“美容”，我要“丑容”，虽然在表面上还要维护个“尊容”；有时真的有点儿像那鲁迅笔下的孔乙己。

我不止一次自己给自己开会，会议内容是说服自己：要超越，要跨越！还有“为人民服务”什么的。

解决了心理障碍，要行动了。怎么行动——怎么去要钱？莫非抱一个钵头像僧人一样挨家挨户去化缘？人家僧人的化缘是以募化乞食的方式广结善缘，我一点佛心都没有，只有像乞丐那样去乞讨。

那个时候还真的就是这样的。好在我的夫人挺支持我的，她努力地做好会务“后勤部长”的工作。

我开始了此生最痛苦的“化缘”。

我动用我的所有社会关系。当时我有一个小兄弟，名叫陈翔飞，在厦门电视台工作，我把苦恼告诉他，他就到处帮助我斡旋。终于联系到了当时在厦门湖里区“台湾街”的一家企业，人家答应出钱，但有一个前提条件，就是要让来开会的名人为企业留下“墨宝”。

后来汤先生还真的给他们“墨宝”了。

我要特别感谢李亦园先生，有一次他从台北打电话来询问有关会议的安排时，主动问起了会议经费问题。李先生或许也感到像这样的会，大抵是很难向“单位”要到钱的，大陆又没有基金会，也无法去申请。我也就顺便吐槽。李先生能够成为人类学大师级的人物，我认为，学问与为人是融合的，是高品位的。特别是做人类学这一行，要与人交道。李先生的为人，宽厚、善待，包括他观察、体认人的本领，从他的目光中就能够感受到。

之前已经与李先生有过多次交流，所以当我把苦恼告诉他，他主动回复我，他来厦门出席会议时，会带一点经费，帮我缓解一下压力。

其实，李先生最终帮助的经费是有限的，后来他给了我1 000美元。但是，这是他主动开口，为我排忧，“危难之中显身手，显啊显身手”，这1 000美元，足以让我记一辈子他的好。

弄来了钱，我也不想把会议地点放在厦门大学，更不想请厦大的领导来助阵坐台，我要把会议场所安排到外面的酒店。

于是又开始找合适的酒店。终于在市区找到一家酒店，有“星”的。唉，说来也巧，那酒店的经理是北大毕业的，听说乐黛云要来，很是爽快，以最低的价格给我。

接下来是邀请学者。那个时候的学者都挺体谅的，尤其是大学者。我请了一批学者，老、中、青都有，我也忘记总共有多少人，大概接近有五十人吧。都是认识的，也都是朋友，他们全由我安排。我总结了，经常向人提条件的，习惯麻烦人家的学者不能是大学者，尤其是做人类学研究的。

为什么呢？因为人类学是研究“他文化”的，也就是说要介入“他者”；那么，要做好研究，得先学会“同情”，就是使自己尽可能地成为“他”的部分，人类学叫作participation（参与）。做不到这一点，很难当好人类学家。我的法国老师、美国老师都是大人类学家，我与他们相处几十年，在田野中，从来没有听到、看到他们对生活“提条件”。反正，越是大学者，越是不会。个别吊在半空中的学者倒是可能提各种各样的条件，盘算着如何让自己得到更多。

厦门会议我是筹钱者，我是策划者，我是组织者，我是安排者，我是邀请者，我是接待者，我也是服务员。跟现在那些“大佬”办会只动嘴皮就好不一样。

我的夫人那时办了一个旅游公司，她帮我把接待、旅游的活给揽去了。所以，会议期间就有朋友开玩笑，说我办会是“开夫妻店”。

厦门会议上的汤一介，乐黛云，李亦园

厦门会议上的曹顺庆，庄孔韶，叶舒宪

这次会议是真正意义上的“首届”文学人类学会议，人类学家、文学家、文化学家来了不少。此次会议很特别，在我经历的国内举行的学术会议中都有“领导莅临讲话”的程序，我组织的这次会议没有。没有一个领导，全是学者。所以，一开始就是学术，到结束还是学术。会议期间，还安排了旅游，乘了海上游轮，走访鼓浪屿，也看了个别企业。会后，我还安排了几位代表去了武夷山。

说了看官或不相信，我在厦大“办”这个会，头尾整了大半年，我的厦大人类学研究所的同事居然不知道。当然，是我没有告诉他们，省得多事。告诉了他们，学校领导就会知道，学校领导知道，就得请坐主席台。

不出钱，不出力，不干活，也就没有必要露脸。我也没必要惹麻烦。何况，如果要请，我也不知道要请谁，还得低三下四去求人。

看了不少悬疑片，居然“瞒着”办了一桩这么大的事。

三、“一介书生转身去”

厦门会议也让我有机会近距离地接触了几位大师，特别是汤一介先生。

2014年9月9日晚8时56分，北京大学哲学系教授汤一介先生逝世，享年87岁。

中央电视台在报道时，用了“一介书生转身去”的语句来纪念他的去世。

噩耗传来，我泪满眼眶。

汤先生的离去，带走了我心中最儒雅的学者形象。

隔日，我的同事，人类学系的刘家军老师发来了央视报道时的视频截图，那张照片正是厦门会议的照片。眼泪把我带回与汤先生相处几次的片段记忆。

中为汤一介，左为李亦园，右为笔者

早就了解汤先生出生于一个书香大户。祖父汤霖，清光绪十六年进士。父亲汤用彤，久负盛名的国学大师。汤用彤在哈佛时，与陈寅恪、吴宓并称“哈佛三杰”。新中国成立后，历任北京大学副校长，中科院哲学社会科学部学部委员，中国人民政治协商会议第一届全国委员会委员、第三届常务委员，第一、二、三届全国人民代表大会代表。

汤一介从小濡染于家学，深受父亲的影响，对传统文化接触很早。除了出版过多部“魏晋玄学、佛教、道教”的专著及哲学著作，他主编的《20世纪西方哲学东渐史》等系列著作，成为研究中西方哲学的经典作品。在北京大学，季羡林、汤一介被视为“国宝”。

不过，家世、名头，都不是我所刻意者。

我记录的，是我所接触大师的两件小事。

厦门会议之前，我并没有见过汤先生，但因比较文学，与乐黛云先生过从甚密。在学术界，乐先生提携年轻人的事迹一直被传为佳话。所以，当我请乐先生来的时候，乐先生表示，也把汤先生一并请来以示支持这一“新学科”。

我欣喜若狂。

由于“文学人类学”是一个新的名头，一般的单位是断然不会资助的。为了筹办这一次会议，我只得四处募款，到处化缘。此生唯一一次求人资助办学术，包括在厦门所认识的几位商人。

有一位儒商，当知道邀请中有汤先生时，立即答应资助。但附带了一个条件，要几位大师到其公司去看看，想来是要与大师合影，留个影像来时炫耀。

会议期间，几位大师体察同情我这个后生晚辈，为学术到处“化缘”之不易，都答应前往。

然而，到了公司，那位商人又提出了一个要求：请汤先生为他留下一幅墨宝。

汤先生犹豫了片刻，说：“我的字不好，等我回北京后写几幅，挑一幅好的寄给你。”

他的话语从容、淡雅。

后来了解到，汤先生回到北京后，果然写了寄给了那位商人。

我好感动！要得到汤先生墨宝者，大有人在。他怎么竟就答应。

我知道，他是为了我，为我这个不谙世事、不懂礼数的嫩头毛孩。今天回想起来，我真不该让先生为难。

在厦门的几天里，我处处感受到大师的亲和、儒雅、谦逊、博学，外加体贴、提携。

他是我见到过的当代中国最完美的学者！

此后不久，我到北京开会，与挚友叶舒宪聚合。我俩不约而同地说去看看乐先生、汤先生。

来到北大教工住宿区，敲开了先生家的门。

迎出来的是乐先生。

乐先生一看到我们，转身便向里屋喊："一介，兆荣、舒宪来了。"乐先生边喊边对我们说，汤先生生病了。

很快，汤先生便披衣下床，从里屋来到客厅。他笑容满面，亲切和蔼，与我们毫无间隙地交流起来，像是老朋友。他询问了厦门会议之后学科的发展情况，他的话很轻，涓涓细语，如潺潺流水，注入我的心田。

考虑到先生的身体，我们很快就告辞。

两位先生送我们到门口。

汤先生披着一件外衣。

那是我记忆中最后与先生的会面，那一幕深深地印在我的脑海里：离别时，在他的门口，我瞥见先生目光中的慈祥，那份慈祥是那么样的暖和，它常常浮现在我的眼前。

先生走了，带去了我心中最美的身影。

四、$1+1+1\neq 3$

文学人类学这一“野”学科在后来的一段时间里还真发展得不错，我们的付出也得到了认可；学界在有限的范围把叶舒宪、徐新建和我传为“三驾马车”——纯属民间传说。今天是“飘信”（微信）时代，什么信息都乱飘。我听说过，却不在意。这样的说法有点像学术界里“街道办”大妈们的碎嘴，别把它当回事。

不过我们三兄弟从认识、合作、共事到成为挚友，确实有了很长的历史。我珍惜！

三人在毛泽东的故乡韶山（戴帽者为吴秋林教授）

三人在云南的一座深山里

2017年，三人都老了，头发白了，头发少了

人们喜欢用数字来说话，今天更是如此。大数据时代好像不用数字说话就说不了话了，我认为，那是完全的扯淡。人类学不习惯用数字说话，去读读人类学经典著作，见不到数字的，咱照样也可以说话。人类学是一门“质性”学科，也就是对性质进行判断的学科，不靠“量化”。

但我知道，一个人的力量不如三个人加在一起的力量。这不，史上一直就这么传：“三个臭皮匠合成一个诸葛亮”。这虽然是学龄前儿童所学的东西，但要把这朴素的道理讲给中国的知识分子听是很困难的。

这困难主要原因有以下三点：

这第一，按照中国的传统，“文人相轻自古而然”，大家相互瞧不起。这一经古传言大家不怎么说，却大多是要执行的。反正，看不起你是硬道理。

为什么会出现这样的现象呢？这就是第二个原因，自己觉得自己的文章最好。常听人说，“老婆是人家的好，文章是自己的好”，要能反过来说“老婆是自己的好，文章是人家的好”就大气了，但很少。梁思成说过这样的话：“别人都说文章是自己的好，老婆是别人的好，我却说，老婆是自己的好，文章是老婆的好。”能说出这样话的人必须同时满足两个条件：老婆确实很了不起。梁思成的老婆是谁？林徽因啊。她是什么人啊，说起来吓人一跳：人民英雄纪念碑和中华人民共和国国徽的主要设计人。不过，尽管如此，还得有一个条件，就是说这样话的人要大气，还得反传统；因为中华民族的传统是“女子无才便是德”。

这第三个原因，自恋。弗洛伊德给人类总结了三个情结：恋母、恋父、自恋。人的一生，做的最多的事情，必然就是照镜子，百看不厌。男的都是关公周郎，女的个个西施貂蝉，真是受不了。虽然看着看着，也会看出一点瑕疵，就用科技手段把那影像“披”（P）来“露”，真是受不了。但无论如何，还是自己要给自己臭美的。文人的自恋不照镜子，把自恋迁就到了文章上。

我们三兄弟是否真的超越了上述的狭隘呢？不然，有时或许还要更严重些。中国文人的毛病也都是要犯的。可是为什么还会聚到一起，一路走这几十年？

我也总结三点：

第一，缘分。我与徐新建认识总有35年了吧。与舒宪认识也快有30年了。这么长时间的友谊，对一个人的一生来说，已经不会再有了。人说情义无价，文章好坏总不能与无价的情义相比。所以，再有什么与性情、与利害、与利益不相符的事由，也都会迁就那无价的情义。这已经成了我们三人的“默契”了。

我与新建：那个时候我们很年轻

第二，协同。大家都懂得一个道理，越是向现代发展，很多的事情一个人越来越做不了。前些年不是老在讲“协同创新”吗？比如现在课题，一个人怎么做？申报书也写不了。文学人类学本来就是一个交叉学科，一个人要“交叉”那么多的学科、知识，总不如多几个志同道合的朋友吧。我们三人在协同方面很是默契：一个偏向于往古走，叶舒宪从神话原型出发，一路往玉石之路迅跑；一个偏向于往外走，我打小在外语世家熏陶，一路研读着外国文学和文化，硕士和博士论文都做古希腊；一个偏向于往“多民族”方向走，徐新建是贵州的苗族，他做“多民族”研究是天然，不需要刻意什么。我们三人的协作虽算不上“天作之合”，至少也有“三角效应”。经过多年的磨合，倘若要“竖立”一个学术主张，叶舒宪定调，徐新建提调，我至少立马找出“三点理由”。有基调，有圆说，还有理由，三人一撮合，事情就能搞定，于是就有了“4”效益。所以我说1 + 1 + 1 ≠ 3，至少是4。这4是什么？是互动，是效益。细算起来，是学科整合，是博士点，培养新生力量，是项目（我们三人各有一个重大招标项目，都是相互支持、互相协作的产物），是丛书（我们三人合作过多部丛书），是组织学术活动，是社会和学术资源的有效配置。当然也是进取，也是勉励，也有竞争。

第三，包容。其实，我们三人的性情差异很大，甚至可以说属于完全不同类型的人。三人中我最愚，这不是谦辞，是事实。我们三人明白，既要合作，就要包容。否则既做不了朋友，当不了兄弟，也做不了协作之事。

反正都是3，反正都有3，3是基数，3是大数。中国传统中的许多道理都是从数术来的，它不全然为科学，却成全了中国的道理。其实，我们兄弟三人也要斗嘴的，偶尔也脸红，回想起来，也在练“嘴功”。但是，兄弟不“记仇”，都知道“和为贵”的道理，都知道“各美其美，美美与共”的景观好看。大者说，“天地人”三合一就有了“和”。小者说，“三人行必有我师”，何况是兄弟。

感谢生命中有你们，我的兄弟！

“华夏边缘”如是观

说起“华夏边缘”这个概念，熟悉人类学的朋友大概就知道说谁了。

是的，王明珂，台湾“中研院”历史语言研究所（简称“史语所”）研究员。

资料是这样介绍王明珂的：学士与硕士阶段接受史学训练，

王明珂教授（林敏霞摄）

在哈佛大学攻读博士时建立其考古与社会人类学基础，从事结合历史学与人类学的研究。他长期在西南和青藏高原村寨进行调查，做族群研究。研究对象主要为羌族以及邻近的藏族与彝族，以此奠定其“华夏边缘”理论与方法论基础。1994年至2003年间，他在四川西部群山之间从事羌族的田野作业；2002年至2007年多次到内蒙古及四川、西北地区进行蒙古族、藏族的游牧经济考察。

在我看来，一个人一生只要能够有一个重要的理念建树就已经足够了。达尔文只有一个，即进化论；弗洛伊德只有一个，精神分析理论；马克思也只有两个，经济基础与上层建筑的关系、剩余价值理论。这是马克思的战友恩格斯总结的，有兴趣的读者可以去读恩格斯《在马克思墓前的讲话》。

其实，各行各业的从业者成名，只要“一”就够了。在文学界，著名作家丁玲曾经有“一本书主义”，大意是指一个作家必须写一部立得住、传得下去的书；歌唱家也是“一首歌主义”。其实人类学界也一样，马林诺夫斯基：功能理论；列维-斯特劳斯：结构理论。王明珂：华夏边缘理论。

1997年王明珂教授出版的《华夏边缘》、2003年的《羌在汉藏之间》，以及2008年的《游牧者的抉择》等著作，奠定了他在历史人类学领域的地位。尤其是第一部，细心的读者一看就能明白，后续的著述大致都是“华夏边缘”理论的扩展。

印象中三部著作都是王兄亲手送给我的，也是我这些年重要的学习和参考著作。

华夏边缘理论，主要指从古代的“戎狄蛮夷”到今日少数民族的历史与政治演化的历史人类学研究。对王先生的学术评述，各种网站有不少的介绍，特别是他的“华夏边缘”学说，奠定了从“边缘”看中国、看中心的独特视角。我无力进行全面的评说，只是认同这一理论的重要性和所具有的特殊学术价值。这似乎也有后殖民主义、东方主义理论的一些影子，特别是与哈佛的萨义德、霍米·巴巴（Homi K. Bhabha）等人的理论相契合。

人们都熟悉历史上的“华夏中心”，以及在这一主导价值之下的“华夷之辨”。这样的表述、观点看得太多，听得太多，多到人们已经不太愿意再看，不太愿意再听。原因是：故事只有一种讲法，永远是同一个调调，而且都是“我”在讲。我们几乎没有机会听到那些边缘者，那些“蛮夷人”，那些“他者”所讲述的故事。中国历史的“正统”是以“一统”为政治目标，这种专制的传统大致从秦王朝就“奠基”了，“百家争鸣”是先秦的事情。

所以人们习惯故事的一种腔调，虽然耳朵早已听出了茧。而故事的讲述者是那些自诩为故事的主角的人。其实，那些主角追踪其“谱系”，也都是从“边缘”来的，包括“汉人”。这多少与费孝通先生“中华民族多元一体”的意思有点相符，只是，“中华民族多元一体”仍然是以汉族为主体。“华夏边缘说”显然把华夏民族“主体的边缘性”给囊括了进去，却是换了一个角度，换了一个讲故事的角色。

华夏边缘理论还暗示了这样一个道理，“中心—边缘”的政治地理学概念并非一成不变。这有点霍米·巴巴的“味道”。这位印度学者，当代著名的后殖民理论家，与萨义德和斯皮瓦克齐名。在他的代表著作《文化的定位》中，他提出了一个崭新的观点，即任何一个“边缘”都可能，也可以成为“中心”。他认为，那些被压制的、非主流的“弱势文化”，完全可以对占主导地位的殖民文化进行“改写”，而这种改写不仅是话语权力或文化策略方面的，也可以是政治、经济、文化和价值批判方面的。

霍米·巴巴也是成名于哈佛的学者，我没有问过王明珂他的“华夏边缘说”是否受过霍米·巴巴的影响。显然，我从王明珂的“华夏边缘说”中看到了这种理路的影子。大历史永远是“中心—边缘”的组合，可是，历史一直都是由“中心”编导的故事，而“边缘”永远只是配角。“华夏边缘说”开启了另一个故事的窗口——一个让“边缘”讲“中心”故事的窗口。而这样的故事正符合人类学的讲述风格，因为，人类学本来就是讲述“他文化”的故事高手。

王明珂做到了，以他专业的历史知识，以他所接受的哈佛的人类学训练，以他长时间在西南、西北的“边缘田野”，助力他完成了华夏边缘学说。

关于他的学术贡献，学术界有很多评述，我就不再絮叨。我要讲述的是我所认识的王明珂，以及我与他的学术交往和我们的友谊。

与王明珂教授见面数起来总有几十次吧。我俩一起当过几年人类学高级论坛学术委员会的副主席，经常要就相关的人类学发展的学术问题进行交流，因此也勉强算是“共事”过。只不过，人类学高级论坛这样的民间组织，“共事”的也只是那些学术的“民间性”，也有点“边缘”的味道。招呼一些学者，弄几个会开开，请学者朋友聚聚，出几本论文集，如此而已。

我们之间互称为“兄”，都停留在客气的层面。我们都是20世纪50年代生人，他长我4岁，1952年生人。所以，我一直视之为学术兄长。

学术是我们交流的唯一媒介。在我的印象中，王兄第一次邀请我们去台湾是有关口述史方面的。记得2001年10月，他邀请了几位学者到台湾访问，参加由台湾“中研院”史语所主办的“历

左至右：纳日碧力戈，定宜庄，王明珂，徐新建，彭兆荣

史民族志学术研讨会”。受邀者包括四川大学的徐新建教授，中国社科院历史研究所的满族女学者定宜庄教授。定教授著有《清代八旗驻防研究》《满族的妇女生活与婚姻制度研究》《中国知青史·初澜》等，她还重视口述史研究。我们也有过很好的交流。

王明珂不仅全程陪同我们到台湾一些有着重要的历史意义的地方调研，还参观了当时他正在“建设”的家宅。王夫人非常友善，保持着中国传统女性的优雅。记得王夫人在他们的新家根据自己的“蓝图”，自己动手在砌砖。

在与王明珂教授交流的过程中，有几件事情我要特别追忆。

2002—2004年，王明珂获得一项蒋经国基金会的资助，课题主题是有关“英雄祖先与族群记忆”方面的研究。当时蒋经国基金会的执行长是李亦园先生。王兄邀请了大陆的几位学者参加，包括中央民族大学的彝族学者、民族学家潘蛟，四川大学徐新建教授，当时在西南民族大学的彭文斌教授，我也有幸受邀参加。

课题有点类似“席明纳”（Seminar），最初的译者是费孝通，意思是研讨班。“席明纳”是人类学的一种特别的研学模式。

但王明珂“英雄祖先”的研学模式又有创新。第一，选择对课题具有特别研究价值的地点，或几个地点都具有专题价值。四川是王明珂早年做羌族研究的调研地，而羌族原始的游牧特性决定了“华夏边缘”的移动属性。后来王明珂前往内蒙古以及北方地区进行“游牧文明”研究都有着学理上的关联，也与他在哈佛大学专修历史与游牧人类学的方向有关。

第二，课题组的集中研学选择在了成都的青城山。这里有几个原因，王明珂本人调研的主要田野地在四川，潘蛟是四川凉山的彝族，徐新建在四川大学工作，彭文斌是西南民族大学毕业的，而我虽然与四川的关系远些，怎么说也是在四川大学读的博士学位，还在四川大学招过博士研究生。青城山于是成了课题推展的“根据地”。

第三，王明珂所设计的这个研学模式，值得称道。首先，在大家集中之前，他在台湾让助理把相关的国际前沿的历史人类学的重要著述，包括作者、书名、重要章节等复印成册，一共装订成三册，每位教授人手一套，要求大家深入研读。这样就可以保证在面对面讨论的时候做到有的放矢，不跑题，不偏题，也更集中，更深入。其次，每一位教授都可以带几位研究生，让全程参与这样的研学模式。这样，课题结束时，学生们也成长了。

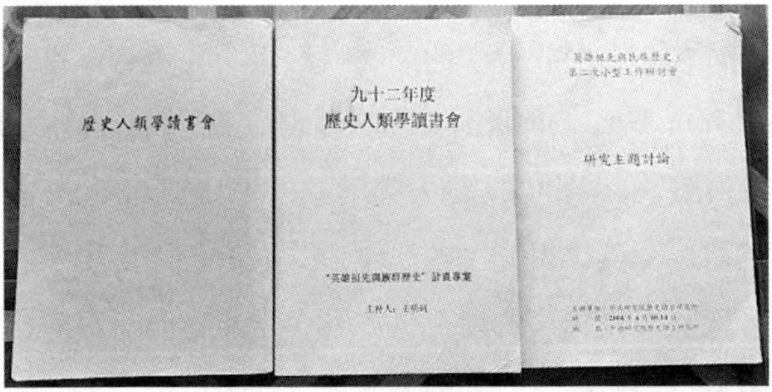

预读、备读材料

虽然我也经常组织席明纳，但无论是准备过程、设计理念，还是专题深度，通常达不到那样的水平。那些年，除了大量研读相关的文献外，这种研学模式，以及学者们集中深入的讨论都让我受益匪浅。我那些年发表在《中国社会科学》上两篇文章中的一些材料，就直接获益于那一套“文献汇编”，当然也包括大家的讨论。

我赞赏这种研学模式。受教、受益、受用。

2013年6月，人类学高级论坛由台湾“清华大学”主办，我率领大陆人类学高级论坛代表团一行二十人前去参加，我任团长。人类学高级论坛是一个民间性学术团体，原来有“中国”二字，后来国家负责相关社团组织的主管部门明令禁止了一些民间组织使用“中国”二字，如今就成了“人类学高级论坛”。这个论坛实际上是由海峡两岸暨香港地区的人类学同行共同发起，得到了几乎所有中国人类学同行的支持，费孝通、林耀华、李亦园、乔健、陈志明等人类学家们都非常支持。每年一度的研讨会主要在大陆进行，2013年则轮到台湾的人类学界负责承办，台湾方面主要由三所大学共同举办，它们是台湾“清华大学”、台湾中兴大学、台湾暨南大学，论题是“海峡两岸人类学论坛：全球化、文化多样性与地方社会学术研讨会”。三所大学的代表是台湾“清华大学”的林淑蓉教授、台湾中兴大学的王明珂教授和台湾暨南大学的潘英海教授。期间还考察和参观了台湾少数民族（包括邵族、奥赛克族等）社区和手工艺传承情况，以及台中市的“文创产业”项目。

介绍这次学术活动的目的除了表明大陆与台湾的人类学界的

关系密切以外，还想说明两岸学术互惠共荣、互相支持的状况。除了我已经介绍的李亦园先生、乔健先生、庄英章先生、黄树民先生、余光宏先生，还有林淑蓉教授、王明珂教授、潘英海教授。他们与大陆的人类学界非常和谐，交流之余还参与、组织了许多学术活动。令人悲伤的是，他们中的一些人类学家已经永远地离开了我们，包括李亦园先生、乔健先生、林淑蓉教授、潘英海教授。

当时，王明珂教授受聘于台湾中部的中兴大学，当一个学院的院长。记得在中兴大学参加完了学术研讨活动后，我主持了其中一场讨论。

研讨会海报

台湾中兴大学研讨会的讨论现场（林敏霞摄）

讨论的论题是王明珂设计的，为此，他写给大家一封信。

各位朋友们：

感谢各位来中兴大学，参与我在本校组织的最后一场学术活动。

七月三十一日我将离开此大学，返回史语所任职。若一切顺利，我将在九月初访美。

本次会议纯粹为意见交流，未要求各位缴交文章或摘要，也未有会议录音。但此主题非常重要。我计划将今年4月19—20日在本校召开的会议（会议名称为“原住民与少数民族：概念、政策与现实”），与此会议的发言内容一起整理出版。

我会将一些主题寄给各位，若各位有兴趣，请就这些主题表示意见。

我再将两个会议的内容整合在一起。

今天退发的款项是，各位签收的出席费扣除晚宴等杂支后的余额。各位可在机场买些小礼物带回大陆，算是中兴大学的一点心意。

敬祝　研安　及一路平安

王明珂

（邮件发于2013-07-03　20:44）

在台中的时候，作为东道主，王明珂教授除了安排学术活动外，还专门带着我们参观了台中市的一个“文创产业”项目。这个项目有点意思，是一个由“日据时代”日本修建的火车站的遗墟改建的，外形只剩下了火车站的水泥框架，后来还被用作医疗机构，再后来由一家台湾著名的、主要生产“伴手礼”的企业接手。“伴手礼”是台湾的一种称法，现在也在大陆流行。

具有启发意义的是，这家台中的伴手礼企业利用了历史遗留下来的废墟，建成了一个具有穿越历史，又融入了古代传统文化元素的现代“伴手礼”商店，将三个“三元素”很好地结合在一起。第一个“三元素”：历史、文化、产业。第二个“三元素”：中国大陆、外国（日本）、中国台湾。第三个“三元素”：遗产、

“日据时代”的火车站

现在的“伴手礼”商店

图书馆中的“图书礼品”
（照片均为林敏霞教授提供）

设计、产品。王明珂专门为我们介绍了这家伴手礼商家，他知道大陆当时正在进行“遗产运动”，特别是那些非物质文化遗产与“文化创意”相结合的产业化过程。而台中的这家伴手礼店是一个很好的例子，特别是将礼品包装成书籍，把礼品店设计成为图书馆形制的创意，十分具有启发性。

这件事情虽然看上去只是王明珂送给我们的一份“伴手礼”，我却能够体会王明珂教授的用心和用意。

还有一件令我难忘的事。有一次王明珂来厦门，我们走在海边，面对海对面的大担、小担岛。我指着山坡上我的住家，告诉他，从我家可以看到对面的大担、小担岛。他笑着说：“彭兄啊，我在年轻的时候服兵役，就驻守大担岛，我在大担可以看到你家。”说着大家都笑了。

虽然，王兄服兵役的时候我在厦门还没有“家”，不过，闽（特别是闽南）台同属一个文化圈，海峡两岸原本就是一家人。从来就没有分开过，也永远不会分开。

我和王兄也穿越了时空的距离而成了学术朋友：我站在我家可以隐隐约约看到王兄当年站岗的岗哨。

“不浪费的人类学”

庄孔韶——我叫他“庄兄”，是我们这一辈人类学者中年岁最长、资历最深、才气最大、长得最帅的人。

这没的说，那条件都是“硬摆”：硬的摆在那儿。

庄兄1946年12月生于北京，中国第一个民族学（人类学）博士。

那“第一个”是虚不了的。

庄兄是著名人类学家林耀华先生的大弟子。我有一篇文章，题为《把种子埋入土中——纪念林耀华先生诞辰110周年》（此文发表于《西北民族研究》2020年第2期），引言中评述过庄兄，这里就不重复。

在我国当代人类学的脉系中，“师承”做得最好的当属庄兄无疑。他的代表作正是他的老师林耀华《金翼》的学术续本《银翅：中国的地方社会与文化变迁（1920—1990）》。我们大家都有老师，愿意以毕生“师从”者是很难做到的。人们可以说出一套一套的理由，尤其是读书人、老师，很会说，都能说；做却是不愿意的，即便愿意也做不到那样。

我的老师也是人类学大家，无论是法国老师还是美国老师，我也敬重他们，传承他们，可是我做不到学业上的毕生传承。我虽然也很努力地传承，但我仍然做不到庄兄的程度。

庄兄做到了。

不久前，庄兄给我打来电话：“彭兄，我们正在做一个纪念林先生的文集，你写一点什么吧。有跟林先生在一起的照片最好。”

我回答：“我刚在不久前写了有关林先生的一篇纪念文章（即上面提到的），我裁一部分给你。照片我得找一找，有是有的，只是可能一时找不到。”

“没关系的，集体照也可以。”

“我试试吧。”

我当时真的没有找到照片，但庄兄对老师的“如此这般”感动了我。后来，我真的找到了与林先生在一起的照片，也专门写了纪念文章。

单这一点，我敬重庄兄。

厦门大学人类学研究生考试的参考书，无论是硕士还是博士，在过去的十几年间，用的都是庄兄主编的《人类学通论》（山西教育出版社2002年版），此教材也被教育部指定为大学重点教科书，同时获得2003年国家图书奖。

也就是说，庄兄主编的这个教材在我国人类学新生代的教育和培养中起到了重要的作用。

我的《旅游人类学》也曾经被一些大学的旅游专业指定为教材或教辅材料，可是在影响和传承方面很有限，既非钦定本，亦非指定本。而庄兄主编的《人类学通论》既是钦定本，又是指定本。

庄兄才华横溢。现代社会才华“横溢”的人少，专业越来越窄，一般都是“竖漏”，对一小口井的学问搞得很熟悉，很专业，很专门。从一口井里漏出来的水分总是有限的，当然这不妨碍其在某一个领域成就伟大功绩的可能；可那通到天也只是“竖溢”，“横”不起来。我完全没有低估“竖溢”的人才，而且这些人才有时能够起到关键性的作用。比如眼科医生，对于眼疾患者，眼科医生可以帮助他们看到世界、看清世界的美景，这多了不起。我所说的“横溢”，是要在很宽的领域潇洒起来的，让人们受益。我这是瞎说，但愿能够自圆其说。

反正庄兄的“横溢”，不仅指很有才华，还指研究领域很宽。

人类学界都知道庄兄的研究做得好，拍片也拍得好。他拍了《端午节》、《我妻我女》、《虎日》（论文电影组合）、《回声》等十余部人类学纪录片，有的获得国际相关电影节的大奖。

他没有去当导演，有点可惜。不过好在他没去，否则中国人类学界就少了一个才子，那也挺可惜的。

反正他是“标杆”，并不是因为他的个子高，而是榜样。

“不浪费的人类学”是庄兄提出来的。我认为，提出一个说法不那么重要，也不难；重要的是，难的是，以身作则。庄兄做到了。他既不浪费自己的聪明，也不浪费人类学资源，更不浪费践行能力。

1997年，我在厦门组织首届文学人类学学术研讨会，我请了庄兄，庄兄来了。请庄兄来，因为他也做“诗学人类学”，人家写诗，写人类学的诗。

庄兄的人类学诗集《自我与临摹》（2001年湖北教育出版社出版）不独为“诗兴”之作，更是“诗性”之作。

“不浪费”除了不浪费脑力，也不浪费体力。庄兄一边写诗，一边跑去做毒品与艾滋病民间防范的应用人类学调研，与吸毒者、艾滋病患者打交道。你看人家能够把学问做成这样。他的《虎日——小凉山民间戒毒的人类学实践》，获得2005年第16届降低毒品危害会议暨电影节特别提名奖（英国贝尔法斯特）。

更让人羡慕的是，他还总开心。他能玩，他挺能玩。2019年我们见面的时候，他告诉我他去了马林诺夫斯基波兰的家乡，跟当地人喝酒、跳舞，很开心。我想着，大概马林诺夫斯基的弟子费孝通先生也没有去过他马老师的故乡吧。人家庄兄去了，还玩得很嗨。

我还知道，庄兄爱踢足球，大概在球场跟那些年轻人一起踢球踢到了60多岁。那不服不行。这没有办法的，这样的少年心性不是装出来的，是“身体力行”出来的。

近些年，庄兄又开始从事绘画人类学的研究，搞得有声有色

画外是庄兄，画里也是庄兄

的。他与画家林建寿合作，进行了一系列的尝试性实践活动。他们一起进行田野作业，一起讨论绘画的奥秘，一起组织画展和学术活动，自己也当起了模特儿，那范儿足得很。

2017年，他在厦门组织一次画展+研讨会。他请我去参观画展，主持那小型的学术研讨活动。

人类学家总是要到处走走的。庄兄是北京人，除了求学和海外交流外，也可以把田野做到老师林耀华的家乡，做到马林诺夫斯基的家乡。他满世界跑，跑求学、跑田野、跑研究，也跑着工作。现在，庄兄又被聘到了云

画所描绘的正是马林诺夫斯基的故乡场景

绘画人类学研讨活动

南大学。我每年去昆明休假的时候，只要他在昆明，我们总是要聚的，一大群朋友在一起。陈刚在昆明，他的工作单位就在我住所的旁边，他也是一位热心肠的人类学家，黄树民教授与他关系密切，也偶尔来到昆明走走。昆明的人类学家、人类学者本来就多，大家聚在一起，免不了谈天说地。有朋自远方来，不亦乐乎。何况有庄兄在。

庄兄有着天然的吸引力，他的身边总有一群朋友。

“年轻态”不是“作”出来的，是“透”出来的，庄兄透着年轻态。

庄兄的学术也年轻，洋溢着青春气息。

无论他接下去做什么研究，都能够做得好。

那气息在那儿，气场也在那儿，挡不住。

能干的“徐兄”

他很能干，在人类学圈，公认的。他就是徐杰舜。

很早就认识徐杰舜，20世纪90年代初，算起来差不多有30年了。我们一直互相称“兄”。其实，他长我十几岁，却从来不管我叫“弟”。

他称“彭兄”，一半是中国文人传统的用法，无论男女，不论辈分。人家鲁迅在厦门大学教书时，给许广平写信称她为“兄”，这与“两地书”无关。一半或许是“近而近，近而敬，敬而远”的道理吧；反正错综着，挺复杂的。把自己的先前学生、后来夫人称为“兄”，不管是“先前”还是“后来”都算有点奇特。

依照传统礼数，徐杰舜称我为“兄”倒也不奇怪；有点奇怪的是，他在称呼上是有区别的。我曾经留意他对人的称呼，比如他称周大鸣就直接叫“大鸣”，称徐新建也直接称“新建”，却很少把我叫为“兆荣”，只是偶尔；更多是称“彭兄”。这就奇了怪了。徐新建比我年长，周大鸣比我年少。要说认识，我们俩认识得非常早，共事非常多，相互也非常“随便”。他却要称我为“兄”，或许连他自己也解释不了。

看来，称呼不是完全都可以在“传统”中获得解释，有潜意识问题。反正他一直把我放在“客气”中。

一、因为瑶族

我们相识，是因为瑶族。

1990年，我从法国回来后，就开始做瑶族的田野调查。瑶族在中国的分布，广西最多，无论是人数还是支系。所以，中国的瑶学会常设机构也在广西，当时的会长是广西民族学院的张友隽教授。徐杰舜也在广西民族学院当教授。他研究的主攻方向是汉族，也兼顾瑶学，偶尔也到广西的一些地方做调查。我们还一起到泰国参与国际瑶学研讨会。

1993年在泰国清迈参加国际瑶学研讨会时的“徐兄”和“彭兄”

我们也就认识。而且以他的性格，是很容易把人给“混熟”的，他认识的人好多好多。中国古时有一句俗语，形象地表述一个人宽广的社交关系，按照我奶奶的说法："上交县官官老爷，下交流氓叫花子"。他能做到，是他的本领！

徐杰舜研究的主要领域是汉民族历史，在这方面的著述也最有代表性，计有《汉民族历史和文化新探》《汉民族发展史》《中国民族史新编》《汉族风俗文化史纲》。主编《汉族民间风俗》《雪球：汉民族的人类学分析》《汉族风俗史》（1—5卷）等，新近还在中国社会科学出版社出了一套有关汉民族研究的大作。

这徐兄的"能干"表现在很多方面，其中有一点是一般人都做不到的，这就是他让你做什么，仿佛"下命令"，你难以拒绝，不容回绝。我曾想，人家徐兄的前世大概是当大官的，而且还没当够，否则怎么能有那么样的气势，查他的"简历"也一般啊，那断然就是了，是前世气势的遗续。

某种意义上说，他能为中国的人类学推展做那么多的事，还真得仰仗他有这样的本领。决定了的事，不要再商量，去做就是了。这是效率。不要讲道理，讲了也不听。

1994年4月19日，他把大作《汉民族发展史》送给我，同时就给我下了指令："彭兄，你写个书评吧。"

你看看他那书上的签名，不知道的还以为我是他的"老师"；你再听听他给我下的指令，不知道的还以为他是我的"老师"。

反正我挺"服"他的。

接到指令，又不容推脱，我就很认真去读他的著作，像老师给学生布置的作业一样。"徐兄"的书一般都是"砖头块"，看着

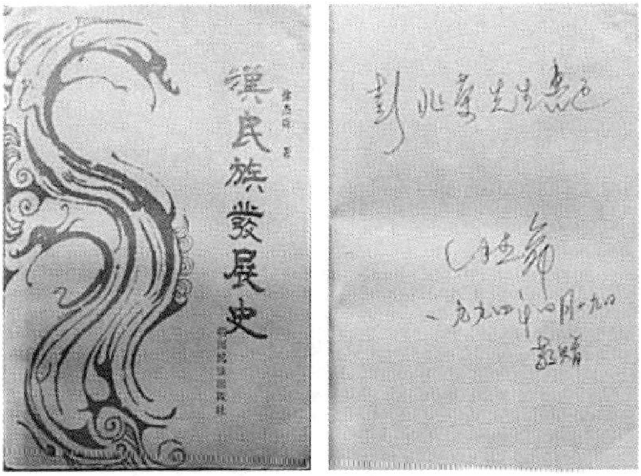

徐杰舜教授大作及题赠

吓人，捧着沉重。要写书评，那书得读很久、很认真的。呼呼，他徐兄一句话，整了我很长时间。为此，我写下了《我是我与我非我》，发表在《读书》1996年第9期上，文章的结尾是这样的：

所幸的是，这种具有填补历史性空白的研究近两年已为一些学者敏锐地觉察到并开始了他们卓有成就的工作。广西民族学院民族研究所徐杰舜教授的专著《汉民族发展史》以及由他主编的《汉民族文化丛书》的面世，一如汉族民族研究的重要性一样，值得大书一笔。尤其是他的《汉民族发展史》，把对汉族研究的重要性、亟待性的呐喊与悉心扎实的研究一并交铸于洋洋五十万字的著作中。

读读吧，如果你是汉族人，你会多一点自知；如果你是中国人，你会多一点自信；如果你是外国人，你会少一点自大。

这不过是他交达的诸多指令之一。

只是，“被交达”有时也受益、受教。

他的《汉民族发展史》委实让我受益、受教。

顺便一说，徐兄交达的作业，也是我在《读书》上发表的第一篇文章。此后，我在《读书》上陆续发表了9篇文章，甚至《读书》还专门约请我写书评。比如人类学家黄树民教授（现为台湾“中研院”院士）的《林村的故事——一九四九年后的中国农村变革》的中译本出版后，《读书》杂志社专门给我寄了一本黄先生的著作，并约请我写评述文章。为此我写下了《实验民族志语体》，刊发于《读书》2002年第9期。顺便说，黄院士著作中的“林村”就是厦门的一个渔村。

后来我把这篇文章寄给了黄院士，他回信说，彭先生的文章比他自己的著作写得好。我知道，这是谦虚，是他在鼓励我。

在《读书》上发文章挺“出风头”，尤其在那几年，更是如此。要在《读书》上发文章是很难的，有一阵子，学界传言，《读书》是“遗老”和“洋少”的刊物。对不对，是不是，我不判言。

反正不少学者想发也发不上。甚至还有学者问我发《读书》有何秘诀。哪儿有什么秘诀，秘诀就是徐兄让你写，你就认真地写，就像组织交给的任务一样，就对了。我心想。

二、“得力下手”

徐兄有一个本领，凡是重要的公共事务、事情大都会事前找人商量，听取意见。这个时候他的态度与发指令时不一样，挺柔和的。在综合大家意见的情况下由他来主导事务，这是很聪明的做法：我已经听取你的意见了，我现在所进行的事情已经包括了你的意见，你是没有理由反对或不执行的。

大抵上，中国的知识分子有一个优点、一个缺点非常明显：很会说，不会做——“语言的巨人，行动的矮子”。即便是“说”，有时也令人讨厌，套用“文革”词汇：“对人马列主义，对己自由主义”。而当老帅的，这些特点更是昭彰。徐兄能够继承和发扬上述优点，规避掉弱点，成为一个既能说、又能做的操盘手。在与他交往的二十多年中，如果我的记忆不错，他做的几件与人类学有关的重要事务大都有跟我沟通，我也都有参与意见。有的意见还是“挺建设性的”。但到后来，我都成了他的“得力下手”。

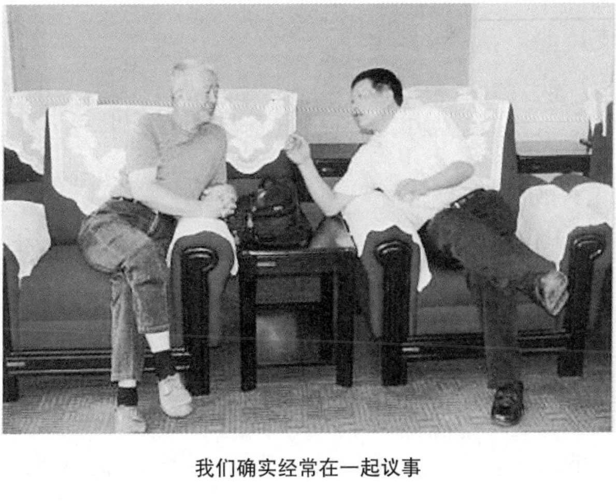

我们确实经常在一起议事

看来我这命也就是当“下手”的命。

或许有些人类学同仁还记得我曾经说过“学术浪子”这样一个怪异的语句。在后来的好几年中，不断有人问我“学术浪子”是什么意思。我也好几次解答过这样的提问。

其实，那都是被徐兄“逼”的。

20世纪90年代中期，由徐杰舜教授主导的《广西民族学院学报》在原来以人类学、民族学为主打方向的基础上，刊发、配发了一批我国老一辈人类学家的图文，在学界很有影响。大概是1998年的样子，他想宣传一批中青年的人类学者。他跟我商量过这件事情。

当时，无论是从兄弟朋友的角度，从广西地缘的角度，从办刊特色的角度，从突出人类学“本土化”的角度，还是从中国人类学发展的代际交替的角度，我都觉得很好。很好当然就要支持。

我支持他。

这下你的“短”被逮住了。

你支持那你就“带个头”吧。

这可不是闹着玩儿的。

依照中国的传统伦理，宣传已经成名成家的人类学家，怎么宣传都可以，也都应该。像费孝通、林耀华、宋蜀华、陈国强、黄淑娉等都陆续推出。忽然就要推出中青年学者，谁敢开那个头啊。不找打吗？！

一般的人大多如此，把自己“抽离”出来，怎么说，怎么分析都可以。一旦让你冲到前面的时候，大半是要当缩头乌龟的。这是生活的常情，也是生活的哲理。

如果是其他人，你抽腿跑得了，可被徐兄逮着就很难再脱身。

可是我不行啊。这不刚才还牛哄哄排列出那些“好”的理由，怎么这下让你上你就打退堂鼓?

我只能赤膊上阵。从发表出来的情况看，我是排在“人类学者访谈录之三”；而我记得，前两位访谈者中有一位是黄泽先生，他主要研究领域是民俗学、民间文学的，人类学圈并没有什么人认识他。

我怎么说也是“圈”内人，又躲不了，就这样“英勇”地上了“刑场”。

我有意把标题取名为“我非我与‘学术浪子’”(《广西民族学院学报》1999年第4期)。想着江湖一些，遭打的时候就“装孙子”呗。

我后来也多次解释过这一特殊语境下的语句含义。

对我来说，那一次真有“英勇就义”的感觉。

三、人类学高级论坛

“人类学高级论坛”是一个人类学的民间组织。只是，这个“组织”在我国人类学界的影响甚大。因为，这个“组织”做的公共事务最多。

百度上是这样介绍的：

人类学高级论坛秉承“美美与共，和而不同”的理念，以促进中国人类学的发展为宗旨，由中国社科院民族研究所、台湾花莲东华大学、香港中文大学人类学系、台湾宜兰佛光大学人类学系、香港科技大学华南研究中心、中山大学人类学系、澳门大学人文社会及人文科学学院、中山大学历史人类学研究中心、北京大学社会学人类学研究所、云南大学人类学系、中央民族大学民族学社会学学院、云南省民族研究所、中国人民大学社会学理论与方法研究中心、湖北大学中国文化研究所、厦门大学人类学研究所、嘉应大学客家研究所、上海大学文学院、贵州民族学院学报编辑部、四川大学文学与人类学研究所、广西民族大学民族学人类学研究所、中南民族大学民族研究所、广西民族大学学报编辑部等22家单位，于2002年初联合发起创立。人类学高级论坛创立至今，已成功举办18届年会。

徐杰舜当秘书长当的时间最长，后来还与周大鸣教授当过双秘书长，再后来周大鸣教授当过一届（三年）秘书长，现任秘书长是范可教授。我当了很长时间的学术委员会副主席，主席是乔健，王明珂和我当副主席。现在的“组织”已经有了改制，就不细说了。

在中国，民间办机构的组织程序非常繁琐，读书人是经不起这种繁忙和烦恼的；加上融资困难，一般人搞不定。我曾经办过一次会，现在想起来还想呕吐。人家徐兄居然乐此不疲。他现在已经七十多岁了，还像小伙子一样，说起办会就来劲，眼睛放光。

这人真不能跟人比，比了得气死！

我认识的人很多，从没见过像他一样的能够一生办会，鞠躬尽瘁，矢志不渝者。识者中独徐兄一人。

我们这些学者，要说有本领的人很多。有的性本天才，傲然天下；有的学问非凡，文章妙法；有的才智一般，自视清高；有的长于才思，精于辨析；有的学问扎实，擅长抽象；有的熬更守夜，勤奋异常；有的勇于实践，砥砺创新；有的善于结交，酒量滔天；有的口若悬河，娓娓道来；有的肝胆相照，以命相托；有的惯玩手腕，上达天听；有的嬉笑怒骂，皆成道理；有的书生无赖，毫无廉耻；有的两面三刀，雕虫小技；有的阳奉阴违，笑里藏刀……反正各式各样的人、各种各样的本事都有。可是，要把众多的“本事”聚集在一起，成就事业的人，少，极少。

徐兄算是一人。

迄今为止，人类学高级论坛仍然安然，已经是一个奇迹。一个没有政治上的尚方宝剑，没有组织机构的红头文件，没有财团大亨的慷慨资助，没有专属特设的基金会的民间组织，居然能够存活近20年。

为了记录更加准确，我于2020年7月6日中午11时许给徐兄打了电话，询问当时筹建“人类学高级论坛”的细节。徐兄在电话里说：

> 这个想法是我设计的。那一年我去香港、台湾，在香港时，我把我的想法告诉了陈志明，他很支持；到台湾后，我也把这个想法征求了李亦园先生、乔健先生、庄英章先生的意见，他们都非常支持。回家后，我把这个设想写成了文案，转达给了费孝通、郝时远，他们都表示支持。第一届人类学高级论坛在南宁举行，费先生因身体不好未能出席，但他专门写来了贺信。那次到会的学者有很多。我这里都有材料的。

讲完这些事后，咱徐兄把话锋一转，又给我下指令：

> 彭兄啊，我的一套汉民族研究的书出版了，你把地址告诉我，我寄一套给你，你写一篇书评。赵旭东要专门编一组评论文章。徐新建也答应写，我是听他学生说的。反正你老兄要写一篇。

这是徐兄的风格，错不了的。他是“搭台高手”。无论“人类学高级论坛”是一个舞台也好，平台也好，都可以说是“徐式作品”。我们这些人当然也出了很多力，但绝大多数都属于“被使出”。

依我的观察，徐兄能把“人类学高级论坛”办成这样，办到现在，至少要有四种本领，而且四种本领要相互支持：1. 规避政治风险。2. 筹办经费高手。3. 操作能力超群。4. 高调指令决绝。

在中国，一个民间团体，尤其是知识分子办的民间团体是很脆弱的，而且风险极大。所以，一般没有什么人愿意去冒险。要做事又要规避风险，需要有智慧。徐兄做到了，他有一个招数——游说。把费孝通，把各地的人类学大佬几乎“串通”。有大佬们在那儿“舵”着，安全。而且，有人佬在，那引导、宣传效益也就不用多说了。

接下来是去弄钱。在经济发展的今天，这是关键。其实，我们国家的单位，尤其是大学，说科研经费很多也可以，说科研经费很少也可以。说少，那些学科经费、科研经费要用到一般的老师身上，难。反正我在厦大几十年，几乎没用过“组织”的什么钱。说多，每届年终，那些大学、科研单位发疯一样的用钱，唯恐经费用不完。用不完的后果有两个：第一，经费上缴；第二，下年度经费下拨的额度可能减少。对于“单位”而言，钱是有的，重要的是“领导”要签字。如果排列出一大堆的学界大佬，又“给”出钱的领导一个“虚职”，诸如“人类学高级论坛××”，人家就会排着队来花钱来办。

这些事务自然都与操办能力结合在一起。难怪在我的印象中，总见着徐兄他挎一个包在各个大学、研究机构、出版社、杂志社之间游走。徐兄这几十年，大概也搞了几十次的会，顺风顺水，那心得断然满钵。哪天我见到他，你们一定要提醒我，建议他在晚年把这办会的经验总结出来。不要总写汉民族史了，要把这些本领写出来，也教教晚辈。

说到徐兄给人下指令，除了声音大，更可怕的：不由分说、不容抗拒。

当然，我也不谦虚地说，近二十年的“论坛事业”，无论作为徐兄的朋友，还是作为人类学者，我都深度地参与了这一历史事件。

左起：徐杰舜，周大鸣，彭兆荣

能干的人通常被议论的也多，这很正常。何况，那徐兄的“范儿”并不是所有人都喜欢，都认可，都接受的。议论，在人类学圈还真有些特色。

人类学很“八卦”，这可不是我说的，说这话的人是美国哈佛大学大人类学家赫兹菲尔德，是他亲口对我说的。有一年他到厦大来讲学，我和我的弟子葛荣玲请他吃饭，他在席间不止一次地说起“八卦人类学”“人类学八卦”。其实，赫氏的中文并不好，学术史上也没太多研究中国，但在“哈佛–燕京”项目的学者中，有好几位是咱人类学界的，与他自然是“混熟”的。他这些年在中国也有兼职，所以，他的表述还挺地道。

不过，细想起来，倒也正常。你想啊，一门涉猎“民间智慧”的学科，怎么能不“八卦”？我对八卦的态度是：姑且听之，未必“任”（认）之。

对我而言，与徐兄认识、交往、共事，差不多快三十年了。在我的记忆中，我的博士生毕业，请他来当答辩委员的次数也最多。

前些日子，武汉因疫情而封城，我给武汉的朋友、弟子打去慰问电话，其中包括徐兄和田敏。令我吃惊的是，电话那头说：“哎，彭兄啊，我在广州，不在武汉。我现在广州一家养老院。”

是了，徐兄都七十好几了，“人生七十古来稀”，这古稀之年，越是稀罕的。

保重，徐兄！

多元“人类学”

“通吃”的学科

人类学是专门研究人类和人类事务的学科。人类，无论是作为生物群体还是作为社会群体，变化都很大，事务也很多。从“猴子变成人”（专业的说法：从猿到人），从古人到今人；从原始社会到现代社会，从狩猎采集到农业革命，再到工业革命，再到信息革命，再到未来自己革自己的命；从生物物种到文化物种，从生物关系到人际关系。人的生老病死、衣食住行、吃喝拉撒，人类学也全都囊括。

这是一个什么样的学科啊？“天下事”全管；横竖都管，那管得过来吗？管不过来。那怎么办？只有拣重要的，挑关键的。什么是重要的？什么是关键的？也挺多，不同的人有不同的算法，不同的年龄段有不同的算法。现代的中国小孩，背着沉重的书包，踱步于校内、校外各种“班”的途中；现在的中国年轻人，尤其是那些男性，正在为他们的“三子”（房子、车子、妻子）而努力、竞争；现在的老年人，不少人走向广场去跳舞，去

“抖擞”（抖音）。他们的“事务”都不相同。但是，这全天下的人，无论他在哪一个朝代，哪一个国家，哪一个民族，属于哪一种性别，哪一个年龄段，有一个事务大家肯定有一致认可，那就是只要他是人，那就得吃饭、果腹。

因此，如果人类学不关注这人类的“第一要务”，那人类学就跑偏了。

一、民以食为天

“民以食为天”挑明了“食”的神圣性。从人类学的角度，讲的是人作为生物最基本的“动物性”需求。俯身看看周遭的所有动物，毕生以寻获食物作为生存本能和本领；即便那些“宠物”，也是因为要给它们吃，给它们吃饱，它们才做出各种各样“卖萌”的样子而“得宠”。于是我们就明白了一个基本的原理：“食物”对于动物生存的“基本功能”（basic need）。人类学功能主义学派最重要的依据在于此，即人类的生存是建立在生物需求和文化需求的基础上的存在和延续。在人类进化序列中，多以获取、生产食物为特征而取名，如“狩猎采集时代”“农业驯养时代”等，目的都是获取食物。

在生物需求和社会需求的二者关系中，生物需求在前，社会需求在后。中国古代的管子有一句著名的箴言可以为鉴：“仓廪实而知礼节，衣食足而知荣辱”，说明传统的伦理和礼仪都是建立在粮食富足之上。在中国，维护社会秩序之“禮”，原本与饮食有着内在关联。《礼记·礼运》言之凿凿："夫礼之初，始诸饮食。"这下明白了，先要吃饱了才能讲道理，才能讲礼仪。

所以，对于食物的研究也就自然而然地成了人类学的一个重要的面向。回到中国，人类学研究的一个重要的支点就是"土地和粮食"；原因是：中国总体上是一个传统的农耕文明国家。在中国古代，"国家"被称作"社稷"，就是指在土地上种粮食的国家。

中国最早的地理著述公认是《禹贡》，"禹"就是大禹，他的历史功绩主要是治水而立九州，立九州而制五服。所以，我们大致了解一下"九州""五服"就能够明白其中的关系——土地和粮食的关系。具体地说，就是大禹疏通洪水确立中邦，然后划分九州，然后耕种粮食，然后根据地方的远近来贡献粮食。这就是"禹贡"的意思。

更细致地说，以"中邦"（中国的原型）帝都（"王畿"）为中心，画了一个两千五百里的大圆圈，每五百里为一"服"，就是所谓的"五服"。"贡"就是提供粮食，"服"就是提供服务。那么，以什么来贡献和提供服务呢？粮食。《尚书·禹贡》载："五百里甸服：百里赋纳总，二百里纳铚，三百里纳秸服，四百里粟，五百里米。"有一位叫夏维东的学者，在《上古迷思：三皇五帝到夏商》一书中以"白话"解释这段话："靠近王城的一百里区域，提供整捆连穗带秸的粮食作为纳税；二百里以内缴纳禾穗，秸秆不需要；三百里以内缴纳去了秸芒的穗；四百里以内缴纳带壳的谷粒；五百里以内缴纳去了壳的米粒。"

这也成了一种明明白白的逻辑、简简单单的道理。因此，要了解中国国情，粮食是一个关键的切入口。要了解中国传统文化，饮食是关键。古代那些具有权力化的器物符号大都从饮食器演变而来，比如尊、鼎、爵等，其象形、符号、喻义等大多取自饮食器。到我国博物馆的“礼器专区”看一看就能明白。

少数民族的饮食文化同样可陈可表。比如西南的少数民族喜欢吃“酸”，我国台湾“清华大学”人类学系的林淑蓉教授长期到贵州黔东南地区调研侗族的“酸食”，我的一位博士研究生张馨凌的博士论文也是同一主题。贵州的少数民族喜酸，道理就不说了，只想请你去贵州尝一尝那酸汤鱼，保准你会喜欢。

大概在十年前，我在无意中也跌入到了这个“饭桶”中，后来完成了大陆第一部从人类学角度研究食物的《饮食人类学》（北京大学出版社2014年出版）。

二、“无意中的有意”

说起我对食物的研究，无妨用“无意中的有意”这个词来形容。

所谓“无意”，就是自己原来并不在意这个问题，虽然一日三餐，差一餐都不行。可是，中国有些学者（包括曾经的自己）经常犯这样的毛病：越是日常，越是熟悉，越是漠然，越是盲目。更不应该的是，只把那些日常的饮食当作了“俗”问题。好像学者都是“雅士”，可以不吃不喝就高谈宏论的。加上电视上天天在讲食物养生，烹饪技艺，饮食疗法，仿佛与我们这些研究“天理”的学者和学术无关，早就把那“民以食为天”的真谛抛到脑后。

我有一位博士研究生，肖坤冰，她的博士论文做的是茶。她把初稿交给我的时候，我看到在她的“相关学术史回顾”一节中，列举了一批人类学家对食物研究的著述，虽然其中有不少我先前早已读过。可是，当这些人类学家与他们相关的食物研究被罗列到了一起——包括文思理（Mintz）、包亚斯（Bois）、哈里斯（Harris）、萨林斯（Sahlins）、道格拉斯（Douglas）等（反正很多“斯”）——虽然这些名字我都熟悉，大多数著作我也都读过，却并没有将食物问题作为自己的研究重点。为了指导她的论文，我又重新去读。这原本是教学相长的问题——我在带每一位博士研究生的过程中，都在实践中教学相长，我也因此学习了新的知识。

只是这一次有所不同，我突然觉得中国的最重要问题难道不也与之有关吗？我们平日里做了那么多“高玄理论”的东西，却忘记了如果没有这一日三餐，哪里有什么“高度”？不吃不喝，越是高，越是摔得惨，没力气，不是吗？不吃不喝，面如菜色，那共产主义也来不了。突然就有了感悟，这不正是马克思主义唯物辩证法的“原宗”吗？于是，我又跑去温习恩格斯《在马克思墓前的讲话》那一篇经典，说的就是这番道理。

这也成了我从此专注于“饮食人类学”相关问题的一个契机。我开始收集饮食人类学的专题性成果。

促使我进入这一话题的研究还有一个原因，就是近一个历史时期，粮食、食品骤然成为“热议”的话题。显然“粮食问题”是一个老而弥新的话题，所谓“老”，指人类自其成为“人类”以来，食物就一直是其追求的对象。可是，据联合国报告，现在世界上仍有逾8.2亿人在挨饿。

所谓“新”，主要指“食品安全”问题在近一个历史时期凸显。这主要与科技有关。我们有时把“科技”捧得太高，其实，“科技”是一把双刃剑。现代的科学技术在粮食的生产、制作、供给等领域的应用，比如转基因技术，一方面使得粮食食品在生产数量上达到了空前的提升；另一方面，这些“技术奇迹”又带给人类史无前例的紧张感——具体地说，对食品产生了不安全感。

而饮食在中国又真切地与“面子文化”纠缠在一起；不夸张地说，“面子文化”最集中的表现就在餐桌上。传统的人类学研究有一个概念叫“夸富宴”（potlatch），那原典并不出自中国，而在北美。作为一种独特的宴饮社会现象，是人类学家博厄斯（Boas）在对北美西北海岸土著人的调查中发现并介绍给学界的。“夸富宴”概念源于美洲青努克（Chinook）部族，在美洲西北部地区和北美洲的一些地区广为流传。它是一种公众参与的、具有多种活动和意义的社会仪式。“夸富宴”是通过对特殊食物的展示和享用来体现个人政治地位的一种仪式。在这种仪式中，荣誉、信誉及其他社会地位，都需要通过这种特殊的“食物交换”活动加以表现和实现。难怪有人称之为“财富之战”。

虽然“夸富宴”的原典不产自中国，却可以在中国找到不少同类原型。这种饮食传统中的典型陋习与中国的“面子文化”紧密地结合在了一起。有学者对我国饮食文化中的“面子”进行“大数据”调查，发现这“面子文化”又催生出另一种社会现象，即“浪费现象”。数据表明：中国人均在外消费时多产生显性浪费28克/餐，约相当于全国每年因此浪费掉280万人一年的口粮。同时，为照顾请客人的“面子”，客人会比平时需求消费的多，造成约80克/餐的隐性浪费。

虚伪的是，当成年人在餐桌上大肆铺张的时候，却没有忘记教自己的孩子背诵古诗：“锄禾日当午，汗滴禾下土，谁知盘中餐，粒粒皆辛苦。”中国的稚童大都能够背诵此诗，以提醒“节约”；成年后却实践着“浪费”。

那些孩子长大后也开始实践“面子–浪费文化”，同时仍没有忘记教自己的孩子背那首古诗。一代一代地传承着面子文化中的“真实–虚伪”。

我们都是人，是人就都有“面子”。只是在中国，“食物”成了一种特定面子文化的名片，“浪费”也就成了一种文化陋习。

上述原因一并把我推进了“饮食人类学”这个切入口。

三、人类学家眼中的“食物”

决定下手做饮食研究，我开始收集资料。

在研读过程中，我吃惊地发现，中华饮食传统浩浩荡荡，竟然成了中华文明的一条主脉。记得孙中山在他的《建国方略》中对中华饮食大加赞赏。在他的眼里，虽然当时的中国有许多地方不如列强，技不如人，受屈辱，受欺凌，但中华饮食却在世界上独占鳌头。显然，孙先生没有忘记中华饮食可以成为他“建国方略”中的重要“资源”。

在研读的过程中，我吃惊地发现，尽管中华饮食饮誉世界，但我国学术界从人类学的角度对它的研究却是非常稀少。偶有个别学者涉及，也基本上属于“零敲碎打”，相较于饮食烹饪、饮食养生、饮食疗法等其他方面，完全是小巫见到了大巫；相比于西方的饮食人类学研究，甚至我国港澳台地区的研究，也相去甚远。

既然人类学关注人类事务，而饮食作为人类的头等事务，人类学自然在意。其实人类学的传统研究一直很在意，相关的话题和专题也不少，重新研读，不仅有温故知新的收获，更有许多生命、生活的感悟。

比如人类学中的“交换理论”。食物除了用于人们自己享用之外，还可以用于交换。这个道理很简单，农民种出来的粮食，除了满足自己的食用需求之外，还要履行各种“法定”的征收

“税赋”义务，还把剩余的食物弄到市场上去交换。

人类学对礼物的交换研究很有特色，不仅关注交换物的表面现象，更关注交换的社会原则。在人类学研究领域，“交换”可不是拿一种东西到市场上去换另一种东西那么简单。我无妨对人类学的交换理论做点知识传播吧。

费孝通的老师，英国的著名人类学家马林诺夫斯基早年在特罗布里恩岛（Trobriand Islands）做调查，他发现岛上有两种不同的交换形式。一种是纯粹的物物交换，比如居住在山上的居民拿山货去和居住在海边的居民的海货进行交换。这种情况有点像我们民间的集市、赶墟，把自己有的拿到市场是去换自己所需要的东西。

马林诺夫斯基最重要的发现是另外一种交换，叫作“库拉”。库拉交换是当地的居民用一种叫作soulava的项链和一种叫作mwali的手镯在运动中进行交换。前者的方向是顺时针运动，后者以逆时针运动，在整个岛上的居民中形成了一个循环圈。所以这种交换也叫“库拉圈”（Kula Ring）。

有意思的是，“库拉圈”不是物与物的交换，也不是生活中有用东西的交换，而是交换权威和声望。当地的酋长在“库拉圈”交换中能够获得上面两样东西越多，他的声望也就越大，权力也就越大。有一点像今天的选总统，票数多就当总统。不过“库拉圈”交织着当地神话、巫术和生活习俗，形成了一个独特的文化交换系统。

“库拉圈”是马林诺夫斯基《西太平洋的航海者》中讲述的

故事。过了3年，也就是1925年，一部名为《礼物》的人类学著作问世。作者叫莫斯。这本书是对马林诺夫斯基提出的“礼物”交换体系的回应，重要的是，《礼物》完全以“交换”为轴心。在莫斯的“礼物”中，最有代表性的叫作“整体性的馈赠原则”。这个基本的原则有三个既相对独立又相互关联的“义务”，即给予、接受和回赠三阶段的“演进图式”和礼物交换的互惠原则。

后来，法国人类学家列维-斯特劳斯又把交换推到更广阔的社会现象和伦理关系中，特别是在不同部落之间所形成的以“女人交换”为背景的婚姻体系。

在人类学研究中，以“礼物”为背景的交换，奠定人类学研究的基础，后续的研究者包括拉德克利夫-布朗（Radcliffe-Brown）、马林诺夫斯基（Malinowski）、埃文斯-普里查德（Evans-Pritchard）、费斯（Firth）、尼德汉姆（Needham）、列维-斯特劳斯（Levi-Strauss）、杜蒙（Dumont）、萨林斯（Sahlins）、古德利尔（Godelier）、格雷戈里（Gregory）、麦克柯马克（MacCormack）、经济人类学家波拉尼（Polanyi）。这一理论对我国的一些学者也有影响，比如阎云翔等。

面对人类学研究中的“交换”，那些纯然的商品交换的市场经济活动，充其量只是其中之一种。所以，我在此建议经济学家们去读一读人类学的交换理论，看看除了商品交换之外，还有人（性别）的交换、婚姻的交换、互惠的交换、声望的交换、权力的交换、符号的交换、伦理的交换、巫术的交换、文化的交换等等。

回到食物。食物当然可以在日常生活中作为商品进行交换，交换规则是按照商品市场上的交换价值（exchanging value）进行的，当物成为商品，就意味着它要进入流通领域，通过流通领域中的交换以表现出社会“公认”的用货币体现的价值。

不过，人类学对食物的研究最重要的贡献并不是食物作为商品在流通中的经济问题，而是研究食物作为一种特殊的“媒体”进入社会价值、社会伦理的交换过程，由此形成了一种特殊的文化现象。比如通过食物所进行的像声望、权力、面子等的交换现象，上述讲的“夸富宴”就是一种典型的例证。

与其他学科不同的是，在人类学研究中，“食物”作为一种特殊存在物，其意义无疑是对一般“物”的延伸；食物不仅获得相同的意义，还将其深入到生命、生存和生活的诸多方面。

四、“饮食”之缘

更让我想也没想到的是，在研读过程中，接连就出现了一系列的“故事”。有的时候，这“故事”说来就来，避也避不开，躲也躲不了。

我在读美国人类学家尤金·安德森的《中国食物》的时候，被他的前言打动，也坚定了我写一本“中国版”的《饮食人类学》的想法。关于此，我在“吾师，大师”一章中已经说过。巧合的是，安德森还算是我的“师兄”了。

这故事还没完。

在阅读文献的过程中，我读了一批西方的著述，当然，也就引到了我的《饮食人类学》中，其中引用了一位伊利诺伊大学人类学家的观点。书出版几年后，我收到了一封邮件。写信的人是一位在美国该校就读的中国博士候选人，她的导师就是从事饮食人类学研究的人类学家萨顿（David Sutton）。我在我的书中引用过他的著述。

彭教授：

您好！

我是Dr. David Sutton的PhD学生，现在方向也是食品人类学。最近读到您的《饮食人类学》，看到您在里面引用了很多Sutton教授在*Remembrance of the Repast*里面的内容。我看过您为主编的一套书籍，所以猜测您应该对出版很有了解。我有意翻译萨顿教授的书。不知能不能与您合作出版？

我在国内的本科是中国农业大学的葡萄与葡萄酒工程，出来直接读的人类学硕士。所以对国内的人类学状况并无深刻了解。有不当之处，还请您包涵。

祝好！

莹坤

（邮件发送时间：2017年5月5日7:01）

我没有接受信中所提的建议。其中一个原因是，随着中国经济的发展，我国在引进西方学术著作的版权上大大地上了一个“坎”。以前中国比较贫穷，西方的出版社在版权转让和出售上相对比较“宽容”，有些出版社甚至直接转让版权，不收版权费。而随着中国的发达、富裕，西方的一些出版社开始抬高价码。同时，如果要做这件事，我还得与每位作者协商，获取著作权，而且有时也涉及经济。这让我望而却步。虽然在我内心对这个计划有点不舍，但也难以做出在自己完全不熟的领域投入大量时间、精力去应付自己完全不熟悉事务的决定。

或许我们的合作没能实施，中国少了一本饮食人类学方面的译作，是一种学术损失。我也没有因此帮到中国的优秀学子，甚为遗憾。可是，我没有办法。

这样的故事还不少，2020年12月3日，我收到一封来自法国的邮件。

彭兆荣教授：

您好。

我是移居法国的中国人沙春艳。在异国他乡20多年的求学、成家、定居的经历中，不断经历着“跨文化交流”，不断地用自己的方式表达、介绍、传递着自己的身份、标志和价值。而孩子的到来，喂养，成长，让我感受到“饮食”这或许都不会和文化联系在一起的词语中强大的生命力。2010年法餐成为世界非物质文化遗产，生活在法国，身在其中，日常的感受，让我体会到更多的是文化遗产的传承，而不只是享有国际美誉的“鹅肝酱”“葡萄酒”和“法棍”。

现实生活中的双重文化，有交流，也有这些交流带来的冲击和思考，而更深层次的思考却是“回归自我”：中餐，中国美食有着和法餐一样的博大精深，文化底蕴深厚，在国际上的交流、传播甚至更广泛。而为什么当我们提起中餐和法餐时，所代表的形象却是两个不同的层次。

这些年在法国的生活学习经历，无论是在实际的厨艺操作中和米其林厨师的交流，还是在法国厨师职业技能培训系统中的深入探讨，直至去年参与法国图尔大学欧洲饮食历史文化研究院的学术研讨会（法餐申遗资料准备会），我体会到法餐文化之所以能被联合国教科文组织在2010年评为全世界的“非物质文化遗产”,不仅因为法国有丰富的物产、多样的烹饪工艺创造出特有的法餐，更是因为法国聚集了饮食史、食物传媒、社会学、人类学各个人文研究领域的专家，他们对食物科学而严谨的分析、整理、汇聚、交流、传播，才使得法餐能够不停留在“遗产”遗留的层面，才推动了法餐适应社会发展的传承和创新。这或许才是“文化”最深远而基本的意义。

法餐开放、包容，专家们对于中国文化也已经展现了极大的好奇和关注。无论是中餐文化，还是食物传媒在中国社会中的运作，以及对人们的影响。2019年6月，法国勃艮第大学新闻传媒学院获法国“优秀教授”荣誉称号的Jean-jacques BOUTAUD教授，图尔大学欧洲饮食历史文化研究院教师Kilien STENGEL博士（他也是勃艮第大学信息传媒研究室研究员），我们共同探讨起法餐的历史发展，申遗的资料准备，法餐申遗成功后对法国文化在世界范围内宣传、推广的作用。在这些分析思考中，我们还希望对比中国饮食、文化在国际范围的推广。也正是在这一过程中，我找到了您的著作《饮食人类学》。在法国的我还没能有机会拜读细节，但是目录的介绍就已经让我很感动，终于我看到了中文的、在深层次逻辑基础上去分析我们自己饮食的著作。所以冒昧给您写这封信。

通过网上搜索找到您的信息，也简要了解到您的研究领域，知道您在法国的经历，也就理解了您的研究方法。图尔大学欧洲饮食历史文化研究院作为2010年法餐申遗资料准备中心，在饮食研究领域有着丰富的资源，也怀着开放而好奇的心态关注着中国的饮食文化。我作为学者，目前主要的研究以“饮食传播”为主，将食物作为媒介，进行传播背后的跨文化比较，通过这些差异比较，理解食物作为符号的意义。我也关注中国对饮食文化的研究，希望能有机会搭建中法饮食文化研究各个学科之间的交流。但是我接触到更多的是浙江工商大学对饮食历史的研究，尤其重视当下对美食非遗的整理、宣传，甚至过度的商业化。我隐隐感觉到是不是有些偏离了方向，方法不太得当。我希望有机会能将法国从社会学、人类学、历史学等更综合现实而带有前瞻性的目光去看自己的饮食历史和文化的饮食研究带到中国，与更多的学者交流。

彭兆荣教授，给您写这封信，我也不知道自己能做什么，您或许让我看到国内饮食研究的另一个方向和希望。也希望有机会能和您交流，更希望能通过您，让中国的饮食研究能和法国有相似的方法，更多的交流，更好地和中国学者来法国一起讲述我们自己的故事。

此致

敬礼！

沙春艳

2020年12月2日 法国雷恩

感谢读者、学者对我的信任。与其说是“信任”我，不如说“信任”中华传统饮食的博大精深；同时也代表着学者们对中国饮食迄今未能入选世界遗产所表现的惋惜之情。

五、“非遗”之争

这故事还没完，一个接着一个的。由于做了几年的饮食人类学研究，人类学界也还是知道的。后来我参与了乔健先生在他的家乡山西介休的项目，也正在那些年，或许是因为“粮食安全问题”骤然成了联合国和世界重要的“政治问题”，联合国教科文组织也迅速地“增加”了几个有特色的饮食国家进入世界非物质文化遗产名录。除了法国大餐入选外，我国的周边国家，韩国的“泡菜”、日本的“和食”也都入选。唯中国这个饮食大国仍然寂寥在“名录”之外。迄今仍然。

这急坏了相关的专家，也着急了人类学家乔健先生。

在山西时，乔先生倏地就找到了我。他说：“兆荣啊，你做过饮食人类学研究，你肯定知道这几年联合国评出几个国家的饮食为世界非物质文化遗产的事情。”

我回：“是的，我知道。”

他接着说：“中国还没有饮食进入联合国名录。”

我回：“是的，我知道。”

他接着说：“我有一个想法：把我们山西面食作为遗产来申报，你怎么看？”

这突然就让我想起了当时在社会上风传的一句网络语言：“元芳，你怎么看？”据说出典于《神探狄仁杰》。我是《神探狄仁杰》迷，我当然知道李元芳。

面对类似“元芳，你怎么看？”的问句，我踌躇了。我理解乔先生，一来，他认为中国的饮食在世界上这么有代表性，日本、韩国都能进入世界遗产名录，中国不应该没有的；二来，山西是他的家乡，他爱家乡，希望能够帮助家乡做些事情。

停顿了一会儿，我回答他：“我也为中国没有饮食作为非物质文化遗产类型进入世界遗产名录体系感到不满，但是‘山西面食’在北方面食中至多只是一种，而在更大的范畴来说，‘面食’还包括以稻米制成的南方米粉类。若以‘山西面食’代表中国饮食申报世界遗产缺乏‘代表性’。单就麦作文明中的面食文化而言，山西有面食，整个北方都有，河南、陕西、甘肃等都有，而且都很有名，比如兰州拉面。”

我接着说：“中国的饮食彪炳于世，其中一个最重要的原因在于多样的‘地方菜系’。世界一些饮食进入联合国的遗产名录，我国的相关专家也着急。据我所知，他们做过小范围的讨论，也试图选择一种足以代表中国的饮食类别去申报，可是在选择什么去申报的问题上，专家就无法达成一致意见。他们找不出一种能够代表中国的饮食去申报世界遗产，就只好暂时作罢。”

他听后，摇了摇头，就没有再提了。

有的时候，“多样”也麻烦。人家法国大餐、日本和食、韩国泡菜等都有相对的一致性和公认性。而我们的邻居日本、韩国在这方面更是简单，因为两个国家大体上都属于“单一民族国家”。虽然日本也有一个叫作阿伊努的民族，即日本北方诸海岛的一个原住民族，但在历史上因为与大和民族通婚及同化，纯阿伊努族已基本上消失，所以现在数量很少，知道的人也少。甚至还有阿伊努人是“被人类学制造出来的族群”的传言。这当然是不实之词，但从另一方面也说明在日本，大和民族是公认的、主体性的、有代表性的民族。而朝鲜半岛的民族构成更单纯，即单一民族朝鲜族。“单一民族”也自然很容易创造、认同“单一的饮食”。我们无论走进世界上的任何国家和地方的“日本料理”“韩国料理”，都会发现他们的饮食有极大的“同质性”。

中国的情况截然不同。当你走进世界上任何地方的任何中国餐馆，那些名目都足以令人目眩。先是菜系，什么粤菜、川菜、湘菜、鲁菜等；再是不同的菜系差异也非常大；而不同菜系中的菜肴差异更是足以让人瞠目。

这也导致了窘境：一方面，中国乃至世界都对中华饮食有一个“饮食公认”，即中国的饮食享誉世界；另一方面，若要确认某一款、某一种、某一类为中华的“饮食公认”却很困难。而如果找不出一种中式“公认”的食品，又如何去申报？这也是为什么我们暂时在申报世界遗产的事务上搁浅的原因。

但我对此也不服。我也一直对中国饮食未能入选世界非物质文化遗产名录耿耿于怀，也为此写过文章。然而，我一时也想不出用什么方法可以找到一种公认的中华饮食代表中国去申报世界遗产名录。

当然，我并不认为完全没有机会，重要的是要靠智慧。比如韩国的“越冬泡菜”于2013年正式被列入联合国教科文组织人类非物质文化遗产名录。“越冬泡菜”属于菜肴。中国有没有公认的饮食种类？或许有的，比如春节吃“饺子”，中秋吃“汤圆”，这些都是中国人民“公认”的。当然，这需要专家评估。

饮食是制作的产物。中国人民既然能够制作出令世人刮目相看、丰富可口的佳肴，难道就“制作”不出一道“世界非物质文化遗产名录”吗？

我不信。或许只是时间和时机的问题吧。毕竟联合国应也能体谅这“世界公认”的中国饮食，却难以挑选出一种“公认”的饮食进入世界遗产名录的“不公境遇”吧。

既然“不公”，就要想法让它“公平”才是。

旅行问道

一、“人在移动”

人类是动物，最直白的表达就是“会动的生物”。动物有很多种类，人类只是它们中的一类，所以叫作“人类”（mankind），最直白的表达就是“人类是动物中的一种”。

从古生物学、考古人类学那里，我们知道了一个常识：人类的祖先类人猿（apes：灵长类动物中的亚类，包括大型猿类，如大猩猩、黑猩猩等）的直立过程是一个人类特殊进化的结果，也是人类自我创造的奇迹。我们称人类这种“动物性”移动为“行走”；其他动物则大多称为“爬行”，爬行动物就是其中的一类。我们因此可以这样假定，如果人类没有经过身体功能“进化”的行走，人类便不可能达到今天这样“万物的灵长”的成就。

一般老百姓也不知道怎么的，就把达尔文的进化论简化成了“人是猴子变来的”这样的说法。猴子之所以与人不同，区别在于：猴子是爬树的，手脚并用；人会走路，手脚分开了。百姓把复杂的理论简朴化也属于“民间智慧”。

简朴得好。反正人与类人猿的差别就是起立行走。

行走、游走也于是就成了人类的身体特征，进而，文化特征。

再把视野缩小一点，都是“人类”，移动的情况也不相同。西方的文化是旅行的文化，这表现出了地中海生态环境的特点——缺乏大面积的良田从事农业生产，海洋的便利使商业和贸易非常发达，航道开拓，殖民，物品、人员、族群交流与交通频繁，靠的都是旅行和运输。我去过希腊很多地方，石多地少，气候干燥，难以耕作大面积的农地，橄榄是常见的植物。不过，地中海的橄榄与中国的不一样，是油橄榄。油橄榄是希腊的国树。

现在世界通行的“和平”符号是鸽子衔橄榄枝。这个典故出自《圣经》，圣经故事中曾用它作为大地复苏的标志。《圣经·创世纪》记述：远古时代，上帝发现除了诺亚一家之外，人类变得越来越坏，到了不可救药的地步。于是决定用洪水惩罚人类。上帝事先通知诺亚夫妇，让他们准备好一只方形大木船，备足干粮和饮水，并将各种动物挑选一对载于船上。过了很久，洪水消退，远处出现了高山、岛屿。诺亚就将船上的一对鸽子放飞，不久鸽子飞回来了，嘴里衔着一根翠绿色的橄榄枝，宣告大地恢复生机，迎来了和平。鸽子衔橄榄枝就成为“和平”的象征。

插这一段故事，是为了说明西方文明的发源地希腊是海洋国家，不能成就农耕文明。旅行、冒险、拓殖成了海洋文明的重要特征和特性，这样，旅行、迁徙便成了重要而关键的因素。甚至在古希腊的神话系统里，还有专门庇护旅行者的神赫尔墨斯（Hermes），他是诸神的使者。

让我们再一次重温古代希腊神话——俄狄浦斯在回家的路上，怪兽斯芬克斯让他猜的那个谜语：

> 是什么早晨用四条腿走路，中午用两条腿走路，晚上用三条腿走路？

这个著名谜语的谜底是“人在移动”——既表明人的一生从“四条腿（婴儿爬行）—两条腿（成年人）—三条腿（老人拄拐杖）”生命体征的变化图景，也表明人的一生通过移动所经历、经验的社会化过程。人类学家范·热内普（Van Gennep）在《通过仪式》（*The Rites of Passage*）的开篇描述人的生命社会化过程：任何社会里的个人生活，都是随着其年龄的增长，从一个阶段向另一个阶段移动的序列；即社会化的“通过”。换句话说，人类都在“动”中体现生命价值和年龄变化。

这个经世谜语的真正谜底原来是“人在旅途”。沿着这一路径，我们发现，几乎所有人类的重要文化原型、类型都脱离不了“行走—迁徙—漂泊”。文明和文化是“走”出来的。我曾经写过一篇文章，用的就是这个标题：“走出来的文化之道”。

人们无法想象，如果缺失这个迁徙—旅行—漂泊主题，人类文化和文明还剩下什么？这一主题无疑是人类一种历史最悠久的行动范式和进化历程。早在公元2世纪下半叶，希腊就出现了一部洋洋十卷本的《希腊指南》，真是很厉害的。我想现在世界上的"旅游指南"没有一本能够达到这样的重量和质量。

《希腊指南》是一个叫鲍萨尼阿斯（Pausanias）的人写的，他的写法很奇特，自己作为"导游"，带领人们从第一卷的雅典出发，结束于第十卷的德尔斐（Delphi），游历了古希腊各种重要的神话传说、战争拓殖和历史故事等遗址。自己又是作者。他像一位历史的引导，在所到之处侃侃而谈。我也大致沿着这位伟大的文明导游在希腊走了一小圈，后来还去了与希腊隔海相望的土耳其，探访了谢里曼挖到宝贝的那个地点，还充当了一回木马记的"造假英雄"。

有意思的是，搜寻和翻译《希腊指南》工作的不是别人，正是大名鼎鼎的英国古典人类学家弗雷泽。

在圆形剧场考察

去德尔斐

德国考古学家谢里曼考古发掘遗址

木马记中的木马复原

二、人类学避不开的主题

今天，当我们常常把“读万卷书，行万里路”作为获取知识来源的总结时，却实际上总把读书与旅行在学问中分隔开来。这种悖论在人类学家那里是不存在的，因为二者的协作是天然的，人类学家自己也在不断地“归去来”。人类的行走、漂泊、迁徙又正好是人类学研究的主题——人类作为特殊的“动物”。在人类学家眼里，行走和漂泊的历史是一部没有书写过的历史。人们在大部分的时间里，行走只是一种现实生活的需要，完成从一地到另一地的空间转移。事实上，人类学就是一门“漂泊中追求”的学问与问学。西方两位著名的古典学家比尔德（Mary Beard）和汉德森（John Henderson）在他们合著的《古典学》中宣称：“古典学的核心是旅游”。

旅游如果是“古典学”的核心，更是“现代学”的核心。我补充说。

这下明白了，人类学原来是避不了旅行、旅游的主题的。人类学家克里福德有一个观点，文化即旅行。这个说法大抵是不错的。要圆这一说法，“漂泊行走”是关键词：1. 从世界文明发展的明确线索看，早期各个代表性的文明形态中人类的行走、迁移、旅行和运动相生相伴。2. 人类所有的文明类型和文化差异，包括居住方式、种族进化、阶级特权、交流方式、运输手段、道路边界等皆与之有关。3. 没有被赋予特殊意义的“行走”——游牧、迁徙、游移、漂泊等，许多民族特殊的精神文化也难以确认。中国传统文化“道教”其实是一种精神的旅行、宗教的旅行、哲学的旅行。《说文》:“道，所行道也。”4. 许多学科和理论，包括历史学、地理学、古典学、考古学、人类学，以及人类学中的进化论、传播论都建立在各种不同性质的“运动”之上。

人类学是一门“管闲事”的学科，你要说是“管正事”的学科也可以；这要看你怎么看“吃住行”问题。如果你把这些当作“闲事”也可以，把这些当作“正事”也可以。反正，我是把这些当成正事的。只是，不同的文明，吃住行不一样，文化也就不一样。

中国的情况很不同，很多样。都是人，都在动。只是不同的文化决定了不同“动法”，不同的“动文化”，不同的动评价。如果我们把中国的文明粗粗地分为四种文明形态：农耕文明、游牧文明、海洋文明和山地文明，稍微辨析一下，就会发现，“中国人”原来这么样的不同，难怪费孝通先生称之为“多元”。

中国文明最有代表性的是农耕文明，用一个词来形容“农耕”，就是“被土地捆绑”的文明。每家每户“一亩三分地”，日出而作，日落而息。父母在，不远游，游必有方。所以，农耕文明是一个“动”的不多，“动”的幅度不大的文明类型。在农耕文明，“游”这个词，中性偏贬，贬多褒少。你看看古代的游戏、游荡、游手、游子、游民、游侠就会明白。这当然是从农耕文明的语境中生产出来的。有学者对汉文化中的几类与移动有关的人群类型进行分析，发现只有两种可以得到认可。一种是戍边从戎，保家卫国，这是国家正道。汉字中旅游的“旅”就来自军旅，是军旅出征时的标志符号演变来的。第二种是那些外出参加官考的文人，他们离家参考，为的是济世御才。

游牧文明就不一样了，一听一看就知道是游动的文明，随季节、视水草变化而游牧。哪里有水草，哪里就放牧。“家”也可以拆来拆去，蒙古包就是那样的。蒙古民族属于游牧民族，也因为这个原因，中国历史上“版图”最大的帝国是元朝，那种气势是何等的豪迈。不过，他们的移动是骑在马上，也俗称为“马上民族”。我在草原骑过马，全部的感觉就两个字：威风。

中国的海岸线很长，可是在封建王朝时代，海洋文明不太受重视，有些朝代，比如明代还实行严厉的“海禁”政策。虽然我们也可以举出郑和下西洋的例子，可是对于一个有着如此宽广的海洋资源的国家来说，那不过是小“case”。只是到了改革开放时代，才真正重视海洋文明。回头看看四个经济特区，它们都在海边，你就会豁然开朗。

中国也是一个多山的国家，特别是大西南，古来就有“蜀道难，难于上青天”说法。那可能是李白在那深山里爬得累了，才写出《蜀道难》的传世诗句。在西南栖息着很多弱小族群，他们之所以能够保留自己的文化，最重要的是“靠山”，靠大山大壑。

我的大半生研究西南少数民族，在贵州学习、工作长达十年，后来即便离开贵州大学，每年也都要回去。我研究的少数民族都属于山地民族，比如瑶族。瑶族有两个最明显的特点：第一是迁徙性山地民族，他们的祖先过着“随山散处，食尽一山便迁徙”的生活。因此，支系繁多。第二，狩猎、刀耕火种是他们的传统生计方式，去看看费孝通、王同惠的《花篮瑶社会组织》就会明白。许多瑶族今天仍然过着这样的生活，特别是在印支半岛国家。我国瑶族的定居大多是清末民初的事情。

也就是说，像瑶族、苗族这样的山地民族文化“物种”的留存，最重要的是依靠“大山的屏障”。可是，20世纪80年代以后，中国的大众旅游骤然出现，“忽如一夜春风来，千树万树梨花开”，我曾经用这个诗句形容中国大众旅游的出现。问题出现了。大众旅游在很大程度上依靠现代化的交通，飞机、火车，包括现在的动车，早就把那蜀道“踩在脚下”。自然屏障没有了，消失了；那些靠自然屏障才留存下来的文化是否会消失？

回答是：会的。这是我最担心的。我曾经用了十几年追踪研究过黔南瑶麓的瑶族，我的担心被证实了。瑶麓的许多瑶族文化，包括凿壁谈婚、歌调、乐器、服装、洞葬以及饮食习俗迅速消亡。

如果大众旅游兴，传统文化亡，在我看来，得不偿失。传统文化用了千年、百年才得以形成、存续；旅游“一夜之间”就把这些积存久远的文化给弄没了。旅游成了“帝国主义形式”。这不是我说的，是美国著名的旅游人类学家纳什说的。

这种担忧促使我研究旅游人类学。

三、我的“旅游人类学”研究

1999年，我有幸认识了世界旅游人类学大家Graburn教授。我们似乎是前世有过约定，不经意的相识，却因为旅游人类学而紧紧地捆绑在了一起。

2003年，我去了伯克利。一年中，我除了参加重要的学术活动外，主要精力就放在撰写《旅游人类学》上。我几乎阅读了当时所有重要的旅游人类学著作，收集了大量相关的资料，最终完成了大陆第一本旅游人类学方面专著的初稿。

2004年我回国，继续充实这本“集编译、评介、分析、独立见解为一体”的著作。老师Graburn专门为此书写了序言。我希望我的《旅游人类学》能够为我国的旅游发展，特别是少数民族文化保护方面起到一定的作用。

看起来还真有一点作用。

曾经一段时间，我国一些高校的旅游专业以此书作为重要的参考书。曾经有一位在云南大学旅游管理学院任职的年轻老师告诉我，他们学院的研究生私底下把我的这本书叫作“红宝书”，说是如果没有读“红宝书”都是一种缺失。

说起这本书的出版，也有一些轶事。

2004年6月，我参加了一次在西北的学术研讨会，会上认识了中央民族大学民族学专业毕业的龚黔兰博士，她当时在民族出版社当编辑。我给她说起这本书。她当即表示想把书要去在民族出版社出版，但我故意“左右言他”，因为我当时是想在北京大学出版社出的。

会后，我取道北京，在北京大学讲课。那些年，孟华大姐在北京大学比较文化研究所，她有一个教育部博士培养项目平台。她邀请我作为博士生校外导师，每年要去给那些博士生上课。

记得那一天，我在北大上完课，已经过了中午12点，天气很热。当教室的门打开时，我看到龚博士满头大汗地站在教室门口。她告诉我，她上午赶到社里请示了社长，社长回复她，以最优惠的条件出版彭教授的《旅游人类学》。

我被民族出版社感动了，被龚博士感动了。何况，龚黔兰是贵州人，她的名字已经告诉了大家。我有很深的缘分在贵州。

就这样，《旅游人类学》在民族出版社出版，而且以“最快速度”。我的完稿时间是2004年10月，书的出版时间是2004年12月。我此生出版过好些书，要算《旅游人类学》出得最快。

这本书后来再版，仍有好些人告诉我买不到这本书。不少学生说他们只好用影印本、电子本。

我就奇怪了，“洛阳纸”今天还贵吗？

“好听”的人类学

“音乐”就是好听的声音，要不然怎么就叫“音乐”呢。

“好听的声音”有公认，有私认。公认好听的声音就是音乐，私认好听的声音就凭个人喜好了。有些人听到金属的敲击声能吓得半死，有的人听着就心旷神怡、心潮澎湃。现代音乐中就有这样由金属敲击出来的“音乐”。

好听的音乐与人类学相结合就是音乐人类学（music anthropology），也有称为民族音乐学的（ethno-musicology）。二者大同小异。其实都是随人类学（anthropology）和民族学（ethnology）叫的。这两个概念在国际上已经趋于融合，所以差不多。中国的情况更复杂一些，但品质也差不多。我就不辩说了。

“音乐人类学”作为学科在中国高校涌现以及正式的、专门的艺术单位的出现是相当晚近的事情，大抵也就是近三十年的事情。时间虽短，相关研究和“业绩”却是可圈可点。

一、“流音”入流

我曾经涉猎过音乐人类学，与中国音乐人类学界的学者们关系甚好，与他们中的一些学者属于神交的那一类——多数没见过，没有信件往来，少数有过合作。不管属于哪一类，反正都相互知道，像郑瑞贞（法国学者）、曹本冶（中国香港学者）、伍国栋、王耀华、管建华、洛秦、杨民康、张振涛、萧梅、周凯模、黄凌飞，等等。有的学者还专门为我写了商榷文章，我只当教诲。至于年轻一辈和我带出来的，从人类学的角度研究音乐的博士研究生，以及一些得到过我帮助的音乐人类学者，也有不少，像周显宝、吴宁华、杨晓、夏凡、曾华燕、崔旭、杨娇娇等。

我在民族音乐学的尝试研究，说起来有点早。记得在20世纪90年代初，我从法国回来，就参加了广西的盘王节，以及后来一些有关瑶族的研讨会。当时就有一批瑶族和做瑶族研究的年轻学者围着我，其中有过竹、毛殊凡、何玲玲等，我们合作出版了一本书《南方少数民族音乐文化》，1995年在广西人民出版社出版。这本书写得粗糙，却还有些影响。

2020年10月21日，我应邀到广西艺术学院音乐学院讲学，邀请者为吴宁华教授，主持者为研究生院吴霜院长，两位教授都姓吴。吴院长在主持时深情地说，她当年在读硕士研究生，这本书对她的影响非常大。吴宁华教授也多次说到此书对她的影响。我有些汗颜。

我与我国音乐人类学界的关系大致属于“同情”（sympathy），在不同的领域，却有着共同的情致；与交响（symphony）有点相像，大家一起发声，虽然是不同的“声音”，但在一个共同的旋律中配合起来也挺好听的。

充其量，我在中国音乐人类学至多算个“流音”，不入流，只是中国的音乐人类学界挺善待我的。记得音乐教育方面的名家管建华先生曾经写过一篇小文章，那是好些年前的事了。文章中提到当时的中国音乐人类学学界有三种代表“倾向”：一种是从西方学成归国的；一种是原来做传统音乐学研究，后来结合人类学、民族学的；一种是人类学家涉及音乐学的。这最后一种倾向的代表人物就是我，我很感谢管先生注意到我那些不入流的音乐人类学研究。

音乐人类学，从最简单的字面上理解，就是“音乐”与“人类学”的合作。二者共同推动一个新的研究领域，这样的学术关系避免了在传统学科上的固守和固执。因各有所长，故而相互借鉴，也相互包容。我与音乐界学者们的关系就是这样，比如与香港曹本冶教授的“合作”就是如此。

事实上，我迄今未与曹教授有任何直接的联系，不曾见面，也没打电话，连信件都没有。可是我参与了他主持的有关仪式音乐的项目。我做了很长时间的人类学仪式研究，我的《人类学仪式理论与实践》在内地的民族学、人类学的“引用率”曾经名列前茅。这也促成了与曹教授主持的有关仪式音乐项目的合作机缘。

在我的记忆中，与他的合作是我这一生中最为爽快的项目合作。现在大多数的项目，整个过程就整你半死，一会儿一个检查，一会儿一个汇报，一会儿一个表格，一会儿一个财务新规定，一会儿一个紧急的用钱通知（用不了就上交，而且给的时间非常短），反正账务人员全是“爷爷”，教授们成了“孙子”。现在做项目，把你的意志全都消解完，让你整个人没有了脾气，这就对了。你总不能跟“文件”斗气、置气吧。

与曹教授的合作非常简单有效：把钱打给你，由你支配，相信你的能力，相信你的信誉，项目组只在终极成果的检查上严格把关就好。人文社会科学项目其实很简单，“一手交钱，一手交货”。把项目交给你，目的就是把项目完成好（结果），其他都是次要的。可是现在的项目管理，简直成了项目管“你”。

更让我感慨的是，曹教授为中国培养了一大批的音乐人类学方面的专才。据他的弟子，四川音乐学院的杨晓教授介绍，作为世界民族音乐学的前会长，曹教授最重要的教育宗旨，就是为祖国培养相关的音乐专才。他做到了。国内有一大批同领域的优秀学者是他的学生。

为什么能够与音乐界的学者交流得如此顺畅？我总结了，跨界、跨域的合作相对容易得多。以中国的传统，文人合作“近而远，远而近”，“近攻远交”。近者，有利益冲突，远者没有，好交。加上共同就一个学术目标进行合作、协作，这目标又属于新的学术领域，没有传统的羁绊，大家取长补短，共同拓展，就更顺畅了。

由于是“君子之交”，交流起来也特别受益。记得有一次，中央音乐学院原党委书记陈志明教授到厦门大学艺术学院讲学，他专门找到了我，把他的一本有关世界音乐，特别是非洲音乐方面的书稿赠送给我。当时我还比较年轻，他白发苍苍，无论是年岁上，辈分上，资历上，地位上，专业上都算“前辈”。可是我不会忘记当时他与我交流时谦和的态度。感人。我知道，这样的交流或许在这样的交叉学科中更容易发生。

这不是孤例，我现在四川美术学院兼职，与艺术家们的交流也非常舒心。

音乐是感性的，从事音乐研究的人是感性和理性的平衡者，加上人类学的行动，音乐人类学者于是就成了“动人”，因此也就动人。虽然这只是泛泛而言，甚至胡说八道，不过，我所认识的萧梅教授就是这样一位有着感性的人生，却又理性深邃的结合体：动人。印象中只见过她两面，她是福建师范大学王耀华先生的弟子，她或许曾经听过我的讲座。有一次在厦门，她把她的民族音乐学田野著作送给我，令我受教。因为读过她的一些作品，所以能够体会她感性和理性的音乐人生。

二、音乐是他们的本真

研究过西南的少数民族，他们多数没有自己的文字，唱歌常常成为他们生命的表达。那些少数民族本来就生活在“音乐”里，音乐是他们的本真。

我在贵州榕江的摆贝感受“音乐”

去草原听王洛宾的音乐

如果说我做过一些民族音乐学研究，那起因都与瑶族研究有关。瑶族是一个没有文字的民族，他们天生就是用音乐表达自己的民族。在对瑶族的调查经历中，有两件事曾经深深地打动我。

第一件事情，我已经不记得发生的时间和地点，但那情景却深深地烙在了我的脑海里。有一天晚上，我在一个瑶族头人家的火塘边，听到他用很低沉、凄美的声音在咏说，内容大致是：

我的本家兄弟啊，你现在在哪里，我们很想念你。当年我们一起离开故土，踏上了远方的路，走着走着就走散了。我们现在都很好，可是我们不知道你们，我的兄弟你在何方？我在梦中总能够看到你们，想起我们曾经在一起的快乐。兄弟呀，你们一定要好好的，等到我们欢聚的时候，我要拿出我们最好的酒来请你。我的兄弟，你在哪里，我很想念你们……

瑶族头人的那种吟咏，我无法清晰地划分出讲话和唱歌的界限。讲话是没有旋律的，有旋律的就是音乐。这是人们的一般见识。可是，那瑶人的吟咏却介乎二者之间。从内容上看，是讲述、叙述，表达怀念之情；却又不完全是我们平日里的讲话，还有不严格的平仄关系和平缓的律动。我就把这种形式称为“叙歌”，后来我把它写成文章，发表在《音乐艺术》（《上海音乐学院学报》）上。

当然，打动我的不只是那种叙述形式，而是那种情感，那种深沉，那种氛围，那种背景。瑶人的吟咏，把这个苦难民族的经历、感受通过这样的方式表达出来，感人至深；听着就想流泪。

另一件事情，是我在贵州省荔波县茂兰瑶麓对当地的瑶族做调查时经历的。当时在瑶麓，年轻人谈恋爱实行一种叫“凿壁谈婚”的习俗。这种习俗很有意思，其实就是“对歌”，不过，姑娘是在她的“闺房”里，男人在外面。

在当地，如果家里有到了可以谈情说爱年纪的女孩，家长会在正堂的一个侧房让姑娘单独居住。那“闺房”的外壁上凿了一个洞，如果“闺房”内有适龄姑娘，主家就会在外面放一张小木凳和一根小木棒，表明同族的男人可以与她对歌了。

“凿壁谈婚”是在午夜以后进行，那时的家人都熟睡了。

实际的情况是，在对歌的过程中，在外面的男人知道姑娘是谁，而姑娘却未必知道外面与她对歌的男人是谁。按照当地的习俗，只要是成年男子都可以找姑娘对歌，包括那些已经结婚的男人。所以姑娘在对歌过程中要通过歌声来判断外面的人是什么人。瑶人天生会唱歌，而且是通过对歌来找对象的。如果遇到外面那些已经结过婚的“老男人”，姑娘通过对歌发现了，她也不能没有礼貌，而要通过歌声让外面的男人自行“撤退”。遇到这种情况，姑娘可能就会这样唱：

> 大哥是山顶的松树，树皮厚实而坚硬，小妹是山崖下的小草，还很嫩；
>
> 大哥是正午的日头，烈日炎炎；小妹是初升的太阳，光线暗淡而温和；
>
> ……

姑娘以如此礼貌的对答，表明人家已经知道外面对歌者的身份，外面的“老男人”也就会知趣地离开。不过，他们并没有羞愧感，这是当地瑶人的习俗，大家都这样。而如果姑娘在对歌中相中了“情哥哥”，就会把房门打开，父母也起床，把在外面的小伙子请到正堂内确认关系。

瑶麓的瑶人在过去是通过这种“凿壁谈婚”来找对象的，他们打小就学习对歌的技巧；如果不会唱歌，特别是女性不会唱歌，她就可能找不到对象。我知道有一对瑶族姐妹，姐姐长得花容月貌，妹妹长得一般，可是姐姐不太会唱歌，妹妹很能对歌，结果妹妹很快找到了心上人，并成家生子；而姐姐过了结婚年龄，却一直没能找到如意郎君。

对歌曾经是瑶人“谈婚”的“本钱”。

想起对“凿壁谈婚”的现场调查，我这个皮厚的人都脸红。我在当地做调查的时候，与一位年轻的小伙子关系处得很好。一天夜晚，他要去“谈婚”，主动邀我去。他能叫上我，说明我们的关系不一般，按照现今的说法，属于“男闺蜜”那种。我也想实地了解“凿壁谈婚”的情形，竟恬不知耻地跟着去了。按照城里人的说法，去当“电灯泡”。

时近午夜，我们俩就悄悄出发，潜行在寨子里。小伙子显然早已有目标，径自来到一处屋檐下，很利索地拿起一根小棒，朝着那小洞伸入，那里面的姑娘就有了回应，接着小伙子就用嘴对着洞口开始对歌，把声音压得很低。尽管如此，那样的对歌，我想姑娘的父母或能听得到吧。寨子的房室是木板隔的，就隔一块木板，怎么听不到那“歌声”？或许只是装睡吧。

不知道，反正小伙子对歌时情意绵绵，而我只能孑立于黑暗之中。更不堪的是，人家小伙子在对歌的时候，荷尔蒙翻腾，那蚊子不叮咬他，却把我这个“外人”叮得够呛。一场对歌观摩一下，浑身就铺满了疙瘩。

嗨，做田野也不容易。

虽然现在的瑶麓青年人已经不再兴“凿壁谈婚”，那些去到城里的年轻人再回到家乡，开始学着城里人那样谈恋爱。对于我来说，好大的可惜；对于他们来说，少了多少的乐子。“文化变迁”有时是负面的。反正我是这样认为的。

不过，那种用歌声来找对象，表达情感，完成人生大事的例子倒是民族音乐学研究的一个难得的案例。不是“罗密欧与朱丽叶”那种，那是莎翁编出来、在舞台上演的“戏”；人家瑶族的“凿壁谈婚”可是活生生的生活常态。

在西南做调查，冷不丁就能发现感人的音乐故事。侗族大歌算是一个典型。我国有几位学者做过专门的研究，很有特点的。根据资料介绍，侗族大歌，是一种流行于贵州省黔东南地区的黎平县、从江县、榕江县等侗族聚居区和广西壮族自治区三江侗族自治县的传统音乐，是民族音乐的宝贝。

侗族大歌的发展与其鼓楼的居住形式，好客的风俗习惯，以及侗族语言有着分不开的联系。2008年，贵州省从江县、榕江县申报的侗族大歌入选国家级非物质文化遗产名录。次年，侗族大歌被联合国教科文组织列入人类非物质文化遗产代表作名录。

我对那一带很熟悉，自然也了解、也听过侗族大歌；生活中的和演出的都听过。所谓“大歌”，是侗族人民的一种独特的多声部音乐（可勉强称之为“和声”）的通称。侗族有自己的叫法。

侗族大歌有今天的“斐然”，也可谓“一波三折”。

大致上看，这第一波，当然是咱侗族人民创造出独特的音乐，是侗族人民的“知识产权”。作为常识，“和声”是西洋音乐中的一种类型，从复调音乐发展起来的，有上千年的历史，而且它的发展与宗教存在关系。在中国的音乐史中，尤其是以汉族音乐为主导的音乐史中，从来就没有所谓的多声部音乐。可是，侗族有，那就是大歌。

在解释为什么侗族会创造出“大歌”这种多声部音乐，我有一个怪异的解释：侗族之“侗”，古为“峒”，其实就是“洞”；简单地说是指有这样一群古越人曾经居住在山洞里。多数人都有这样的经历，如果你在山洞里大声呼喊，就会出现回声；就能感觉到声音在山洞的四壁弹来弹去，形成了多种声音的反射。侗族大歌或正是由于这样的生境，使得他们能够模仿，进而创造出多声部的音乐。

可是，材料上介绍，侗族大歌早在春秋时期就在“越人歌”那儿有了雏形，怎么到了现代才被“发现”呢?

这第二波，或许与法国民族音乐学家的调查有些关系。其实，早在20世纪50年代，我国就有音乐学家对侗族大歌做过调查，如果我没有记错的话，著名音乐家郑律成曾经调查过侗族大歌，而且提醒过音乐界，但是显然没有得到应有的重视。

到了改革开放初期的20世纪80年代，就有法国的民族音乐学家到黔东南调查，据说为侗族大歌所震撼，然后促成了侗族大歌的“走向世界”。1986年9月29日至10月12日，应法国第15届巴黎秋季艺术节组委会的邀请，贵州省黔东南侗族大歌合唱团一行10人，参加了艺术节的演出。这是侗族大歌第一次登上世界艺术舞台。

这第三波，随着我国当代“遗产运动”的兴起，侗族大歌又借此机会，先是登上国家级非物质文化遗产名录，后来在相关学者的努力下，又成了联合国非物质文化遗产代表名录。这一下可是全国人民都知道了。大歌就成了“抖音”　　抖擞的音乐——不是现在市面上的那种“抖音”。

对于侗族大歌的研究，我只是略知皮毛。我深知，对于音乐人类学的研究，我永远是个初学者，可是音乐界学人的大度，容忍了我对这个领域的“犯肆”。更有甚者，他们总在鼓励我。

三、“音乐遗产”

说起“音乐遗产”，我也算是做了一点事情。具体地说，就是在闽南文化圈流行着一种叫作“南音”的乐种，作为非物质文化遗产，我曾经帮助做过南音的“申遗”工作。南音后来入选联合国教科文组织人类非物质文化遗产名录，也有我的一份“功劳”。

相对研究和所做的事情而言，我更看重的是在音乐人类学的研究过程中认识的那些学者和洋溢着的那般情谊。记得21世纪初的一段时间，是我国的民族音乐学出现了大步发展的初级阶段。一些大学和科研机构还增设了博士点。在我国最早的几个博士点中，福建师范大学的王耀华教授就是这个学科的代表人物之一。他连续几年请我到师大的艺术学院为他的博士研究生上课，随同听讲的还有一批年轻的音乐老师。他们中的绝大多数现在都成了这个领域的骨干，或还记得我给他们上过人类学的课。他们如果见到我，还要叫我“老师”吧。

想着想着，就窃喜了。

那些年到福州讲学，还邂逅了一段意想不到的友谊，就是无意中认识了《民族艺术》的主编徐晓明。不过，我当时并不知晓。说起来还有点调调。

故事得反着讲。今天，我国在艺术领域少数几家有影响力的刊物中，《民族艺术》必列其中。广西的《民族艺术》在推展过程中，与我交情甚好，我与前任主编廖明君关系也好。他卸任前我曾问他，我与《民族艺术》的合作在新主编那儿能否继续。他回我：“那我就不知道了，你可以写邮件问问徐晓明，她是新任主编。”

我也就给晓明写了封邮件。我很快得到了回复，而且信件很长。我从未见过那样的回复，若要形容，就是“悄然有声”，反正我是这样的感受的。

所谓“悄然”，就是她在我的面前从任何层面上说都算是学生辈。特别是，他告诉我一件事情，令我有些感慨。她说，当年我到福建师范大学时，曾经给师大人类学硕士点的研究生做过一次讲座，她当时就在福建师大读研究生，她的第一堂人类学课就是我上的。她告诉我，她后来爱上人类学，与彭老师有关，她要感谢我。这“悄然”包含着中国传统中晚辈对师长的尊敬。她做到了，而且一直做得很好。顺便说，她后来在四川大学读博士学位，她的导师也是我的朋友。

所谓“有声”，就是她在表达对我的尊敬的同时，也表达了她的个性，那个性“掷地有声”。记得邮件中有这样的表达：“彭老师是我尊敬的老师。只要我在这个位置上，《民族艺术》任凭彭老师撒野。”嚯嚯，这是怎么样的一位姑娘，能说出这样的话。

后来，我与晓明，与《民族艺术》的关系那就一个字：“铁”！晓明也像我弟子一样，称我为“师傅”，只有些微的区别，我的弟子称“师父”。

其实，天下之事无非是“关系”。国如此，家如此，人如此；说如此，不说也如此；“阳”如此，“阴”也如此；承认是如此，不承认也如此。任何世界格局、国家宏图、政治谋略，都离不开“拉关系”这一款。人类学就是研究关系，能不明白“关系”？读者可以去了解一下费孝通先生“差序格局”，定能豁然开朗。

在福州为福建师大的民族音乐学博士上课竟然演绎出了一段美好的友谊，那说起来也是“好听”的。

虽然我只算涉猎音乐人类学，但几十年来也陆续参与了一些相关的学术活动。包括参加曹本冶教授主持的仪式音乐方面的课题，到新疆艺术学院做过一段时间的讲演和调研，也发表了一些相关的研究文章，《中国音乐学》《音乐研究》《音乐艺术》等都发表过文章，也产生一些影响。

两年前，我应邀到云南艺术学院讲学，见到了黄凌飞教授。她告诉我，她给她的研究生上民族音乐学的第一堂课就是讲我发表在《中国音乐学》上的《族群的认同与音乐的发生》。那是我很久以前的文章。对于黄教授的抬举，我将信将疑，只当是黄教授给我的“见面礼”吧。不过，我还真到她的研究生那儿去证实，结果得到了“证实”。

2020年3月，要不是新冠疫情，我或会出席由美国加州大学伯克利分校和法国巴黎大学索邦分校合作举行的一次国际音乐人类学方面的学术会议。

疫情让原本“好听”的人类学变得有些“沙哑”。

不过没关系的，相信中国的音乐人类学未来有更好的发展前景。

无意之中，我从早年的文学研究取道戏剧，又转调音乐，结合人类学、遗产学，串烧于“艺术”，顺势完成了《中国艺术遗产论纲》，也算对“艺术”的不辜负吧。

乡土的人类学

这些年，我一直在跑村落，有数十个了吧。没有认真算过，好像也算不过来，太多了，甚至还跑到国外去考察人家的乡村。为什么到了花甲之年还不停地往乡下跑？又不是乡镇干部。像我这个年纪的人，大多都在练走功，跳广场舞，满世界旅游，像我这样一年还在乡下跑上三四个月的人，少。跑得我气喘吁吁。为

丛书从调研开始到全部出齐（预计八本）耗时十年

什么要这样？一个理由，是我正在主编“乡村振兴之重建中国乡土景观”丛书。

一、“重返乡村计划”

还有一个更重要的理由，我在《天造地设：乡土景观村落模型》一书的后记中做了介绍：

> 重返乡村计划始于六年前我参加一次由文化部、教育部联合举办的有关城镇化与文化遗产保护的专家会。当时，会议主办者介绍了我国城镇化的大致情况，会议实为“命题作业”，即在城镇化进程中如何保护传统的文化遗产，特别是农业遗产？会上我询问了有关城镇化的一些问题，诸如“什么是城镇化？”“我国推行的城镇化的模式是什么？”等，得到的回答不能令我满意。我意识到，在我国历史上从来不缺乏城镇化自在、自然过程。重要的是，我国是一个具有悠久历史的、以农耕文明为主的国家，乡土社会是任何社会事务生产和生长的“土壤”；而今以“工程”“指标”的方式推动城镇化，以城市覆盖乡村，耗损乡土，占据农田，强行拆迁，疑似以西方工业国家的“城市化数据”为依据的社会运动，窃以为有置中华传统文明于风险之虞。
>
> 我，一介书生，无力改变政府的决策，但我们可以回到乡村，去倾听农民的声音，去了解乡土家园主人的想法，去

编列一个细致的乡土遗产的目录，去绘制家园的绘本，为行政部门，为“三师”（设计师、规划师、工程师）提供详细的村落资料。如果在未来，我们的子孙厌倦了城市，想返回已经消失的、曾经的家园时，这些资料，包括绘本，可以为他们“重建家园”提供依据。

我，一位普通的人类学者，擅长的工作就是到传统的乡村、部落去做“田野作业”。但是这一次，我不是去完成一部民族志作品，而是为那些可能因城镇化运动而消失的乡村尽量多地保留下一些东西。我意识到，要完成这样的计划，单一的人类学学科无力完成那些自己不熟悉领域的工作，比如农业技术、植物景观、水土保持、园艺花草、地形地貌等，我需要一个多学科的团队协作。我们现在的团队中，除了人类学、民族学专业外，还包括历史学、民俗学、博物馆学、文化遗产学、新闻传播、摄影、宗教研究、法律研究、农学、植物景观、环境艺术、旅游研究、民宿研究、色彩研究、戏剧研究、绘画艺术等。

我，没有像以往那样去申请项目课题，因为，我们的计划与当下绝大多数的项目课题不一样，我们的计划是中、长线的，有些资料甚至是为后代准备的。众所周知，项目课题的“游戏规则”是向“发包单位”负责，即“眼睛向上”；而我们的计划主要是“向下的”，是到村落去了解实情。所以，一般意义上的项目课题并不完全符合计划，也不是我设计的初衷。另外，我们的计划具有普查特点，工作繁杂琐碎，需要深入民间，向村落（寨）的主人们学习，体验和了解文化的来龙去脉。所以，计划的基本主体是志愿者。

我，利用这几年在全国各地讲学的机会宣传我的理念，得到了广大学者、研究生、专业人士的响应。据不完全统计，有数百位来自不同专业的学者、学生报名参与；我根据具体村落的情形选择录用。我要特别感谢四川美术学院聘请我为“中国艺术遗产中心”的首席专家，资助我50万元的科研启动经费，同时没有限制我的使用范围；我将这一笔经费用于资助那些没有经济来源的学生，而多数志愿者的费用自行解决。我要向他们致敬！

我，在过去的几年中，跑了数十个村落，我希望尽我的努力，选择一些具有区域性、民族特色的村落为样本，本书中的六个村落就是代表。其中每一个村落我至少都去两次，一次是采点，确定后，我再带领相关的团队到实地工作。有些村落没有入选，并非因为其没有代表性，主要原因是团队完成调研的难度大，比如近期我到青海省果洛州达日县桑日麻乡下辖的村落考察，发现这些藏族村落（部落）非常有特色，可是它们都在海拔4 400米以上。

本计划的具体步骤是：第一步，由我先独自完成一部“重建中国乡土景观”的著述，将有关价值理念、理论问题、研究范畴、现实意义等做一个框架性的表述；第二步，选择一个村落进行“席明纳式”的宣讲、讨论、培训和现场调研，遇到问题当场解决，我们于2017年7月在和顺进行了为期8天的席明纳；第三步，在此基础上确立一个调研的模式和写作模板；第四步，分头对几个村落进行团队调研；第五步，集结成果出版。

对于那次会议，补充的细节是，当我问及什么是“城镇化”时，得到的问答是：到2020年我国城市人口占总人口的60%，城市户口占总户数的40%。当我追问我国城镇化的原因、根据、模式等问题，皆无人回答。

现实的情形是：我国每天都有传统的村落在消失，而且这种消失还在加速。

现实的情形是：高楼耸立于良田的景观比比皆是，而且许多新楼房是空的。

后来，我在《中国城镇化》一书中看到了“城镇化”的定义：“所谓城镇化是指农业人口向非农业人口转移和生产、生活方式集约程度的提高。”这就是说，现在“城镇化”是以城市为主要导向、主体价值来规划、执行的。一部洋洋数十万字的著述，没有涉及如何尊重农民的意愿，听取他们对自己家园未来的看法，没有关涉制定城镇化战略的乡土依据，没有注意中国传统村落的历史概貌和形态。这样的城镇化怎不令人担忧？

后来，2017年，中国共产党在十九大报告中提出乡村振兴战略，我好兴奋，我在冥幻之中隐约感受到有人听到了我无言的呐喊。我同时判定，“乡村振兴”是对“城镇化运动”的刹车。

这一脚刹车真的很及时。有报道说，现在中国城市的发展速度是世界上最快的，中国的高楼是全世界最多的。我不为此而傲，反而为此而忧，理由是，中国的农业土地也是丧失最快、最多的。

好在中国传统城市有自己的营造智慧，我称为“乡土城市”。

二、在城望乡

大家都知道，中国古代把自己的国家叫作“社稷”。什么是“社稷”？“社”是拜祭土地，“稷”是粮食的总称。用白话说，“土地上耕种粮食的国家”，也就是我们所说的“农耕文明”。中国的“政治”来自“农正（政）”，这告诉我们，无论国家要做什么重大的事情，都不能脱离“以农为本”这一“天条”，无论谁人，无论何时。

“中国”的原型为“中邦”，它也与农业有关。这在我国第一篇地理志《禹贡》中讲得很明白。故事大家都熟悉，大禹治水，树立中邦，确立五州，建构“中邦–五服–贡献”的稳定形制。我在上面已经说到，这里就不重复了。

这也是最早“服役”“纳税”和“地租”的关系。特别提一下“税”，这个字一看就明白：“税”就是用“禾”去“兑”各种赋役。现在人们在各种收入中就已经被扣了“税”，也有用什么微信、支付宝去“交税”，很先进。可是“税”字分明告诉我们，抱着禾谷去交税才是最原始的情景。

“五服”中的“甸服”也包含“家国天下”的意思。“甸”，实指王田，泛指粮仓。所谓“普天之下莫非王土”，这是大话，也是大理。既然天下都是“王土”，王就要以身作则，得到田里干活。历史上确实有“国王藉田于王田”的真实历史，而且自古而下，一直延续到清代，历朝历代都如此。

具体地说，帝王有自己的“王田”，每年都要举行盛大的藉田礼，就是亲自下田耕作，为天下作表率。

王祯《农书·耤田》图

王祯《农书》中的这幅图，中间头戴皇冠、体态魁伟者为皇帝，左手由当地长者相搀，右手扶耒作推状。皇帝身后为皇后和六宫嫔妃。前面行礼者为三公九卿，声势浩大。看上去是国之重礼。

藉田礼旨在提醒天下人勿忘农本。孙中山推翻封建王朝，建立共和，把这藉田礼给弄没了，可惜。邻国日本，人家不是十足的农耕文明，到现在天皇每年都还要下田耕作，哪怕只是做个样子。

我不知道以后我们的国家会不会恢复藉田礼。我希望能恢复。

《禹贡》中的“畿”与“甸”是配合的，都与“田”有关，指王城四周的田地，称为“京畿”。说明京城建在田畴中。古代有一个规矩很有意思，要当王，先建“国”，所以《周礼·考工记》

重复着“惟王建国”这样的句子。那“国”字原先是“囗”，早先指王城，后来转化为“国家”。也就是说，如果你要当王，得先造一个“囗-国”，就是城郭。“囗-国”按照“田”的形制营建，也照应“天圆地方”的宇宙观。这是中国城市的特点，乡土的。

更重要的是“和”，也与禾谷有关。中华文明的基理是“天时地利人和”，“中和”公认为传统“大道”。《中庸》:“致中和，天地位焉，万物育焉”。所谓的“和”，其实就是“嘉禾”——“禾-和”相生相属。《说文解字》是这样讲的：“禾，嘉谷也。以二月始生，八月而熟，得之中和，故谓之禾。”原来如此。

中国人的聪明之处在于，善于把日常最重要、最基本、最根本的东西哲理化、理想化，“禾-口-和”就是例子。“禾”为谷物，特指为稻子。中国人竟然能够把“和”（中和、和谐、和平）想象成为“开口食嘉禾”，这是什么逻辑啊？逻辑是：没有“和土”，便无“嘉禾”；没有“嘉禾”，便没有“人和”；没有“人和”，便没有“中和”；没有“中和”，便无“和谐”。

这下明白了，我们一直追求“和谐社会”的原景和愿景原来是这样的。天底下的事理大多如此，非凡之道蕴于平凡之事。最朴素的理解是：人要活着，活着需要吃饭，吃饭少不了农业。所以，农业是人们“活着”的根系。

可是，中国的农耕文明也一直存在着两个矛盾。一个是“重农”与“农贫”的矛盾。中国是一个传统农耕文明的国家，却是农业贫困人口的大国。自古以来，历代统治者无不标榜重农；农贫的历史矛盾却一直存在。何以越是“重农”，越是“农贫”？

对此，学者们提出许多见解，诸如“生存说”“道义说”“安全说”“剥削说”“环境说”“衰退说”“内卷说”等。道理上，农业作为一种人类最为重要的生计产业，本不应出现这样的矛盾，从世界范围看，并没有“务农必贫”的逻辑。

2020年是我国脱贫攻坚的“收官之年”，从此进入“小康社会”。中国的农贫问题才算基本解决。

另一个是土地与人口的矛盾。我国的农地与人口的关系一直是窘迫的，按照惯常的说法，以世界4%的土地养活占世界17%的人口，虽然这一“数据”已不准确，而且天天在变，但大致告诉我们一个着急的情况。2006年，第十届全国人大四次会议通过的《国民经济和社会发展第十一个五年规划纲要》明确提出，18亿亩耕地是不可逾越的一道红线。我们掰着手指算一算，这18亿亩与14亿人大抵正是我们平日里所说的“一亩三分地”。

如此窘境，还把农田用推土机推了盖高楼，建城市，当然要受质疑。其实，我并不是排斥“城镇化”——中国自古就有城镇，那是社会发展自然演进的产物——只是不能以“运动”的方式，用“指标化”人为地强行提速。

有的学者建议把中国的城市用“城邑”来替代，我比较赞同。什么是“邑”，甲骨文的意思就是大家聚在一起。最原始的景象是，农民在田野干活，需要有一个休息交流的地方，这是“邑”的原型。城邑与郊野是贯通的，邑既是城，又是乡。

中国的城市与西方的城市大不一样，城乡保持着亲缘、地缘、业缘等关系。我国古代也有城市建设问题，却从未以损毁乡土社会为代价。即使是当今世界，也没有任何理论、证据和逻辑表明，经济的发展是“城市的产物”，“国力的强大”受阻于传统的乡土。

既然如此，也就没有理由得出城市是“文明代表”的结论，至少在中国得不出这样的结论，西方或许有这样的文明和历史逻辑。西方的城市是独立生成模式，就是所谓的城邦制（city-state）。所以，在西方的脉络上，“城乡”关系不对等。美国人类学家罗伯特·芮德菲尔德（Robert Redfield）早在1956年出版的《农民社会与文化》中提出了一种二元分析的框架，这就是著名的城乡关系的“大传统–小传统”（great tradition and little tradition）。那城市（country），那乡村（coutryside）已经把城乡关系交代清楚：城市是权力，乡村是附属；城市是中心，乡村是边缘。

中国不是这样的。上面已经讲清楚了。可是，不知何时，咱中国也学着西方，把城市抬高，赋予城市“发展方向”的主导角色。说得重一些，这是“弑父”行为。为了修筑城市，竟然敢占用农业耕地，那胆子也太大了点。

更让人想不明白的是，城市发展成了社会文明主导价值的“假象”，好像城里人真的活得那么好，让人梦寐以求。真是这样的吗?

有时我不禁自己问自己：乡村怎见得比城市“差”？空气比城市清新，饮水比城市洁净，人情比城市温暖，住宅比城市宽敞，生态比城市优美，环境比城市自然，四周比城市安静，阳光比城市充沛，节奏比城市从容，空间比城市广大，食品比城市安全，生活比城市传统，生命比城市接地气……可是为什么人们还要纷纷往城里跑呢？根本原因是被城市的主导价值所驱使、所引导。人们总是活在特定的时代价值中，但价值就像时尚，会变的。现在问题是，城市主导价值让很多人丧失了守护乡土家园的信心。

年轻人往城里跑，是想要见世面，要求学，要找工作。这没问题。西方的年轻人也这样。可是，家乡总在，祖先总在，父母总在，亲情总在，那是最后的根据地。何况，谁又会知道，如果哪一天城市招人烦，想逃离了呢？环顾世界，现时的不少地方，比如欧洲，一些国家的城市正在“反哺”农村；社会精英趋向于生活在城郊或农村，只是为了要闻到泥土的芳香。

于是，我就想当然地升腾出一个愚蠢想法。当务之急，是要设立一个新的“工程”——重建村民对自己乡土家园的“三自”——自信心、自豪感和自觉性。自己的东西最终要自己来看护，任何的“其他”（人、组织、资本、项目）都不能代为行使这一职责，无法最终完成这一工作。道理很简单，你自己的家终究要你自己来建设，来守护，其他人是指望不了的。哪怕他的用心再仁慈，动机再善良，他们终究不负责。

三、重返故乡

近十年的重走乡村，我的这种愚笨的想法和念头不仅没被打消，反而愈发固执。这没办法，或许是老了。

十年中我跑了中华大地东西南北中的许多村落，北到了黑龙江、北京郊区；中到了山西、陕西；西去大西南、大西北的许多村落、村寨；东、南去了广东、广西、福建、江苏的许多村落、村寨。我还回到了我的故乡去调研。我记下这段与故乡的约定，它发表在《群言》2019年第7期上。

对于我，故乡江西泰和，几十年只是一个符号。早年因父亲到外地的大学教书，我在还没有记忆的年岁就被带离了故乡。无数次填表时，在祖籍地、出生地名目下，例行公事般地填写上“江西泰和”，仿佛胎记，无关痛痒。记得读初中的时候，父母带着回去过一次，过春节，那是此前对家乡的全部记忆。故乡就这样忽隐忽现地在记忆的老相集里尘封了近五十年。

及至花甲，因调研“耕读传统”之故，我两度返回故乡。或许是因为到了耆艾之年的原因，情感出人意料地汹涌澎湃。或许是苍天有意将人类学田野作业安排到了自己的“老家”，怀揣着主客错位的感情，情感民族志挑战着田野作业中的“客观圭臬”。我似乎也是第一次在心理上挑战自己已经习惯了的民族志范式。在家乡，我聆听我的老表乡亲的心里话；在家乡，我目睹我的老表乡亲的生活情状；在家乡，我体验到我的老表乡亲依然的质朴。我感受、感慨、感动。我不掩饰，掩饰不住。

故乡的归去来，似乎只是蓦然回首，竟怅然有所失，又恍然若新生。在家乡，我跟我的乡里乡亲讲家乡话，我们咏诵着童谣，韵仄自然，抑扬顿挫，仿佛回到了儿时。几十年的离开并没有陌生感，或因父母都是泰和人，虽身在外地，在家里都讲家乡话。终于知道“乡音”究竟是什么，是相拥，是相吻，是含泪对视，是无需客套就敞开了心扉。

乡恋不只是情感的归依，也包括了舌尖认同，永远不会改变。在故乡，乡亲们知道我喜欢吃“米辣子”——一种只在当地才有的、极其普通的泰和菜——现在已经成为当地的非遗，就天天为我做。当他们端上来的时候，我们只需眼神交流：你是我们家乡的教授，我们为家乡的教授做家乡的菜肴。“米辣子”笃定是我此生最喜欢、最忘不了的口味，那是沉积在味蕾中的忠诚，刻印在身体上的认同。

人，总有感情，回到故乡，心存感动，本不足为奇。谁没有故乡？谁没有故乡之情？谁没有乡恋？如果仅仅因此，我必定将这份感情私密于我的日记中，收藏于自己的内心深处，永不昭示于世。那属于自己，无需像P了的照片那样拿出来臭美。只是，我的故乡里有非我专属的“你们”“大家”，是值得炫耀的中华民族的底蕴。

泰和因“地产嘉禾，和气所生”而得名，她是中国嘉禾的故乡，古时文人绅士也称之为“泰禾”——有一个长着很多很好稻谷的地方，叫泰和。“和”从“禾”，原来中和、和谐、和平都以“禾”为本；原来“地利”“人和”都是从“和土”中长出来的；原来“社稷”就是在土地上种粮食，那不就是“泰禾”吗？

中华民族的文明原是农耕文明，麦作—稻作为大体。“麦”，甲骨文是象形字，字形像叶子对生（）的麦子，是“来”的原貌——说明麦子是从南欧及西亚引进的优良作物品种，因此古人将它命名为“外来的”。“稻”却原产于长江中下游，世界公认。稻就产于我的老家江西。1992年，中美两国专门成立了“中美江西稻作起源研究专组”（Sino-American Jiangxi Origin of Rice Project，简称SAJORP），此后数十位不同领域的专家进行过多次调研，发表过多次报告，最有代表性的是江西万年仙人洞遗址中发现的距今一万六千年前当地居民采集的野生稻样本。

故乡就是稻子的原产地。人类学素来标榜是研究乡土的，谙悉地方知识的。到老了才悟明白，在中国这个农耕传统的乡土社会里，没有嘉禾的知识，缺少三农的故事，多少有些徒有虚名。回到家乡才知道，“嘉禾”之地真的出了好多既豪迈、又温暖的故事和段子。听着、读着，心就舒旷。我会，你也会。

中国史上第一部稻作农书《禾谱》的作者曾安止是泰和人。曾氏字移忠，号屠龙翁，熙宁九年（1076年）进士，绍圣年间任彭泽县令。元祐五年（1090年），曾安止“以目疾而退居泰禾”，授宣德郎。他“周爰咨访，不自倦逸”和“善究其本”，终于完成《禾谱》，农史公认其为继北魏贾思勰《齐民要术》后的又一部重要古代农书。

这是故事。围绕着这个故事，又发生许多其他的故事。

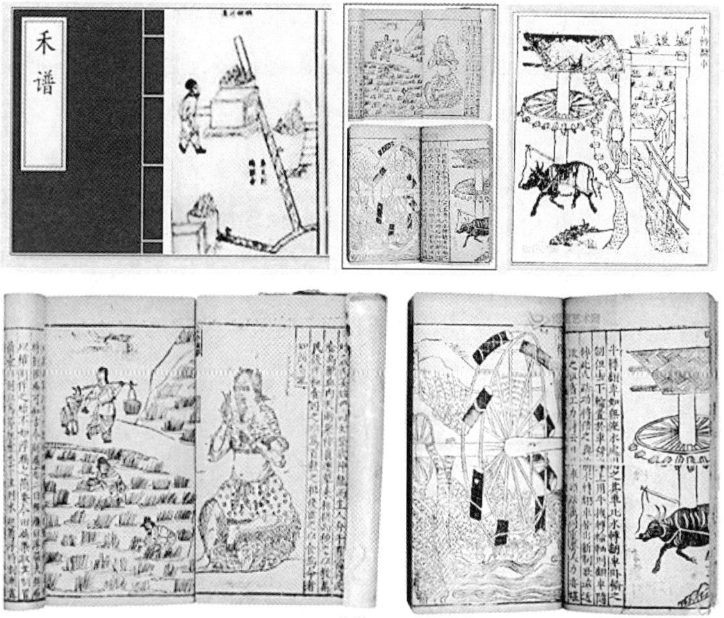

《禾谱》书影

北宋绍圣元年（1094年），五十九岁的苏东坡遭贬，去到泰和，见到了曾安止。后来，苏东坡在《秧马歌》（并引）中回述这次见面："过庐陵，见宣德郎致仕曾君安止。出所作《禾谱》。文既温雅，事亦详实。"只是苏轼对《禾谱》中的缺失有感而发："惜其有所缺，不谱农器也。"用白话说，《禾谱》中怎么不见农具？

说是奇事，说奇又不奇。苏轼缺惜之憾，在一百多年之后，由曾安止的侄孙曾之谨续齐了《农器谱》。曾家爷孙完成了中国历史上的第一部合璧之作《禾谱》《农器谱》。后来农史称之《曾氏农书》。一族三世，仿佛歃血誓示；如此“接力”续写、完成里程碑式的系列农书，史上独此一例。

曾之谨续其世家簪缨，进取仕途。《农器谱》写成之后，他请同乡周必大题词，周必大于嘉泰辛酉年（1201年）八月为该书作序。曾之谨还寄赠《禾谱》《农器谱》二书给相识陆游，陆游专此作诗回赠："我今八十归抱来，两编入手喜莫涯。神农之学未可废，坐使末俗惭浮华。"（剑南诗稿卷六十七《耒阳令曾君寄〈禾谱〉〈农器谱〉二书求诗》）。

从苏曾相会，到曾家“续谱”，到文人续情，由于农书“二谱”事迹，一大批贤达、文人、士绅围绕着“嘉禾”，演出一个个鲜活的历史情境、道德示范、学人情谊的剧情故事。到了故乡才知道，那里原来是古代“耕读传家”的典范。一边种地，一边读书，我们回去看看家谱，哪一个读书人不是这样走出来的？

都知道苏东坡是文人，都知道陆游是诗人，都知道辛弃疾是词人，都知道黄庭坚是诗人，都知道蒲松龄写《聊斋》，罕有人知，他们皆识农、惜农，他们依然是农家。甚至，“聊斋先生”还是“农学家”，他在留下《聊斋志异》的同时，还留给人世《农桑经》。

行文至此，“人杰地灵”便是随笔尖自然流淌出来的语辞。古之庐陵（泰和即古代庐陵属地），出了天下第一多的进士和数量众多的状元。这样的人文盛景在地方志中有记：“一门九进士，父子探花状元，叔侄榜眼探花，隔河两宰相，五里三状元，九子十知州，十里九布政，百步两尚书。”

常听说“农正”，“以农为正（政）”。《说文解字》载：“政，正也”，便知道“社稷”何以指代家国。常听说“耕读传家”，便知道农本何以巢筑“家国事体”。常听说，中国共产党以复兴中华民族为己任，便知道井冈山革命根据地何以选在了“嘉禾之地”。

在“耕读传统”根基深厚的嘉禾之地，出学问家、文人、诗人不新鲜，解缙、汤显祖、欧阳修、周敦颐、陶渊明、杨万里、黄庭坚、曾巩；出农学家亦属情理，宋应星、曾安止、曾之谨，都是江西庐陵人。家乡泰和既是古代庐陵的属地，革命根据地井冈山也是她的属地。嘉禾之地能够催生政治家、革命者。古有文天祥，现代更是证据凿凿——在革命岁月，井冈山地区涌现了数以百计的将军。

泰和，我的故乡，我来了。悄悄的，没有荣归故里，只是心的约定。我走了，咏诵着那首儿时奶奶为我吟诵的催眠调：

月亮公公，挑担水桶，
水桶里面一个葱，冲到广东，
广东一只鼓，打到吉安府，
吉安府一面锣，打到泰和。

故乡，我会再来；再来，为了那片红色的土地；再来，为了你的美丽。

乡土对我的生性来说仿佛是天性。尽管在大学里也待了大半辈子，骨子里却还是农民。翻开中国人的家谱，往上追踪，哪家不是农民。

我自幼在农业大学的大院长大，高中毕业响应政府的号召，上山下乡，当了一名“知青”，由于干活努力，当上了生产队副队长，还成为福建省优秀知青代表。说明农活干得好。

到老了，仿佛命中注定，又下乡去了。

十年的重走乡村，也就顺势开启了农业人类学研究的一扇窗牖。这或许也是我注定要完成的生命“还债”之作吧。

人类学在行动

“人类学在行动”（anthropology in action）不是一句广告词，虽然有点像，但不是。这句口号反映了人类学的一段历史。事实上，人类学一直就在动（变化），人类学家一直就在行动——离开自己熟悉的环境，去到远方，去到原始，去到部落，去到山乡，去到海岛，去做“田野作业”。只是，“人类学在行动”中的“行动”并不是指上述所罗列的那些个“动”，而是人类学以自己的价值积极地去影响对象，人类学家自觉地以自己的方式介入社会，主动地以项目、课题等手段作用于对象。

早期的人类学研究并不主张用自己的行动去改变对象，而只是像“照相机”那样进行“客观描述”。到了20世纪中期，人类学兴起了“应用人类学”的风潮，逐渐认可了主动介入到对象社会价值之中，甚至在某种程度上，以人类学的价值去影响和改变对象。比如，在部落社会，遗留了很多原始习俗，像猎人头，就是把外人杀了，用外人的血祭自己的部族。我国以前就有这样的习俗，在云南的佤族和台湾的一些原住民社会，历史上都存在过猎人头习俗。还有世界上广泛存在的“杀老”仪式（那些部落酋长、头人、国王在老了的时候，就举行特殊的仪式杀了他们，让年轻人继位），在英国人类学家弗雷泽的《金枝》中就有大量的记录。这些习俗的背后都有他们自己的文化理由，可是到了今天，这些习俗显然已经不能被接受，需要改变。

今天的人类学已经到了“行动”的自觉时代。多数人类学家都在进行应用的研究，我也不例外。不过，人类学的“行动”并不能简单地等同于项目、课题，虽然其中有交叉的性质，但不完全一样。

我做过不少“行动课题”，无论是国家级别的（包括国家重大招标课题、重点课题、一般课题），省部委级别的（包括福建省重大课题、教育部留学基金项目、文化部非物质文化遗产委托课题），国际的（包括东南亚华人企业项目等），地方的（包括滇越铁路、哈尼梯田、青海湖环保项目等），企业的（包括广西金钟山洞穴项目、青海热贡唐卡项目等），还是民间的（闽南家族企业的研究）都做过。现在手头上还有一个国家重点课题。

人类学与“应用”有着天然的关系，因为他们对具体的对象、事务有长时间细致的田野调查，因此他们非常熟悉对象的情况。这也是其他学科难到达的熟悉度。看看当年美国女人类学家本尼迪克特为五角大楼所做的有关战时、战后对待日本的“项目”就能明白，大家更多的只是知道那本《菊与刀》，其实远远不止。可以说，那是一个应用人类学的标本，包括原子弹的投放也与之有涉。

一、我的“滇越铁路”课题

今天的中国学人进入了“课题时代”，大学和研究机构也都将课题作为评估的重要依据和指标。这与国家的发展有关。国家有了钱，就拿出钱来资助学者做研究。从大的道理上说，要不是国家的发展，经济发达，政府拿不出钱来，学者，尤其是人文社会科学的学者，也只能去做“象牙塔”“图书馆”里的学问。可是，“课题时代”也带来了“课题问题”。反正，我这几十年来做课题的经验和经历，除了为国家、为地方做了一些具体的事务

我们的团队

外，也受了不少苦，受了不少气。十几年前，我主持了一个地方性的“国际化”课题——滇越铁路通车一百周年纪念的设计和调研项目。我和我的团队在这条铁路线上头尾跑了两年，我的感受是：无奈又奈何？！

我轮廓性地说说，兼说一些人与事。

以下是中国网2008年8月16日发表的一篇报道。

滇越铁路有潜力成为
中国首条世界文化线路遗产

中国文化部非物质文化遗产专家、厦门大学民族学人类学系主任彭兆荣教授认为，横亘于中国云南和越南的滇越铁路有潜力成为中国首条世界文化线路遗产，给中国遗产保护带来一种全新理念。

15日，应云南省红河哈尼族彝族自治州旅游局邀请，彭兆荣教授带领其团队对滇越铁路沿线进行第二次考察，学者研究的最终目的在于为政府提供一份详细的咨询报告，以对沿线的文化遗产进行系统保护和开发。

“滇越铁路已经有百年历史，促成滇越铁路申报世界文化线路遗产具有重要意义，它将大大促进中国的遗产保护事业。”彭兆荣说。

据介绍，世界遗产委员会于2003年设立了文化线路遗产项目申报，对陆地道路、水道或者混合类型的通道等文化线路遗产进行保护。世界遗产委员会《行动指南》中对文化线路遗产的意义评价为“它代表了人们的迁徙和流动，代表了一定时间内国家和地区内部或国家和地区之间人们的交往，代表了多维度的商品、思想、知识和价值的互惠和持续不断的交流”。

彭兆荣认为，滇越铁路涉及中国、法国、越南三国，是一个典型的跨国、跨族、跨界的文化遗产，极具潜力成为中国首条世界文化线路遗产。

全长850公里的滇越铁路始建于1903年，连接昆明和越南海防，是云南第一条铁路，也是中国第一条国际铁路，它的建成将中国与东南亚地区紧密联系起来。

这篇报道是我带着团队于2008年到2010年在这条窄轨铁路上调研时，一位新华社记者对我的采访。

我为什么要做这样的调研？说起来有以下几个原因：

第一，这段历史勾起了我极大的好奇和兴趣。

19世纪初，英、法殖民者陆续侵入东南亚、印支半岛及中国云南。它们互相角逐，法国自入侵越南后，觊觎云南丰富的矿产，开始计划修建铁路加大运输量，掠夺云南地区矿产资源。

1885年，法国通过中法战争，与清政府缔结《中法会订越南条约十款》，取得对越南的“保护权”及在中国西南诸省通商和修筑铁路权。

1895年，法国借口在“三国干涉（日本）还辽”中有功，强迫清政府签订了《中法续议界务商务专条》，取得将越南铁路延伸修入中国境内的修筑权。

1903年，中法签订《中法会订滇越铁路章程》，随即法国派人踏勘路线，绘制蓝图，并正式成立滇越铁路法国公司。

滇越铁路由“越段”（越南段）和“滇段”（云南段）组成。越段1901年开始动工，1903年竣工通车；滇段1903年开工，1910年4月1日竣工，1910年4月12日正式通车。滇越铁路呈南北走向，北起云南昆明，南抵越南海防，全长854公里。云南段长465公里，止于中越接壤处河口。滇越铁路是中国西南地区的第一条铁路，窄轨，因其宽度仅为一米，故也称为米轨铁路。它曾被称为与苏伊士运河、巴拿马运河相媲美的世界第三大工程。

第二，在云南做田野，总是会遇到各种各样的文化遗产，包括“殖民遗产”。滇越铁路大致属于殖民遗产。早些年我在做瑶族研究的时候，曾经坐过这种窄轨火车从昆明去河口，那卧铺的

骑在马上的法国监工

中越劳工

滇越铁路修筑时的老照片

摆向是竖的，不是我们现在乘坐的火车卧铺是横的那种。坐在那种火车上，有坐上玩具的感觉，晃得厉害，头晕，想吐。

可是，没过几年，这种窄轨火车的客运就停止了，只剩下了货运。那种乘坐小火车的感受也只能定格在历史的相册中。又过了一段时间，货运也渐渐地停止了，现在有了大火车，又陆续修建更快、更好的跨国铁路，那些小火车就再不用，也再没有人要了。滇越铁路沿线的居民也有些把那铁轨拆了建猪舍，把路基拿来盖房子。看着，我就心痛。无论如何，那是遗产，即使是殖民遗产也是遗产。反正现在这条铁路就只剩下一些被保护起来的“段落”和“部件”。

第三，无论如何，再有感受，也得有契机。在云南待久了，朋友也多，弟子也多。和少英是我云南学者中最铁的一位朋友。他曾是云南民族大学的副校长，也是著名的民族学家。我们有一段时间简直就是“过从甚密”，他到厦大，我到云南，都会乐聚。和兄在云南的关系可谓深矣。他有一位朋友和同学当时是云南红河哈尼族彝族自治州的党委书记，而滇越铁路云南段的主体部分就集中在红河州。加上弟子吴兴帜、路芳都在云南民族大学职业技术学院任教，有了这样几层关系的配置，形成这样一个项目也算是水到渠成。

人字桥

碧色寨车站的过去与现在

去到了越南

被拆的铁路设备

第四，项目本身的吸引力。滇越铁路实在是个奇迹——以当时的科技水平而论，是真正的奇迹。世人皆晓埃菲尔铁塔，鲜有人知滇越铁路上的人字桥。资料上说，那就是用埃菲尔铁塔技术支架起来的“远东奇迹”。它坐落于云南省红河州屏边县五家寨四岔河大峡谷上，是横跨于两座高山的铁桥。人字桥为“桁肋式铰拱钢架桥”，桥长67.15米，宽4.2米，桥面离谷底深泓线高102米，全用钢板、槽 、角钢 、铆钉连接而成。

人字桥始建于1907年3月10日，1908年12月6日才得以完工。它的建设也是一部血泪史，有近800名中国劳工死于桥梁的建设，故有“一根枕木一条命，一颗道钉一滴血”之说。它也因此被列入《世界名桥史》。

滇越铁路沿线还有许多有着历史记忆的物什符号、居落符号。碧色寨就是其中的一个车站遗留——它是中国近代史上最早的火车站之一。

我们打小就知道“中国曾经是半殖民地半封建国家”，印象中是在小学课本里就有的内容。只是绝大多数中国人都是在“背诵”中长大的，要问他们到底什么是“半殖民地”，大多都把眼睛眨巴眨巴，话是说不出的；因为真的搞不清楚。可是，当你走在这条长长的米轨上，当你了解一下这段历史，了解当年法国人如何在中国这一“主权国家”横行霸道时，你就能真正地理解什么叫作“半殖民地”了。

二、为课题请益

做项目，总要有设想，有设计。我对项目的设想和设计初衷是“四合一”。具体地说，就是以滇越铁路通车100周年为契机，举行一个盛大的纪念活动。活动内容包括：1. 举行一个铁路专题的国际学术研讨会，特别是要邀请中国、法国和越南的学者都参加；2. 邀请法国大使馆的大使、文化参赞和法国铁路工程师协会的专家到现场；3. 提出一个文化遗产保护与旅游发展相配合的总体方案，拉动国际间的经济合作；4. 启动向联合国申报线路遗产的工作。这也是新华社记者采访我的动机吧。

哇哈，这可是一个宏大的设想和设计。

为此，我们团队的十几号人在这条铁路上跑了头尾两年，每一个重要的地点全都亲临，都获取细致的资料，包括历史资料、图像资料、数据资料、口述资料等。团队的一些成员还爬上了人字桥。我们也去到了越南进行调查。大家非常敬业、非常团结，也非常辛苦。

至于法国方面的联络工作，我曾经留学法国，法国的人类学专家的邀请工作我请我的法国老师李穆安代劳。而法国大使馆的人员邀请，我请我称之为“大姐”的孟华教授代劳。法国的铁路工程师协会方面，我请当时还是我的同事的贺霆教授代劳。

我得先简单介绍一下我与两位学者的关系。

我称为“孟大姐”的孟华教授，百度上这样介绍：

> 孟华教授，法国巴黎第四大学法国文学与比较文学博士，北京大学比较文学与比较文化研究所教授、博士生导师。主要研究方向为中法文学、文化关系研究、形象学研究。著有Voltaire et la Chine（microfiche）、《伏尔泰与孔

子》、《法国文化史》(合著)、《欧洲文学史·第一卷》(集著),译著有伏尔泰《中国孤儿》、迪迪耶·埃里邦《神话与史诗——乔治·杜梅齐尔传》。为感谢她一直以来对中法文化交流特别是传播法国文化所做的贡献,法国政府曾先后授予孟华教授"棕榈叶学术骑士勋章"(1993)、"棕榈叶学术军官章"(2006)、"棕榈叶学术统帅勋章"(2012)。

她是我最尊敬的学者之一。她的学问很好,这不用说,而我感受更深的是她的为人,豪放,耿直,义气,大方。

当年我在法国留学时,常跟她在一起聊学术。她是比较文学的大家,虽然我在法国学人类学,但比较文学、欧洲文化也是我的专业。她非常关心我,称我为"小老弟"。我们回国后,她还聘请我为北京大学比较文化研究所的"项目博士生导师"。那些年,我每年都要到北大为一群博士研究生上课,还计划着由我带着他们去做专题调研,比如到福建泉州去了解近代中西方交流的情况。

有一段时间,她做形象学研究,也邀请我加盟,我的有关"红毛番"的研究就是应她之约而做的。

她对我就像是姐姐关爱弟弟那样。我曾经设计了一套"田野归去来——人类学实证研究丛书",挑选了我的十位博士研究生的毕业论文到北京大学出版社出版。而北大出版社外文部的负责人张冰就是孟华的博士研究生,孟大姐专门给张冰主任"打招呼",促成此事。

孟大姐与法国政府的关系很好。而当我把滇越铁路的项目向她汇报时，她非常支持，并答应帮助联系法国驻中国大使馆的相关官员和朋友。

虽然后来这件事情没能做成，但我一直感念她。

贺霆教授曾经是我的同事，厦门大学人类学系的老师。他在法国获得人类学博士学位，所做的研究却很中国："中医人类学"。他来到厦门大学是校长"钦点"的，还专门为他成立了一个中医人类学研究中心，那实际上是一个虚设。就像厦门大学为我成立了一个"旅游人类学研究中心"一样，虚的；没有钱，没有人，每年还要"考核"，要我空手套白狼。

贺霆在厦大时，我在当系主任，由于都有留法的经历，我俩关系处得不错。

贺霆或是因为在法国待久了，回到祖国就有点"水土不服"，他"法范"足得很。他的夫人是一位法国姑娘，那"法式"更是不折不扣，纯的。他们在厦门时，常常在鼓浪屿组织小型音乐会，那调调啊，啧啧。

由于贺教授的夫人曾经在法国驻中国大使馆工作过，我就请他负责联系法国铁路工程师协会事宜。他做了，也联系上了，可是我的项目却没能按照我的设想实现，没了下文。辜负了孟大姐和贺霆兄的工作。其实，我并没有把具体的过程告诉他们，因为，项目的发展使我越来越无法掌控，也越来越无奈。

三年后，贺霆教授的聘期结束，他没能续聘，去了云南中医药大学工作。我倒觉得那是一个正确的选择。厦门大学的人类学传统虽然不错，可是那与“中医”相距甚远，到中医药大学可以专才专用。在这方面，重点大学比一般大学还要难搞。每个学者都想搞一套，都要学校给钱、给资源，那办不到的。除非屠呦呦来。

事实上，贺霆去云南中医药大学做的贡献比在厦门大学大得多。他帮助建立了中医西学博物馆。关于这一段历史，我请厦门大学人类学博士毕业生郑艳姬教授帮助整理如下。

> 2011年4月旅法人类学家贺霆教授于巴黎拍卖行购得法国前外交官、“西方针灸之父”苏烈（Soulie de Morant）的一批中医文物，包括其生前订制并使用的9枚金针，可谓海外中医文物的“第一桶金”。贺霆教授带着这批文物被特聘为云南中医药大学（时称“云南中医学院”）教授，2012年开始筹建中医西传博物馆（于2017年更名为“中医西学博物馆”）。2013年6月，首届西方中医人类学研究国际论坛开幕，中医西学关键人物和文物文献向全世界开放展示，博物馆遂在业界崭露头角。此后，随着世界各地中医相关人士的慷慨捐赠，在设立苏烈、腊味爱（Jacques-André Lavier）等人的专廊之外，博物馆的藏品还囊括了满晰博（Manfred Bruno Porkert）、曼恩（Felix Mann）等人的藏品，以及五行针灸、天干地支针灸等西欧、北美国家近3 000件实物、照片、文献，还有超过150小时的音像资料，完整、深入地展

示了西学本土化中医的历史、发展与现状，可谓国内乃至世界唯一的一座以西学中医为专题的人类学博物馆。

除博物馆之外，自2012年以建设国家中医药管理局“十二五”重点学科“中医人类学”为契机，贺霆教授在云南中医药大学主持成立中医西传研究所（后更名为“中医西学研究所”）并开展工作，贯穿着让中医成为人类学研究的主体而不是习惯上研究对象的理念。截至2018年，贺霆教授连续举办的六届“中医西学国际论坛”搭建起了海内外中医文化研究交流共享的国际化平台。2017年7月在探索中医人类学研究和中医药文化对外推广工作基础上，贺霆教授使“西学中医汉文化国际推广研究中心”落地学校并将中医人类学作为研究重点和特色。2018年12月“中医人类学”硕士点通过教育部审核，具备研究生招生资格。

2019年1月贺霆教授结束与云南中医药大学聘用关系，回到法国。

我专门去过那个博物馆，挺有特点的。

不过，我请两位教授帮助联系法国方面的事务皆没兑现、实现。我也没有告诉他们，我不知道要如何告诉他们，只是觉得有点愧疚。

我自己是做遗产研究的，我当然熟悉相关线路遗产的情形。所以，以滇越铁路为例申报线路遗产的“案子”就由我和我的团队来做。

为此，我们做了大量的准备工作，特别是参照邻国印度的同类情况。印度曾经是英国的殖民地，英国在印度也修建了窄轨火车，后来印度政府用这些遗产向联合国申报线路遗产获得成功；印度又以此为“附加值”，在保护的基础上进行旅游开发，比如坐小火车旅游观光等，获得了文化和经济上的双重效益。

三、计划破产

可是，但是，我和我团队的宏伟计划，我耗费的社会资源，我和我团队所做的大量实地调查和案头作业，最后没能实现，一点都没有！

原因很复杂。大家知道，与地方官员打交道，有的事情可以被告知在明面上，有的事情不能，只能哼哈。学者与他们打交道，虽然不是“秀才遇到兵，有理说不清”，却也经常束手无策，其中有一个节点就是行政领导的更换。而地方行政事业有一个潜规则：不是“长江后浪推前浪”，而是“长江后浪打前浪”。

新上任的通常不认前任的“业绩”和“债务”的，他们要实施“新政”。我国古代有“毁前朝”之说，我在我的《生生遗续　代代相承——中国非物质文化遗产体系探索研究》一书中，将这种“毁前朝”的历史特点称为“负遗产”。早在秦始皇“焚书坑儒”时就开始了。什么叫“老黄历”？就是每一个朝代都有自己的“新历”，而前朝所实施的“旧历”便停止不用，故“老黄历”就成“过时”的事情。虽然这样的潜规则在后续的传承中有变迁、有变样，本相却还在的。最为可怕的是，大家都知道，都按此规则进行，却并不说，只是做。我们在山西介休的项目遭遇也印证这一规则。

我曾跑过许多地、县，而且许多都是贫困县，经常遇到这样的事情。比如帮助地方做旅游策划、规划，当地行政管理部门的主管或秘书们会从抽屉里搬出几份旅游规划设计书，都是前任、再前任领导们做的，都没有用。有的脏兮兮的。

所以，现在的许多学者也学乖了，用最短的时间、最省力的方式做完，有的甚至直接“搬抄”“复制”，做完、拿钱、走人。这或许是学者对付官员最无奈的方法。我不想为这些学者讲话，我也不认可他们的行为，反正我不会这样做。我只是实事求是。

我没有要诋毁地方行政领导的意思。他们在任内是可以、可能为地方做出重大贡献的，事实上也是如此。中国有今天的发展，没有他们在基层的辛劳，是不可能的。中国有今天的成就，在基层大多是执行这样的潜规则，当然我们也可以用“与时俱进”做正面表述。中国的快速发展，说明这样的规则并不是完全没有效力，相反，这种规则符合“时过境迁”，新形势就要有新人、新政策。所以，并不阻碍发展，尤其是经济增长。

当然，这样的行政制度也会带来两种负面效应：1. 期待有好领导。2. 一些不要“变”的也都变了。中国没有“文官制度”，那也就只能那样了。只是“文化多样性”会一定程度地遭到破坏，比如有一段时间搞新农村建设，把原来有特色的村庄都搞得一样，设计师的一张图纸到处搬着用。

话又说回来，这么大的国家，没有统一的政令总是不行的。换作我去当地方官，或许也那样，否则当不了。这跟在大学当教授不同。

中国的地方官，那眼光基本上是向上看的。上级领导、上级主管部门的“指示精神”才是他们的奋斗目标。比如，当年我给他们讲“线路遗产”时，他们根本没听过，也没听懂，但他们也不听——因为上级主管部门没有相关内容的“红头文件”。

可是，今天全国人民都知道的“一带一路”倡议，那正是在线路遗产（丝绸之路）基础上制定的，并向全世界推广。

有时我做梦时就想了，如果当时有“领导”听了我的话，中国第一个线路遗产可能就要早好几年。不过，那是“梦”，是自己的“瞎梦”。

所以，后来如果有地方领导请我做项目，我会先问当地的“首长”还能干几年。这虽然有点不礼貌，总比白干的好。咱知识分子的劳动也是劳动啊。

项目不能“落地”，除了上述的理由外，还有部门之间相互不通融的关系。在这头尾两年中，滇越铁路的客运虽然已经停止，但货运还在继续。我曾经想搭乘货运小火车从头到尾走一趟，感受运“货”经验，就是没能实现。原因是铁路的事务属于铁道部。做铁路研究，铁道部不通融，怎么搞都是“白搭”。铁道部的事情不是在地方政府层面上可以解决的，而像我这样的迂腐学者，是万万拉不上铁道部的关系的。

项目未能善终，而且说了读者可能不相信，一个团队十几号

人，在那窄轨铁路上跑了几个月，跨时两年，最后竟然一分钱都没拿到。这是事实，因为这财务之事由我的合作方云南民族大学职业技术学院当时的领导负责。无奈，又能如何？一个字：傻！我免费“买”得了经历，这不也是一笔财富吗？

当然，我也不是傻到不省人事的地步。至少，在那条铁路上，我的三位博士研究生完成了他们的博士论文。我和我的团队在云南教育出版社出版了《三国演绎　百年米轨》一书。

如果读者有兴趣，不妨去读读这本书。

厦大岁月

撞进厦门“码头”

厦门是个海港城市，码头很多。学术界有没有“码头”？有的。人们不用这个词，因为这个词听起来有点“匪”，充满“江湖”气味，而选择诸如学派、社群云云。它们的语义虽然不完全相同，但大都有一个学校（地方）、一群人，形成一个传统团体的意思。人类学这个学科本来就有点“江湖味”，来到中国更是如此。因为官方在很长时间不认这个学科，致使人类学曾经长时间“潜伏”于民间。用“码头”倒也贴切，不玷污。

我到厦门大学人类学“码头”完全是误撞，因为先前与之没有任何关系。我不是厦门人，不是厦门大学毕业的，在厦门大学没有任何朋友，更无社会关系。仅仅因为厦门大学有人类学专业，而且在中国的学术界很有名。厦门大学也很有名。

于是，想去。

那个时候到了要去的时候了。

不过，不是想去就可以去的。我还想去天宫当天王老子呢，

陈嘉庚铜像和厦大校训

去得了吗?

要有人引,要有人要,要有机会。

20世纪90年代初,我的人生是注定要发生变化的。80年代初,我去西南求学,嗣后就留在了贵州。那片土地适合做人类学研究。90年代回国后,继续做我的研究,尤其是西南族群研究。

我这个人喜欢“反走”。当时的中国,“孔雀东南飞”,特区成了西部人才趋之若鹜的地方,大量人才从内地涌到沿海地区。广东、福建,尤其是特区——当时的特区都集中在这两个省。而我却从东南沿海奔赴西南,一副义无反顾的样子,毕业后也没有离开,就待在了那“黔之驴”待过的地方。感觉挺好的。

从法国回国后不久,远在福建的爸爸生病了,得了癌症,

1992年走了。我意识到，母亲、岳父母都老了，他们需要孩子在身边。我愿意“反走”，却不能要求年迈的父母也“反走”。他们是不会从沿海去往西南的。

我该回去了。

导致我离开贵州还有一件事情：从法国回来后，贵州大学把我作为“标杆”，标志性的事件就是让我从讲师直接破格升为教授。你想啊，一位从沿海“发达地区”到西南“落后地区”的年轻人，一位被国家送往西方留学而如期归国的“专业人才”，一位在学术上“崭露头角”的青年学者（我在80年代末90年代初发表了好几篇的A刊文章），我，就这样被“标”上了。

这是学校的意思，不是我的意思。我知道“爬得快，摔得惨”的道理。我当时填表时报的是副教授，学校人事处让我改成教授，处长说这是学校讨论的意见。我还能有什么办法？那是“组织”决定的，很厉害的。

当时因为正处于评职称关键时刻，父亲临走的时候我都不在他的身边。爸爸是大学教授，他知道儿子正在评教授，是人生的重大事务，他在垂危之际跟我母亲和我太太说，如果你们把儿子叫回来，我死不瞑目。一个当教授的爸爸，竟然放弃在临死前见一面自己最喜爱的三儿子的机会。这是一种什么样的感情？！

爸爸走了，我没有去送别。

当我听到父亲去世的消息时，我跑到一个山头上，大声呼喊：“爸爸，儿子不孝！”泪水奔涌，打湿了我的衣服。我坐在那山头，一直到深夜。我不知道自己是怎么回的家。

痛，无比的痛。这种痛就这样一直伴随着我，伴随我的一生。

要离开贵州，还有一个原因，我的恩师陈廷瓒教授去世。恩师是我硕士研究生导师，我是他的开门弟子，也是他的关门弟子。也就是说，他一生只招一届研究生，共两位。一位是当时贵州省副省长的儿子，也是贵州大学的毕业生；一位是我。

老师的资历说起来是要吓人的。他的辈分极高。一次，他告诉我，有一期《新青年》（陈独秀办的刊物）发表了他、胡适、鲁迅的文章。老师曾经是20世纪三四十年代我国“鸳鸯蝴蝶派文学”的代表人物。

他原来是北京中法大学的教授，抗战时，许多内地的大学都辗转到了西南，成立了西南联大。当时贵州也有分校，老师因此到了贵州，从此也爱上了贵州。抗战结束后，他就留在了贵州。

记得有一次，时任北大西语系主任，我国著名学者李赋宁教授到贵州开会，专门去拜访老师。我当时在场。那李赋宁教授的态度之谦卑、语调之恭敬，令我感到非常诧异。相反，老师的态度虽然和蔼，却有高高在上之势。后来，我问老师，为什么李赋宁教授如此谦卑，老师说：“我跟他哥是好朋友，那个时候，李赋宁还是个小毛头，天天在我们身边转悠着呢。”

老师是陕西西安人，那陕西的调子说起来很感性，听起来感觉有点痒。

老师对我好。他当时已经八十多岁，在校园里慢悠悠地晃，经常跟人说起我：“那娃好着呢。”我毕业后留在贵州，一个重要的原因也是因为老师。

1993年，恩师去世。

送走了老师，到了送走自己的时候了。

要走，还有一个理由：我去法国学的是人类学，回到贵州大学中文系教外国文学。我在学科上早已“移情”，我要去投奔人类学，去投奔厦门大学人类学系。

在那个时代，尽管对于一个留学回来的年轻学者来说，要调换一个单位并不困难，但要去“好单位”还得要有机会。

也就是在那一年，在贵州凯里举行了一次民族学方面的研讨会，厦门大学人类学研究所所长蒋炳钊教授与我一道参加了那次会议。他看上了我，诚邀我到厦大，我接受了诚意。就这样，一拍即合。

就这样，我去了厦门大学。

说“去”也不容易。在中国，尤其是那个年代，调动是要脱好几层皮的。我被认为是“优秀青年学者”，还获得了1993年贵州省政府特殊津贴。

因为职称的事件，校长也觉得对我“不公”，原因是那次职称评定我最后没评上教授，而是副教授。当我说要走，他竭力挽留，他确实对我很好的。他先给了几个选择的“位子”，包括校长助理、科研处处长、外事办主任等。我都婉言谢绝，表示去意已决。校长看留不住，转而给我出了个主意：“小彭，你现在是我们省里青年学者的样板，我要是放你走，我在上面也不好交代。这样吧，你让小李（我夫人）先走，造成事实上的两地分居。到时候，我也有理由让你走。另外，你让厦门大学人事处给我们发一个借调函，到时候你先以借调的方式离开，我这边再放档案。”

嗨，在中国当大学校长也不容易，“婆婆太多”。

我体谅校长的难处，我把实情告诉了蒋炳钊教授，他真的很快就从厦门大学人事处发去了“借调函”。

1993年，我夫人从贵州大学先行去了厦门。1994年我被“借调”到了厦门大学。在厦门大学我领了一年的“借调工资”，每个月去财务处单独领钱的时候，财务处工作人员疑惑地问，怎么厦门大学还要到贵州大学去借老师?

他们不明白，我明白。

一年后，我正式“转正”，成为厦门大学人类学系的老师。

我当年从福建去了贵州，又从贵州回到福建厦门，原因是厦门大学有一个人类学“码头”，这个“码头”在中国的大学里屈指可数。

厦门大学人类学相关史料是这样的：

> 厦门大学人类学与民族学系的创建，可以追溯至著名人类学家林惠祥先生于1934年设立的厦门市人类博物馆筹备处和1951年中央高教部批准成立的厦门大学人类博物馆以及50年代厦门大学历史系的考古、民族学专门化等。在首任馆长林惠祥教授的指导下，人类博物馆以所收文物展示

人类起源、演变及其文化的发展历程，并展开民族学（文化人类学）调查以及考古调查、发掘和科学研究，为中国东南区民族学、考古学的研究奠定了基础。同时，以在历史系开设专门化课程教学的方式培养民族学、考古学、博物馆学专门人才。“文革”期间，人类博物馆和历史系的考古、民族学科研、教学一度中断。1978年6月，人类博物馆恢复建制，继续开展民族学、人类学、考古学的科研、教学和人才培养工作，并逐渐成为中国人类学、民族学的学术中心，于1980年、1981年相继成立了百越民族史研究会与中国人类学学会两个全国性的学会，会址均设于人类博物馆，对中国人类学学科的复兴产生了至关重要的作用。

1984年，厦门大学人类学研究所获教育部批准后成立，下设人类学与考古学两个研究室，从事文化人类学和考古人类学的研究和中国民族史、文化人类学、考古人类学研究生的培养。同年9月，人类学系也正式成立，下设人类学、考古学两个专业。1986年招收了第一届人类学专业本科生，并形成了人类学、考古学本科生隔年轮换招生的制度，从而建立了人类博物馆、人类学研究所与人类学系“三位一体”的完整建制。1994年，由于种种原因，人类学系被撤销，停招人类学专业本科生，考古学专业被并入历史系，人类博物馆与人类学研究所则保留下来，继续从事人类学研究和文化人类学、中国民族史方向研究生的培养。

从1931年起，林惠祥教授在担任厦门大学历史社会学系人类学教授期间，着力于在国内引介和普及西方人类学的学说，一批重要的著作如《民俗学》《世界人种志》《文化人类学》《神话论》《中国民族史》等相继出版，成为国内最早的一批人类学专业的教科书。其中的《文化人类学》与《中国民族史》至今仍为学界所重，而此二著也昭示着厦大的人类学从一开始就注重“文化”与“历史”并重的理念。林惠祥教授在具体研究中始终贯彻着这一理念，并强调文化人类学、体质人类学与考古学相结合对于人类学学科建设的重要意义。20世纪50—80年代，在陈国强教授等第二代学者的继承和倡导下，厦大人类学逐渐形成了自身的学术传统：一是强调建立人类学的完整学科体系，主张人类学应包括文化

厦大人类博物馆（徐悲鸿题写）

博物馆前面是鲁迅雕塑

人类学、体质人类学、考古学、语言学四大分支；二是因深受人类学的进化论、传播论和历史具体主义的影响，体现出与历史学的密切关系，形成了独具特色和优势的中国人类学的南方学派。

史料上说，厦门大学人类学是“中国人类学的南方学派”。这词太“官味”，用中国人类学“南方的一个码头”要好些。在中国，自己说自己，除了帝王，尽量多用些谦辞，这是中国的文化传统，不要自吹自擂，最低的限度：闭嘴。看人家钱锺书那么大的学问，却打小就爱“饶舌”，而且常常伤人，父亲就给他取了一个小名“默存”，意思就是“闭嘴”。可是钱锺书总没有很好地执行父训，所以在世时多出了不少烦恼。

反正无论如何，“码头”比“学派”自谦些。

感谢蒋炳钊教授，感谢厦门大学，感谢厦门大学人类学科召我入伙。在中国社会，“江湖”比“官场”更义气，也更有人情味。我认为。

人类学在中国的处境本来就很“江湖”。我认为。

“我是厦大的”

“我是厦大的，不是吓大的”。在厦大26年，偶尔听到这样的调侃。倒是中国的人类学的生存情状与这样的调侃有点相似。

中国的人类学发展可以说命运多舛，厦门大学人类学的艰难历程也曾经风雨飘摇，险些“翻船遇难”。好在，我们不是“吓大的”。我们活下来了！

说起我到厦大，算有点命数崎岖吧；一到厦大，遇到的第一件事情更是让我有点始料未及（“屎尿未急”——福建人的普通话说得不好，常现这样的语言窘况）。

我从西南回到福建，原是冲着厦门大学人类学来的。可是，我到厦大的第一次聚餐居然是厦门大学人类学“拆系”的“最后的晚餐”！

晚餐后，原来人类学系的老师就分开了，考古的回到了历史系，做文化人类学的归到了人类学研究所。

对于人类学的“拆系”，学术界引起了不小的反响。国际上一些人类学家“议论纷纷”，有的说中国这么大，竟然连两三个人类学系都“养不起”；我听说甚至有个别西方人类学家因此骂了粗话。

好在厦门大学人类学研究所是部属研究所，要拆得有教育部批文。

那个时候，厦大的人类学同仁都自觉地承担起了保卫人类学的使命。

为什么好端端的人类学系，而且当时全中国综合性大学只有三所大学有完整的人类学系（一个厦门大学，一个中山大学，一个云南大学）——指可以从本科到博士都招生的完整形制——居然要拆。只见得当时的周遭，到处涂着一个个红圈圈，里面有一个字“拆”。人家那是拆房搞建设，也没觉得有“拆系”图发展的必要啊。

说起来悲催，后来云南大学人类学系也遭到拆系的命运，而且是在国际人类学大会在中国云南召开的时候。这真奇了怪了，怎么中国的大学要拆系就拆人类学系啊。这也是为什么我要把人类学这一学科当作中国“江湖学科”的一个原因。

我，一个外来人，特别是刚到厦门大学，人类学系就被拆，我是不清楚个中原委的。各种各样的小道消息，道听途说都有。我也只是“缄默”，因为不知道，也不明白。但我的内心是失落的，原来就是冲着厦门大学人类学系来的，一到就遇到了拆系。就像原来是专门来会“女朋友”，可一见“女朋友”，人家就要与你“分手”，那心情就跌到了低谷。

后来在一次学术会议上，遇到时任云南大学副校长的林超民教授，他对我说："小彭，你们厦大的某位领导在全国学科规划办组织的会议上主动提出要求拆你们厦大的人类学系。我们大家都想不明白。"

我只听着，把眼睛一翻一闪的，扮出很惊讶的样子。我不知道要怎么回答。我更是不明白其中奥妙。我只知道，文化人类学其实是专门研究"关系"的，自己都没有把关系处理好，那有什么办法呢？如果小小的人类学科都不能处好关系，以后要怎么去办大事业呢？我在心里嘀咕。

当然，拆人类学系在中国相对比较简单，反正比拆其他系简单。人类学究竟得罪了谁？生存怎就这样难？

众所周知，人类学是产生于西方的学科，也是同西方殖民主义扩张一起"成长"的学科。这成了人类学的一个"中式污点"。中华人民共和国成立以后，人类学因为这一层关系，在我国的大学学科里遭到了清除。

学科是讲传统的，传统的中断对学科的伤害是不言而喻的。当一个学科与其他学科一样健康发展的时候，戛然中断，这对学科发展来说是巨大的痛。中国的大学体制是这样的，领导总要发号施令，无论其对大学教育的规律是否熟悉。当有人说"人类学是殖民学科"时，不管说这样话的人有无证据，是否居心叵测，都不太重要，重要的是，"殖民主义"在那个年代是政治术语。它就惨遭祛除的命运。

那个年代，你是没有机会申辩的。如果那个年代有人问你，人类学应不应该祛除，你会告诉他："你给婴儿洗澡，应不应该把洗澡水和婴儿一起倒掉？"

他会说："不应该。"

你就说："这就对了。"

他就会点头说："我知道了。"

这是稚童与大人的对话，道理很浅显。可是，浅显的道理却常常成了深奥人的无知。人类学有点像"原子弹"，是科学和杀人武器的综合体。你如果不想被原子弹威胁，最好的办法就是你也有强大的原子武器。我国拥有核武器就是这样。人类学总是可以服务于人类自己的，何必非要"殖民"；比如现行的"一带一路"倡议，人类学就在其中能发挥很好的作用。

只是，那个时代，你是没有机会讲这些的，这没办法。更可怕的是，犯了这样的错误，没有人承担责任，这也让后来人越来越肆无忌惮。毕竟，"文化大革命"还在我们这一代人的记忆里。

不过，话说到此，一定有学者要站出来提出不同意见，认为中国一直就有人类学，中华人民共和国成立后我国民族院校中的"民族学"不就是人类学吗？这话说得对，也不对。记得1997年元月，在云南昆明举行"第二届人类学高级研讨班"期间，有学者提出过同样的问题，我当时就站起来回答：

> 是的，在西方的许多国家，民族学已经与人类学融为一体，比如在法国已经没有人会去区分"民族学"与"人类学"的学科差异。但是在中国不一样。解放以后，我国高校

的人类学科系遭到祛除的命运，只有国家民委（即“中华人民共和国国家民族事务委员会”）下属的民族院校保留了一些与“民族事务”有关的教育学制，其中有些“民族学”的内容。这是中国特色。就像全世界只有中国有民族院校一样，在全世界，也只有中国的人类学与民族学在特殊的历史语境下有独特的情形，二者并不完全一样。

记得我讲完这一席话后，话题就此打住，没有继续讨论下去。

就这样，人类学在中国的高校中消失了近40年。没有人类学学科，人类学就只能隐身、托生于其他学科的羽翼之下。

厦门地处东南一隅，文化跟人家其他地方也不一样，说起话来也没什么人听得懂，有点像“鸟语”。中国的一级学会大都集中在皇城根下，中国人类学学会（一级学会）居然“坐落”在了厦门大学。

说起中国人类学学会，也算是“边缘”赢取“中心”的一个小小的胜利。

人类学讲究“田野（野外）”作业，有点“野性”。像福建、广东这种地方倒是发展人类学的好地方，天高皇帝远。人类学界没有什么人研究过这样的问题：为什么像广东、福建这样的“南蛮”却可以发展出不错的人类学；只知道西方的人类学家喜欢到闽文化带（包括台湾）、粤文化带（包括港、澳）做田野。

20世纪80年代初、中叶，以厦门大学人类学为中坚力量，陆续开展和推动了一系列的人类学“复兴”活动。他们组织学术会议，开展有目标、有目的的田野调查，出版“人类学论丛”，特别是，他们非常智慧地以马克思晚年的人类学研究为切入点，成功地避开了“殖民主义”的“前嫌”。在那个时代，政治总是第一位的。当马克思主义与殖民主义“对决”的时候，前者必定是要胜利的，这是中国的政治语境。其实，马克思、恩格斯深受人类学的影响还真是不虚。马克思晚年的思想和著述流露出了明显的人类学痕迹，难怪有学者在小范围里开玩笑说，如果马克思要是多活几年就成人类学家了。恩格斯也一样，大家所熟悉的《家庭、私有制和国家的起源》就是表现。那人类学家摩尔根一直都在，人类学的“影子”也一直都在。

没有人会怀疑，以“马克思主义”对决“殖民主义”这种“阳谋”定然获得成功，但也需有时间、地点和人的配合。众所周知，再好的想法，再聪明的点子，再智慧的创意，都不能离开特定的语境。说得白一点：时间、地点和人。那就是：20世纪80年代中、后期（时间），厦门大学（地点）与一群有着人类学传统，且赖以为生，又满怀痴情的学者（人）。

那个时间点正是改革开放进入相对稳定发展的一个阶段，而发生地点又在一个边陲地区，与“特区”有点像，也有关系。当时有很多的试验都在特区进行。“特区”在那个时候的主要目的是引进“外资”，同时也成了文化“输入”的实验地。加上历史上厦门就是一个对外的商埠口岸，有着文化交流的传统。到泉州看一看当年海上丝绸之路的热闹情形，以及世界上所有重要的宗教都可以落地，相安无事，也就不感到诧异了。王铭铭教授的《逝去的繁荣》就是那一个历史和那一种文化的记录。再者，闽文化圈不仅只是“台湾海峡”这样的政治地理学概念，也是事实上的经济共享带和文化交流圈。而北京作为历史上的封建帝都却并不容易实现，恰恰在厦门这种地方可以得逞。

这些中国人类学的“复兴”活动应了一句话，水到渠成。1981年，中国人类学会入驻厦门大学人类学“码头”。虽然，后来的学会生存并不容易，加上像人类学这样的学科，要生长、生存和发展更加不易。当时人类学一级学会得以在东南边陲的厦门大学“落户”与这一学科的边缘性有关。

对我而言，这些显道理、潜规则都不重要，中国人类学会设在哪儿，对于我们有那么重要吗？一点都不！只是，那段历史，那些让人敬佩的人类学家们，陈国强、蒋炳钊、吴绵吉、辛土成，他们大多是林惠祥的学生。他们继承历史的使命，在那个时代为复兴中国人类学做出了重要贡献。

厦门大学人类学研究这个中国边地“码头”也形成了自己的特色。概括起来大致有三个面向：与历史相结合的明显特征；海洋及东南亚区域（包括华人华侨）研究；“百越文化”“客家”和闽南地方的特色研究。

值得一说的是，厦门大学人类学在这样的背景下，培养出了一批优秀的新生代人类学家：王铭铭、范可、潘宏力、孙秋云、曾少聪，还有现在挺活跃的张经纬。

与“狼”共舞

人类学是一门国际性、整合性、跨学科的学科，也是一门国际间合作的学科。世界上有一大批的人类学家，尤其是“汉学”人类学家都到过厦门大学。我接触和接待过一些，武雅士是其中的一位。

武雅士的英文名是Arthur P. Wolf。Wolf是狼。英美人在他们的姓氏中有带动物的习惯，比如伍尔夫（Wolf），福克斯（Fox），还有老虎（Tiger）。我们邻居国家日本也喜欢以动物作为家族姓氏，比如犬养、猫本、龟田、熊本、鹤野，等等。中国一般不兴此俗。但在农村，有些父母会给小孩起一个动物的“贱名”为小名，诸如“狗狗”，用意于好养，但动物不会用于正名。

不过，Arthur P. Wolf可是大名鼎鼎的人类学家。他早在20世纪中叶就对中国台湾地区的中清水祖师庙做过深入的调查，写下了《神、鬼和祖先》。20世纪六七十年代中国大陆地区尚未开放，西方的汉学家和人类学家纷纷驻足中国台湾、香港甚至东南亚华人地区对中国华人社会展开田野调查，最有代表性的有弗里德曼、施坚雅、武雅士等著名学者。

改革开放以后，这些西方的人类学家也迫不及待地进入中国，他们尤其与厦门大学人类学、中山大学人类学学者们合作，进行相关的项目研究，包括美国的福特基金会、中国台湾的蒋经国基金会都提供了一些相关资助项目。

武雅士在20世纪90年代初、中期奔走于海峡两岸，他当时是美国斯坦福大学人类学系主任，主持着相关的研究项目，其中一个项目是他把在中国台湾汉族的“童养媳”（媳妇仔）研究延伸到海峡的这一边——闽南。当然，我们也可以说是闽南文化延伸到了中国台湾，而武雅士则是到大陆“寻根”来的。众所周知，台湾与闽南同属一个文化圈，大家讲同样的话，信仰同样的民间宗教，享受同样的习俗，他们中的许多家族的祖先都是从泉（州）、漳（州）、厦（门）过去的。而闽南地区是保持中国传统文化最“顽固”的一个地区，许多传统习俗中原找不到了，闽南尚在存续，包括“童养媳”的民间制度与习俗。

“童养媳”习俗中的重要话题并不是武雅士首先提出的，而是韦斯特马克。在人类学的历史上，爱德华·亚历山大·韦斯特马克（E. A. Westermarck，1862—1939）是人类学早期重要的代表人物，他主要的学术贡献在家庭和婚姻、道德观念等方面，尤以《人类婚姻史》为著名。

在这部重要的著作中，韦氏提出了一个著名的理论，认为两个早年共同长大的儿童在成年后通常不会彼此产生性吸引力，这个理论被称为韦斯特马克效应（Westermarck effect）。韦氏的这一理论从人类的婚姻史上找到相关的依据，比如兄妹婚被禁止。而他列举的婚姻史上两个案例为：以色列吉布茨集体社区文化和中国的童养媳习俗。

在以色列吉布茨（集体社区）的案例中，孩童们会依照年龄（而不是血缘或其他关系）分开，在不同的群体中生活。学者在针对吉布茨成员的婚姻研究中发现，这些孩子长大后，同一群体成员间结婚的比例仅占3 000个案例中的14例。而在这14对夫妻中，没有任何一对是在出生后的头6年一起被抚养长大的。也就是说，出生后的6年成为一个关键点。

而在中国的案例中，童养媳制度成了选择的典型。童养媳制度在中国婚俗中是一种普遍的现象，即小女孩会被带到家里和未婚夫一起抚养长大。韦斯特马克的研究发现，童养媳长大后通常都很抗拒此类婚姻，就算勉强结婚，他们的婚姻也难得美满，而且女方生育率下降，可能是因为双方发现彼此没有性吸引力的缘故。

武雅士续旧而创新，他“接力”韦氏的理论，把调研的重心放在了闽台的童养媳制度研究，并与厦门大学的人类学家们共同合作相关的调研。

这涉及了一个中华民族传统的婚姻观念。在中国，“青梅竹马”用于形容男女儿童之间两小无猜的情状，也借指自幼亲密玩耍且陪伴长大的青年男女，现多指夫妻俩或恋人从小就相识。此典故出自李白的五言诗《长干行》，其中描写一位女子，思夫心切，跋涉数百里远路，到长风沙迎接丈夫。诗的开头回忆他们从小在一起亲昵的嬉戏："郎骑竹马来，绕床弄青梅，同居长干里，两小无嫌猜。"后来，"两小无猜"也就成了婚姻双方无间隙的状态，转义为理想的婚姻。

当然，其中没有谈到"性（性福）"的问题。但是，婚姻的幸福总是性福的。中国人在这方面能做却不说。这是中国人了不起的地方。在中国，有两件事只能做不能说，那就是"宫闱阴谋与床笫之欢"。所以，我们只知道"青梅竹马"是"幸福"的，不知道是否"性福"。而按照韦氏效应，"青梅竹马"，"幸福"却"不性福"。童养媳可以归入"青梅竹马"，他们是不性福的。

是这样的吗？

武雅士的回答是肯定的。他在台湾的调查数据证明了韦氏的结论。我没有做过相关研究，没有发言权。不过我当时有一位朝鲜族的硕士研究生名叫李生花，她专此进行过调查，硕士论文就以此为论题。她对闽西山区的客家童养媳遗俗进行调查，她的结论与韦氏、武氏不同。也就是说，她所调查的客家童养媳遗俗中并没有明显存在着夫妻不性福或性厌恶，也没有明显的离婚现象。

生活中有许多事情能做不能说，这有些麻烦。许多婚姻因为不"性福"而不"幸福"。这样普遍的事情遵循着普遍的道理，却羞于启齿，戕害了许多人的一生。童养媳的故事告诉我们，亲近可以产生亲情，未必导致爱情。如果亲近是产生"亲情"的一种黏合剂，那么疏远恰恰能够产生性爱感。距离（时间、空间、陌生感）是“性情”吸引的催化剂，有点“距离产生美”的味道。人的生物性在这方面有时不能说出来，有时也说不明白；加上人与人之间又有差别，不能布之四海。所以，童养媳的“道理”也只能靠大家去悟。但是，亲近或疏远与性福有关系，这是一定的。或许武雅士与李生花都有道理，只是各执一词罢了。

依我的看法，韦氏和武氏的观点属于“公理”，他们只是想用“个案”来证明。对于大多数步入婚姻殿堂的人来说，久而久之，夫妻双方就成了左手摸右手，亲情逐渐代替了性情，缓和的办法经常是“小别胜新婚”。在这方面，多数人挂到嘴上的却是另一套，在虚伪的人伦中持“黄帝新装”的态度。如果他（她）因此不得不说假话，那就到梦中去讲真话忏悔吧。最好的办法是读读弗洛伊德的《梦的解析》。

当时我从贵州调入不久，我就见到了武雅士。他来到厦门大学，我与他有过几次交流。但由于我对闽南文化不熟悉，并没有进入到他的研究项目中。

不过，当时他有一个另外的项目我大致了解。如果我没有记错的话，他当时有一个福特基金会的项目，项目内容是在中国大陆的高校推广人类学作为基础课。具体说，就是把人类学作为大学教育中的必修课来设立。欧美的许多大学是这样的，也就是说，无论你的专业是什么，都要学人类学；人类学知识是大学必修的基础课。

他跟我说过，我当然是支持的，到现在也是支持的。我们都是人，人类学是研究人的，人不了解“人的知识”是荒谬的。

顺便说一个故事。记得我女儿在读高中的时候，有一次她回到家里埋怨我，说爸爸你教的人类学到底是什么？我在学校给我的同学说我爸爸在厦大当人类学教授，所有的老师和同学都不知道人类学是什么，他们也都没听说过，问我是什么，我也不知道，别人就笑我。满腹的委屈都写在女儿的脸上。我也无法安慰她。在中国，知道这一学科的人着实非常少。后来，女儿去了加拿大留学，学医。所有的学生必须在人类学和心理学中选择一门（其实都属于“人的知识”），需要完成6个学分。人类学包括文化人类学和考古人类学两门课程。女儿选修人类学，然而，她居然在她的同学中知道、了解、掌握人类学知识最少。回国时专门到她老爸这里来补人类学。

在中国，都知道马克思、恩格斯，却不知道马克思、恩格斯深受人类学的影响。我的结论是：不修一些人类学，要弄懂马克思、恩格斯还是有困难的。

我知道，中国的形势还没有出现在大学推广人类学知识的“语境”。行政主管那儿通不过。多一事不如少一事。像人类学这样曾经的“殖民学科”怎么可能与马克思主义理论那样平起平坐，成为基础课？我知道，官方通不过的。

武雅士当时确实在我国的一些有人类学、民族学学科的大学做过相关的宣传、努力和尝试。我知道，难以实行。

结果大家都知道，无疾而终。

不过，我真的希望年轻的孩子们能够学点人类学，不要临到死了，还不知道人类是什么“东西”。再说，改革开放意味着国际化，意味着交流与沟通，人家都有人类学的知识，我们没有，少了一种重要的沟通媒体。

还是学点人类学吧。

在闽言闽

人说“在商言商”，我在闽长大，在闽供职，在闽退休，所以，借此言套说“在闽言闽”。我的主题是人类学，屈指一算，在中国的人类学家中，闽籍者众。大家熟悉的，林惠祥、林耀华、李亦园、陈国强、蒋炳钊、郭志超、石奕龙、邓小华、王铭铭、范可、吴春明等皆为闽人。历史人类学“华南学派”中的重要人物郑振满也是闽人。

似乎闽人出人类学家有些传统。何出此说？或得先从“闽”说起。

直观“闽”字，门里有一只虫。褒义来说：在门里是“虫”，出了门就是“龙”。

闽在词族上属“虫族”，古为“百越”之一种，造字本义是蛇虫活跃的东南越。《说文解字》释：“闽，东南越，蛇种。从虫，门声。”《山海经·海内经》载：“闽在海中。”如此一说，这“闽”的“族性”和“地缘”也就大体明了了。

我算是大半个福建人，祖籍江西，一出生就到了福州，那是闽中。打小在福州长大，初中阶段，父亲成了“下放干部”，去到了闽北的浦城县石陂公社。我的初中就在那个石陂中学读的。后来，福建农学院与福建林学院合并，地点在福建省三明地区，也就是闽西北地区。后来又调到厦门，闽南地区。这就是说，我除了闽东地区没有生活过（不过我有在闽东调查的经历），闽中、闽北、闽西、闽南都生活过。算是对福建有较多的了解。

说闽人古为“虫”，现为“龙”也可以，算是戏说吧。何出此说？看看福建近代出了多少的名人就知道了。读者若是有意，可抽空到福州的三坊七巷走走，一个街区出了很多的名人：林则徐、沈葆桢、严复、林觉民、林徽因、萨镇冰、郁达夫、冰心……难怪有人说，一条三坊七巷，就是半部中国近代历史，而且这些人大都是亲戚。

福建的文化极其复杂，或列中国最为复杂之列亦未尝不可。看看语言系统，从福州经莆田达厦门，二百五十公里，竟然有三种完全不同的方言系统：福州方言、莆仙方言、闽南方言。令人不敢相信的是，三种语言各自相闻却似鸭子听雷，相互完全不能通、全然不能懂。这种情况，中国罕有。你说人家广东人说粤语，在粤地间虽有语音上的差异，通还是要通的。可咱闽人不含糊，反正说不通，说不通就是说不通！

闽人注定是要出门下海成“龙”的。历史上从讨海到出洋，已经如血液流淌在他们的血脉中那样。现在世界上的华人华侨最有代表性的就是闽人与粤人。

“在商言商”与“在闽言闽”置于同畴并不完全取其语词的排列，还有一层意思，闽人经商素有传统。某种意义上说，中式的“海洋文明”很大程度要由闽、粤带（“带”在此有点“一带一路”的味道）来说明和证明；那“海上丝绸之路”的起点就在这两省。

闽文化，特别是沿海一带，有着浓郁商业文化传统的气息。由于地理上远离中央集权，天高皇帝远，自古以来在文化上就很独特。王铭铭曾经讲述过一个“鞭牛”的故事，大意是说在古代，有的地方的百姓是赶着牛去听传圣旨的。这与我们所知道的“跪着接旨”显然很不一样。我曾经带过一位中央电视台的记者去厦门的曾厝垵采访，在一座寺庙前遇到一位当地的长者，他是寺庙的管理员，我告诉他这是中央电视台的记者，想采访一下寺庙的情况，那长老把手一挥，拒绝了，然后背着手扬长而去。或许我们打扰他的午茶了。一个普通的寺庙，一位当地普通的百姓，一位厦门大学的教授，一位赫赫有名的中央电视台记者，想是换到其他地方，都是很容易办成事情的。在闽南的民间还真未必，人家有“赶着牛听旨”的文化传统。

换一个角度，我们或许真得感谢这样的文化，她也因此保留下了许多在中原难以保留下来的传统文化和习俗。

厦门大学是闽南的大学，是由闽籍商人陈嘉庚捐资办起来的。至少，最初的因缘是这样。厦门大学的人类学有两个特色很明显：1. 人类学与历史学的结合。李亦园先生曾经中肯地评价，台湾的人类学以“西式”，尤其是“美式”人类学为特点；而厦门大学的人类学保持了与历史的结合，值得相互学习与借鉴。2. 研究方向侧重于闽越族群、闽台关系、海洋文明、客家文化、东南亚华人华侨文化。

从内地回到福建，自己的研究也要做些转型和调整。

闽南人很传统，除了遗留许多东西，比如庙宇、戏台、码头、房屋等实物之外，最有意思的是保持着一种与地方习俗相濡以沫的闽南文化。难怪西方的人类学家很喜欢到闽南文化圈来晃悠。

说起来读者可能不相信，我初到厦大，拜访过几位教授，绝大多数闽南籍教授的家里都有神龛。你说那些闽南人开个会馆、餐馆，做个生意什么的，摆个烟雾缭绕的神龛也就罢了，教授家里也要摆的。

闽南文化有着浓重的地缘色彩。闽南人很相信风水，当年陈嘉庚选择厦大校园的校址，是请了风水师来勘察的，那形势、方位，具体到门的朝向等等，都有堪舆道理。

几年前，厦大正门（西校门）的对面盖起了两幢大楼（世茂大楼），人家设计师大概是取“扬帆”的意思，可是破坏了厦大的风水形势与格局，那“象–相”仿佛是“两把刀”。你想啊，“两把刀”就那样“横”在你家门口，那怎么可以。

咱厦大也只能找对付的办法，除了新修建一个大门，改变了朝向外，最有意思的是：在博物馆门前架起了“两门炮”，对着轰那“两把刀”！

这种事情，外人要是问起厦大人，包括领导，我想他们或缄

厦大门前“两把刀”

厦大博物馆前“两门炮”

口，或装傻，或摇头，或晃脑，反正不说。

这就是闽南人，有智慧的闽南人！

来到厦门，得学说些闽南话。我有一个毛病，学语言，敢开口乱讲。几十年来，闽南话也学得点皮毛，说起来挺婉转的，只是有些闽南人不太听得懂，但我却还讲得很“溜”的样子。不过，我在泰国做闽南人家族企业研究的时候，操着闽南“洋泾滨”，有时也逗人。郭志超教授有一次面部堆积着瞬间变化着的多种表情（郭教授就是如此生动）跟我说：“兆荣，你的闽南话说得不错。”

“真的假的？”我在心里纳闷着。

说起到东南亚做闽南籍华人家族企业的人类学研究，说了可能有人不相信，有点像是故事，怪突兀的。

我刚到厦门不久，心想一个外地来的年轻人，只要努力工作就好，少说话，多做事，那同事们还在“考察”着呢。人类学在厦大本来就小，还穷，心想着如果能给厦大的人类学带来一些项目、课题什么的就更好。

想着想着，机会就来了。这大约就叫“心想事成”吧。

我有一个儿时玩伴，他的父亲陈启舟是福建农学院的总场场长，闽南泉州南安人。我小的时候老是在他家玩，只叫他“陈伯伯”。陈伯伯有一位同乡同学，也就是他的儿时玩伴，后来成了东南亚的亿万富翁，专门做橡胶生意的，公司名叫德美行。当时听说东南亚的汽车轮子有三分之二出自德美行——此说或有夸张，旨在说明其大。

我初到厦大，有一次陈伯伯就电话找到我，说他的这位中学同学、儿时玩伴叫李引桐，想捐资给厦大。

李引桐先生曾经是陈嘉庚集团的得力干将，陈嘉庚晚年只重回国报效祖国，集团的事务主要由他的女婿李光前执掌。而李引桐先生曾经是李光前先生的左右膀之一。厦门大学在抗战后重建，李引桐先生可是出了大力的。他对厦大有功劳，他对厦大也有感情，老了就想捐资厦门大学，盖个图书馆什么的。

李引桐先生对我国的社会主义建设是做出巨大贡献的，从中华人民共和国成立初期一直到改革开放。读者如有意，可去读我写的《从苦力到巨子——李引桐传奇》。

1994年10月，李先生回到家乡南安。陈伯伯给我打来了电话，说李老先生想来厦门大学，也愿意资助我们做研究。我将情况向蒋炳钊教授做了汇报，蒋所长遂将此事向厦门大学党委做了汇报。

1994年10月的一天，在厦门大学逸夫楼的会客厅，厦门大学党委书记叶品樵、原厦门大学党委副书记李维三、厦门大学人类学研究所所长蒋炳钊，以及陈启舟等会见了李引桐及家人一行。当然，我也在场。

为此，我设计了一个“东南亚华人华侨经济文化与现代化”的题目，集中做闽南籍华人华侨的家族企业研究，立即就得到了李老先生的认可和支持，并嘱托我负责这个项目，所有项目经费由他资助。最初预计是300万元人民币。

就这样，我给厦门大学人类学研究所带来了一个“大礼包”。我当时的设计是，在“东南亚华人华侨经济文化与现代化”的标题之下分设三个子课题：1. 东南亚华侨文化变迁研究；2. 东南亚华人家族企业的经济人类学研究；3. 李引桐个人的生命史。

根据这个计划，我给每一个方向都分设了子课题负责人，大家在调查中根据自己的研究课题各自取资料。但由于一些复杂的历史因素，我的“宏大计划”未能实现。只是项目还要继续，于是，我重新组织调研团队。

有一次途经香港，见了在香港科技大学工作的人类学家张兆和。我们是老朋友。我请他把当时香港大学图书馆中有关经济人类学的资料都给复印下来。

非常感谢兆和兄。

遗憾的是，由于我当时全力调查李引桐本人的情况，无力分心做东南亚华人家族企业的人类学研究。想着在完成《李引桐传》后，再回过头来做研究。

我确实后来做了一些，也发表了几篇文章。但我没能按照自己的计划全部完成。原来计划要出版一本书的，当时标题都想好了：《东南亚华人家族企业的人类学研究》。

今天，兆和兄为我复印的那些经济人类学、企业人类学的材料还在我的书架上，纸已经泛黄。那是岁月留下的。陈国强教授、蒋炳钊教授、郭志超教授已经离开了我们。李引桐先生也离开了我们。

“缘分”有的时候是“圆分”，又圆满又分离。人生不就是这样的吗？

如果我们把这次的合作看作一次缘分，又何必那么在乎设想的结果呢？

大家缘分过、合作过、努力过、开心过就好。

回到福建，我还做过客家研究。这也是厦门大学人类学研究的传统之一。

福建也是客家文化的聚集地，我年轻的时候做过知青，插队的地点就靠着闽西的客家聚集地，对那一带地缘相当熟悉。

所谓“客家人”，大体就是历代从中原南下的汉人。至于他们何时、何故离开故土南下，史料上说法不一，一时也搞不清楚，只说他们从“山西洪洞大槐树”来。历史表明，从明朝洪武六年（公元1373年）至明朝永乐十五年（公元1417年）共进行了十多次大规模的移民，可知明代是北方汉人南下的重要历史时期。传说中的“山西洪洞大槐树”也就成了北方南下汉人聚集地的代称。其实，历史上中原汉人外迁事件非常复杂，出发地也各不相同。只是客家人在表述的时候，都愿意选择这一种说法。几年前，我也曾经专门去到“山西洪洞大槐树”现场做了一个小调查。历史、传奇、故事纠结到一起。

我的祖籍是江西吉安泰和县，也是个客家人聚集的地方。不过我的家谱中没有说我们家是客家人。

从地理上看，当年从中原南下的汉人，主要沿水域而行，他们从黄河流域转道长江流域，取道赣江，聚集到了赣闽粤的山区地带，具体地说就是罗霄山脉、武夷山脉、南岭山脉所围构的地区。他们先是在这一带休养生息，有的就长期留了下来，有的继续迁徙。

来到厦大，也就希望能够靠厦大的人类学传统近一些，客家也就成了我选择靠近的对象。由于宁化隶属于三明地区，也就是我高中、插队当知青所在的那个地区。我的岳父、岳母、大姨都当过那个地区的官，岳父还是高官。

我也经常去宁化调查“客家祖地”的情况。有时自己去，有时带着研究生去。

当然也会去到龙岩地区调查客家土楼，后来还去赣州。调查多了，资料就多了，心得也就多了，于是就写成了一本书《边际族群：远离帝国庇佑的客人》。

这些成果大致表明我在研究上“靠近传统”的一些自觉行动。

一万元复办一个系

调到厦大是因为她有人类学系，可是，可是，我一跨入校门，人类学系就拆了。不知道老天爷为什么要这样捉弄人?

来到厦门，一座美丽的城市，来到厦大，一个美丽的校园。

“美丽”有的时候会有“隔感”，甚至格格不入。

审美是带着感情的。情人眼里才出西施。

厦大不是我的情人。

厦大只是我的供职单位。

在中国，可以说，“单位”既是你的天堂，也是你的地狱。你的所有荣耀和屈辱都与之有关。

来到厦大，人类学系就没了。大家开始了“人类学保卫战”。只是，大家知道，即便合力，力度也小。原本人类学系就是厦大最小的系，好在祖师爷林惠祥的“面子”还算大，人家把家产赠送给了厦大。

还有一个理由，人类学研究所是部属研究所，即便厦大某个领导要拆也得要向教育部打报告，这很费劲。领导最怕费劲的活。那就算了，就让你暂且留着吧。

记得刚到厦大不久，我曾经在一个学术场合见到过一位来自南京大学的分管领导，当他知道我是人类学系的老师时，把我拉到一边，私下对我说："哎，彭教授，听说你们厦大不想要你们人类学了，干脆全部到我们南京大学来，我们全盘接收。"

他认真，我哑然。

一位从内地来的年轻老师，一个对闽南文化不熟悉的外地人，一个大致可以归入从事与"文物"待在一起的碍眼学科的"地下工作者"，他断然是待着不舒服的。

不舒服可以走。反正厦门没有任何牵挂。

我决定离开，刚跨入21世纪那两年，我开始联系新单位。

我想去复旦大学，而且这项工作已经接近完成：复旦大学不仅愿意接纳我，已经给厦大人事处发来商调函，还为我设计学科发展的规划，让我去完成"恢复复旦大学民俗学的传统"，答应为我提供相当不菲的住房补贴，并提供一笔数额不小的科研启动经费。我也已经去复旦试讲，我夫人也在上海找到了新的工作，我们甚至已经到复旦周围的地段了解楼盘情况。

突然这一计划就断了。

厦大校长朱崇实专门让我去他的办公室，态度非常诚恳，他讲了这样一段话：

彭老师，我知道你在厦大待着不舒服。这不怪你。我们厦大的人类学这些年发展得确实不好，我也不满意。我们要共同努力把厦大的人类学办好。我知道你想去复旦大学。我不仅不会同意你走，我们还要把王铭铭、范可都争取请回母校，共同把人类学办好。

我刚上任，你给我一点时间，我知道你要去美国伯克利访学。你先去，如果一年不够，我还可以帮助联系哈佛大学，你可以在哈佛再待半年。经费由学校出。等你回来后，如果你对厦大的人类学仍不满意，那个时候，我送你去复旦。

校长的态度如此诚恳，你还能说什么呢？

我不好再说走的事了。

可是，复旦大学催促着呢。甚至，复旦大学的人事处处长专门给我打电话，我告知了我的苦衷。他是这么跟我说的："彭教授，我知道厦门大学在挽留你。这可以理解。我现在只问你，你自己想不想来，如果想来，我们为你重新建档，这样就卡不住了。厦大卡你就是你档案。"

我支吾着。我没了主张。我没想到形势发展成了这样。我原只想安静地离开，安静地到一个新的工作单位。

过了几天，朱校长又把我叫去，而且还请了我的夫人一起。他说：

彭老师，我们还是希望你能够留下来。我知道，你夫人在厦门发展得不错，两家的父母都在福建。我听说你不要档案也要走。如果这样，那我只好去找复旦大学的校长，我们两校的关系很好，复旦不能到我们这里来“挖墙脚”。

校长把话都说到这个份上了，我答应不走，答应留下来，答应好好为复兴厦大的人类学而努力！

我留下来了。中国的知识分子最怕被领导“重视”，一重视就感恩戴德，恨不得把命都给出。中国的知识分子是“依附型”的，自古就有这样的传统。中国在历史上没有出现过公民社会，当然也就没有公共社会。“公共社会”是近代从西方引入的，按照传统，我们也没有真正意义上的“公共知识分子”。我们家祖辈都是知识分子。我心里明白，朱崇实校长也是知识分子，他与我一样；可是，他是校长，他器重我，我要感谢他，他与我不一样。

我最终没能去复旦，后来的二十年中，我一直在内心对复旦大学有亏欠感，有愧疚感。

我按照自己的规划去了美国，去了美国最好的人类学系（之一），加州大学伯克利分校人类学系。

回国后，我发现厦大的人文学院确实有了一些变化。

想是学校和学院的领导有恢复人类学系的意向。这个任务也就交给了我。

我开始了恢复厦门大学人类学系的艰苦工作——拆系十年后。

我与当时的人文学院党委书记林建德一起到学校做了一次关于人类学发展的评估和我校恢复人类学系的契机与计划。

这种事情我会，我能，因为我了解世界人类学的发展历史与趋势，我了解我国人类学的发展历史与趋势。

“说服”工作我会，我能。我说服了学校领导层，会议的结果是：一致同意恢复厦门大学人类学系。

接下来是讨钱，要经费。

那些年厦门大学中层领导以上的都会集中到漳州的东山岛。在岛上要“关”个好几天，大致的工作是总结过去一年来的情况，规划未来一年的发展。

2005年的暑期，我去了。我去的任务是说服学校分管领导，让他根据决议拨经费。

这事很难，难的有些想不明白。

大家都知道厦门大学是陈嘉庚创办的，闽南人又有捐资办学的传统——虽然厦大早已“收归国有”，成为教育部直属重点大学。官方、民间都给钱，就以为厦门大学很有钱。

错！大错特错！

我几乎把嘴都磨破，最后分管财务的副校长答应给1万人民币用于厦门大学人类学系复办的所有事务，包括办公费用、老师出差费用、系活动经费等。

2005年，1万元，恢复一所重点大学的一个系。

我想过去没有，现在没有，未来也不会再有这样的事情了。

我也成为厦门大学人类学拆系10年复办后的第一任系主

任——一位“叫花子”系主任。

说了大家可能不信，但是事实。我自从1994年调入厦门大学，那时我是作为“青年引进人才”，学校给了我4 000元。从此以后，一直到我2016年60岁退休，20多年来，除了那4 000元“人才费”，我的工资和到北京跑博士点位的差旅费外，我印象中再也没有花过厦门大学的经费。我的学术活动、我的田野调研、我的学术接待用的都是自己的项目经费和自己钱包里的钱。

接下来的工作是争取博士点。人类学博士点在我的手上拿下了！

四年后，我卸任，升职人文学院副院长。按照惯例，每一个系都有一位副院长，算是为本学科代言吧。人类学系，系微言轻。大致如此，如此而已。

改革，高校怎么搞？

教育，全世界都一样，也都不一样。中国的大学体制不断在改革，有时改得好，有时改得差。高校改革，“国际化”与“中国特色”是两项基本指标。虽然在一些重点大学都可以看到跻身“世界一流”的标语，但那“世界一流”也不是喊得出来的。

现在我国的大学教育形制是从西方舶来的，属于“国际化”；而“中国特色”的“孔式”教育（以孔子为代表的中国式教育传统）早就被我们抛到九霄云外。那些“书院”大抵看到一点中式教育的踪影。可是由于“书院”无法承担现代教育的“批量生产”，只好“书院化”。西式的大学形制可以像流水线一样批量生产，满足社会化需求，全世界都模仿，加上文化殖民那“隐形的翅膀”，“国际化”也就顺理成章。其实，在“国际化”的背景之下，原本“中国特色”确实是一个可以大有作为的“策略”，然而，我们总体上做得并不太好。“本土化”有的时候甚至成了教育行政部门发号施令的借口。

大学办得好坏，传统是基础，教授是关键。没有好传统，没有好教授，焉有好大学？

大学传统并不完全看办的时间长短，这只是一个因素。我在几所世界名校待过，也专门考察过牛津、剑桥，也经常去北大。每一所大学的传统都不一样，但传统的“味道”都一样。“尊重传统”是任何一任校长必须遵循的准则，不可以乱来，或打着“改革”“创新”的旗号乱搞。“改革-创新”只是在传统基础上的有限作为。

至于教授，原本也就是在“国际化-本土化”的原则之下，做好本职工作就好了。可是，现在要当好大学教授可是不容易，得与时俱进。

我，一介书生，祖辈都是教书匠，据说曾祖父就是“教书先生”。爷爷在世时，曾经是中央大学外语系教授。父亲告诉我，爷爷曾经把《论语》翻译成英文。抗战时期，南京在沦陷前夕，爷爷先把家眷提前送回江西老家，自己在南京处理一些事务。日寇攻入南京前，爷爷与仆人一起出城，不幸被日本兵所俘，从此没有了音讯。家仆辗转回到故乡，奶奶问：“主人呢？”仆人回答：“被日本人抓走了。”抓走，再没消息。

爸爸是中华人民共和国成立后第一届大学生，上的武汉大学外语系，学俄语；毕业后到北京给苏联专家当翻译、助手。中苏交恶，专家撤走，爸爸退回到教育部重新分配。恰在当时，福建农学院院长到教育部要人，把爸爸给要去了。爸爸一直就在福建农林大学（原福建农学院）当老师，当右派，当教授。他掌握五门外语，一直没有机会用。改革开放后，爸爸迎来了学术的后勃发期，发表了很多文章，出版了不少的书，成为国务院特殊津贴的享受者。可惜，爸爸的苦吃得太多，积劳成疾，64岁就离世了。

我也是大学教授。当年的教授是破格评的。退休前是厦门大学一级岗教授。今年64岁，还活着。我比爸爸的命长些。

大学教授其实很简单，就是教书先生。与出租车司机、快递小哥并无差别。中国古代通称“百工”，就是职业的一种。我属于夹着尾巴做人的那种。因为我知道，中国的知识分子（文人阶层）在历史上从来没有过“独立自主”的经历和经验，他们必须依附于特定的权贵、统治阶层；包括今天的“智库”。这一点连农民都还不如。农民可以不靠权贵，他们只靠天，靠种地养活自己。

所以，“教书工”“教书匠”就是上好课、教好书、做好研究。不过，“教书工”“教书匠”他们用脑工作，一定要让他们清静，有寂寞才有好学术。反正以前在知识分子堆里总传着一句话：“要耐得住寂寞”。可是，我一直闹不明白，现在的大学老师怎么这么忙、这么闹腾：动不动就开会，动不动就填表，动不动就评估，动不动就报账，动不动电话响，动不动微信飘……这个部门一个指令，那个部门一个通报，财务部门更是不断地推出“报账”新招，搞得老师没有了安宁。从事人文科学的人，这么忙、这么闹腾怎么做学问？即便做了，也是像现在的明星过场，几天就被遗忘。我敢说，现在大学是有史以来制造“学术垃圾”

最多的地方。

大学，请让老师安静！

我判断，在今天这个高速发展的时段，人文学科怕是很难出“大师”的。大家上上课，发发C刊，搞搞课题就好。

当教授是为了教学生。有人说：“没有先生就没有学生”，我宁可反过来说：“没有学生哪有先生”。说孔子伟大，是因为他有“弟子三千、贤人七十”，我之所以差，有一个原因，学生少。

我突然就瞎想起来，以后大学的评估不只要比那些莫名其妙的“指标”，也比学生数量，比学生的成才率。一个教授，教不出好学生，那“教授”都是白叫的。如果要量化，大数据什么的，就以“三千/七十”为指标好了。这，才是教授们的本职工作。可是现在的大学几乎不评估“本职”了。

我是1998年评上教授的，算是教了一辈子的书。当博导长达二十年，退休后还多带了两届。前两届都招2个博士生，后面都以每年平均4个招入，最多一届招了6个，加上博士后研究人员，算下来，我总共招收了70多名博士（后）学生。

巧了，也“贤人七十”。而且其中还有国际学生，有乌克兰的、美国的、蒙古国的、韩国的。他们都是学人类学的。

我已经退休4年，还有十来个博士生未毕业，我还在义务地工作着——正在向前辈孔子学习着呢。

厦大的人文学院原是“巨型学院”，中文、历史、哲学、新闻、人类学，还加上人类博物馆。后来，新闻分出去成了独立学院，2019年人类学与社会学合并，也分出去，成立了厦门大学社会与人类学学院。反正我在的时候，学院好大。以前的大学学科，自然科学讲数理化，人文科学讲文史哲。人文学院把那文史哲都集中在一块，传统学科的“半壁江山”呢。大是大的，按说也有很好的传统，那鲁迅、林语堂等一大批名家都在厦门大学待过的。

现在可是不同了，那些新学院如雨后春笋似地生长出来。不过，厦大的文史哲现在还纠集在一起。不知道什么时候也分道呢，这要看领导，没准哪一任校长看着不爽，就把文史哲给分开。反正新领导要有新政，新业绩，这在其他领域、行业可以，在大学还真的未必全然都如此。可能那些应用性的理科、工科、交叉学科、新兴学科，讲的是新，讲的是先进；人文学科相反，讲的是传统，讲的是老旧。2018年我去看了牛津、剑桥，体会“世界一流”的别样语义。那不是搞运动，几年搞一个211，几年更换个更大的数字985。

大学的改革，尤其是文科，首先是继承传统，变化太多就成了折腾。前几年，厦大人文学院搞一个什么改革，学生在前两年不选专业，而是上“通识课”，到第4学期结束（二年级下学期）才选专业、选科系。

形势逼人，人文学院的各个系都选派“最好的老师”给新生上课。我把这种课称作“勾引课”，因为如果学生不喜欢人类学的课，人类学系的“生源”据说就会出问题。

其实，深谙中国大学规则的人都明白，这只是闹着玩的；可能又是哪个新上任领导搞的“新把玩”而已。因为我国传统的教育部门有两项“指标”是不改的：一统、计划。中国的教育部门是教育界的一统“老大”，这与欧美不同；那牛津剑桥哈佛耶鲁是可以不买教育部的账的。

教育部门要给各个科系下指标，人头数量也是定的。这是计划。所以任何一个系都不会垮台，垮台只有两个可能：一个是社会发展不需要你了；另一个领导看你不顺眼了。厦大人类学系曾经被“拆”，就是某领导看着不顺眼。至于“理由”，领导最会找，只要他想做，分分钟就能找出一大堆的理由，而且还冠冕堂皇。

接下来，我被选作人类学系的“勾引老师”；而且必须把课上好。试了两年，累得我半死，嗓子也搞坏了。不过学生很喜欢我，我也趁机下力传播人类学。这对我是最大安慰。

有一次在路上撞见了人文学院周宁院长，他握着我的手说：“彭兄，你的课把学生都吸引去了，怕是人文学院的学生以后都去读人类学，那可就麻烦了。”

我把双手一抬，说：“那不是你老兄搞的改革吗？”

他把手向上一指，说：“上面搞的，不是我。”

当下，说是什么进入了“大数据时代”，我也懵懵懂懂的，不知道那是什么，反正“大数据”满天飞。那就请搞“大数据”的专家简单地“数据数据”，看看现在每年C刊的论文发表总数与全国高校、科研单位的需求量之间的“供求关系”。我想那必定是巨大的不平衡，是深坑沟壑，要摔死人的。

这两年又出了一个什么“转引率（量）”，真是活着见到了鬼，甚至连刊物界的朋友都嘱咐我写文章的时候要转引他们刊物的文章。听说有个别导师让他（她）的研究生要多引自己的文章。这是在做学问吗？我的文章的“转引”也有了变化，一段时间升，一段时间降。说起来挺怪，我在以往那些年的研究，文章、学术观点经常被转引，包括《红旗文摘》《新华文摘》《中国社会科学文摘》《高等学校文科学术文摘》《人大复印资料》等，大致每年能有2—3篇。这两年不是“少”了，而是“没”了，我知道不是我的研究“差”了，而是学术的气候“变”了。

其实，我根本不知道如何查看所谓的“转引率（量）”，我连银行卡都不会使，人民币汇率是什么都不知道，哪还会管他什么“转引率（量）”。只是弟子们会偶尔告知那个中曲折，偶尔发来“大数据”。我自然是不会在乎的。

现在要发表文章，还得面对一个新的“检查机关”:“机检”，说是文章不可以超出多少的“重复率”。有时文章不发表、不一定发表也要“机检”，比如博士论文、国家课题。更过分的是，引用自己曾经发表过的也不行。那是扯淡！知识分子每天写文章，每天讲话都不能重复，那不要人命吗？

我的文章也偶尔被编辑发回来“降低重复率”，我就把眉目锁起来。学者都知道，做学问就是“引经据典”，自古以来就这样，都这样。所谓“经典”就是人们不断重复引用才成为经典，也才得以流传。老一辈学者，天天在图书馆里“做卡片”，然后把卡片中抄录下来的材料引用到自己的文章中，然后“加个注”，这不就是做学问吗？文章中那一丁点的“创新”也都是靠经典当证据，当材料。所以，人文学科的做学问，戏谑地说：“天下文章一大抄”；正经地说：“引经据典方为学”。历史上有许多不被重视、不被引用的文本，消失在了历史的星空中。好在历史上没有“机检”，否则，有多少经典被埋没。那“引经据典”一被机检，都是重复，都在重复。经典就像歌曲一样，不断重复，不停传唱，于是成了经典；不被重复，不被传唱的不能成为经典。“剽窃”与“引用”的差别，人很清楚；机器不清楚。

当然，批评是在意、在乎。我并没有要否定改革开放以后我国大学所取得的伟大成就。其实我们这个年龄段的学者，要不是改革开放、恢复高考，也不可能会有今天。事实上，我们都是高校改革的受益者，这我们都明白。只是因为爱得深切，希望更好，话就说得重些。

一位被称为“师父”的博导

在大学当博导，面子光鲜，里子苦涩。中国的博导制度很有特色，学人家又学不像，只是在名片上要印上“博导”二字。我走了世界上很多的大学，反正没看到有在名片上印“博导”的。

按说，博导其实就是打工者。没有博导也不行，那带博士的工作没人干。有时，博导们也会与行政权力部门“抗争”，但通常败多胜少。因为，行政主管可以把“组织”的大旗扛出来，博导们立马就被招安。个别英雄人物，最终也讨不到什么便宜。

看过很多大学与教授关系的材料、书籍，都知道教授与大学的关系是鱼水关系。可是，我在大学当了二十多年的教授，到老也没弄明白。按说，我的资历算是深的。祖辈书香权且不说，自己在欧美的一些名校也待过、看过，那人家教授可是“横”。20世纪80年代末到法国，了解到，如果法国老师“看上你”，他就可以把你带走，读博。他也可以提供，或帮助你申请奖学金。

中国的博导没有这个优惠条件。

我招的是民族学、人类学的学生，我自己给自己定了一个招生原则:“不图锦上添花，但求雪中送炭”。

我知道，招收博士研究生在某种程度上可以改变年轻人一生的命运。所以我尽力为西部的年轻人开绿灯。我没有北京、上海、天津的学生，没有江、浙、广、深的学生。我在云南、贵州各招了十来个博士研究生，在西北也招了一批。学生中有不少是少数民族学生，粗计有：藏族、回族、蒙古族、维吾尔族、哈萨克族、柯尔克孜族、朝鲜族、苗族、布依族、彝族、壮族、土家族，等等。有些民族还有好几位。

他们大多是穷学生，有的很穷很穷。

我有一位辈分很高的弟子曾经很认真地对我说:“老师，人家有些博导如果招三位博士生，会选择一位当官的，一位做生意的，一位做学术的。”这意思很清楚。

我没有在意这样的提醒，我一直没有这样做，而且永远也不会了。

或许有人会问，现在博士名额这么紧张，你怎么能招这么多?

读者有所不知，不同的学校，不同的时期，情况是不一样的。厦门大学在招生时，一般一个导师只分得一个指标，而厦门大学在完成教育部的“西部少数民族骨干计划”做得特别好，教育部有时会奖励指标。由于专业的缘故，学校会将“西部少数民族骨干计划”指标倾斜给人类学民族学系。我们系在保证每位博导都有学生的情况下，如果还有指标，就会让考生自己选导师。

在这种情况下，他们多数会选我。这样我的招生名额就会多些。

读者有所不知，还有一个缘由。这些年招博士研究生，导师的项目经费也是一个重要的指标，如果导师没有项目经费，是不让招生的。因为每一位招入的学生，导师是要给学生经费的。我的课题比较多。有一次，学院分管秘书告诉我："彭老师，你是我们学院博导中付给学生经费最多的一位。"

给学生经费当然不合理，尤其是文科。那孔子老师在招收学生的时候还是要收"肉干"的，也没有听说让孔老师给学生经费。教育部门可不管这些，不管工科与文科，都要给钱，由我说了算，要不然你就不要招。我们国家的一些大学有个别"反抗者"，但也掀不起大浪。

博导也是人，博导之间也不相同。

我在退休以前曾经执行一个不成文的规矩，每一年来厦大参加博士考试结束的那一个晚上，我都要为报考我的那些学生举行送别宴，请他们吃一顿大餐。那些年一般能有两三桌，多的时候能达到四桌。为什么要请考生吃饭?

让我给大家讲一段小轶事来回答。有一次在中山大学参加一个学术会议，中国的会议总是要请上一顿像样一点的宴席，这几乎成了习惯。在那次会议宴席上，有一位中山大学的年轻老师专门走到我的身边，他端着一个酒杯，恭敬地站在那儿，说要感谢我。我没能认出他来。他自我介绍说，他曾经考过我的博士研究生，可惜没考取。但当他回顾当时我请所有考生吃饭的情景时，他的眼光中充满了感激。

见状，当场就有一位与我同辈的人类学同仁问我："哎，彭兄，你请考生吃饭的理由是什么？"

我停顿了几秒钟后回答："我感谢他们把自己一生中最重要的博士研究生学习阶段托付给我，这是对我的信任，也是一件庄严的事情。"

提问者没有再说什么，不过他的眼睛流露出奇怪的眼神。

今天社会上的人们都只知道"谢师宴"，我"发明"了一个"谢徒宴"。我胡乱想，如果没有"谢徒宴""收徒宴"前因，哪来的"谢师宴"的后果；没有先期建立的师生关系，大家就只是大街上擦肩而过的陌路。

当然，我这一通胡说需要有一个前提：小范围、高层次的师生关系，建立在自主选择的基础上；在小学、中学、大学本科阶段行不通。

中国的博导虽然都在教育部门同一种制度的管制和管控之下，但每一个学校也会在制度可容忍和可容许范围内小幅度地体现"特色"，而实际上，最大的差别是不同的博导的个性差异，包括学问的特点，为人的特点，做事的风格。

好在还有博导们的这些差异，要不然中国高校中同专业的博士毕业生就都成了同一个模子里塑造出来的"产品"了。

我在带博士的二十多年生涯里，自己为自己制定了一个规则：所有博士研究生的田野点我都要到现场；哪怕是做海外民族志的。迄今为止，除了还有两位弟子的田野点没去外，其他的全都到过。到现场会有现场感，对指导弟子的论文大有帮助。

我的学生都叫我“师父”，大意是取“一日为师终身为父”的意思吧。我开始听着很自豪，有的时候也会有“上当受骗”的感觉。因为如果只是师生，那要单纯得多；还要当“父亲”，多出了一种义务。“自己的孩子”总是要更尽心。

更有甚者，现在我弟子大多当上教授、副教授，博导、硕导什么的，他们的学生见到我叫“师爷爷”；更有甚者，前些日子去贵阳讲学，居然听到有叫我“师太爷”的了。

有一位叫“李元芳”的贵州苗族姑娘，她原是四川美术学院的研究生，弟子张颖是她的老师。因为我是狄仁杰迷，所以在重庆的日子里，她私底下叫我“大人”，公开的场合叫我“师爷爷”。我经常带着他们去做田野，有事没事就问她：“元芳，你怎么看？”这是当时的“网络风言”。

她毕业后回贵阳当老师。那一次，我，“师爷爷-大人”到贵阳，她高兴得上课都笑，下课前她对她的学生说下午要去见师爷爷，她的学生们问：“那我们要叫老师的师爷什么？”“那还有什么，师太爷！”李元芳老师严肃地回道。听着这段子，我笑出了眼泪，也笑出了苦涩，因为我仿佛看到自己的“遗像”挂在了墙上。

人类学研究亲属关系一般以父系为线索，以我为中心的上下两代，即祖父、父亲、我、儿子、孙子。原因之一是，以“我”为中心上下两代人们有机会亲眼见到；再往后一般就看不到了。所以，一般来说，“师太爷”没有机会见到尊容，有机会见遗像。

说了看官可能不信，我的那些弟子，因为“师父”之亦师亦父，所以一些完全与“师”无关却属于“父”的事务也都来找我，包括给他们的孩子起名字，过年给弟子的孩子发红包，弟子结婚我要当证婚人，逢年过节，那些没有回家的弟子们都在“家”里过年。诸如此类。

话不能只说一头，那不公平。弟子们既然把我认作“师父”，当然也很“孝顺”，有时令我感动。比如在我六十岁生日（闽南地区是过虚岁，实为五十九岁）的生日会上，我动情，我哭了。特别是弟子们“背”着我，集资为我出了一本《田野中的师徒：体贴的民族志》，没有书号，却有“孝心”。后来有一位弟子告诉我，这本没有书号的书曾经在地摊上还卖得挺贵。

我认为，这属于中国的“国情”范畴。我曾经在巴黎大学、加州大学伯克利分校也听过很多课。不少学生上课时手捧着一杯饮料，自饮自乐，而老师讲课时讲得嘴唇发干，学生们也不会为老师买（带）饮料的。那不关学生的事。这是西方正常的师生关系。反正这种情况我是看不入眼的，如果我的弟子做那些行为，我是不会容忍的。中国的“教”在甲骨文中与施教有关，初义有“抽鞭子”的意思，“教”中还有“孝”字。中国的教育有自己的传统，“天地君亲师”，师为长者，师为长辈，这种伦理秩序在今天错乱了。

孔子的塑像立在联合国大厦的广场上，至少说明中国传统的教育得到了世界“公认”。可是，我们自己似乎已经不太认了。

无论如何，我真心地感谢那些称我为“师父”的弟子们，因为他们把自己一生中最重要、最高的“学历阶序”托付给了我。

为了帮助这些穷学生，在过去的二十多年中，我个人不仅自己给他们提供了不菲的费用（不包括学校规定的项目经费），我还让我的一位做企业的小兄弟资助了10万元。我的那些在厦门的儿时同学，不少也慷慨资助、襄助。

每年中秋节我要让在校的弟子们到家里来博饼。博饼是源自厦门的一种民间习俗，始于清初，是一种独特的月饼文化，也是闽南人对历史的一种传承。相传是郑成功屯兵鼓浪屿时为解士兵的中秋相思之情、激励鼓舞士气而发明的。代代相传，成了今天厦门地区独具特色的“非遗”项目。

博饼要为参加的所有人提供礼品，从“秀才”一直到“状元”。每年为了准备博饼，我得为弟子们准备近万元的礼物。

弟子中有许多都得到过这样那样的帮助，但都是私下的，为

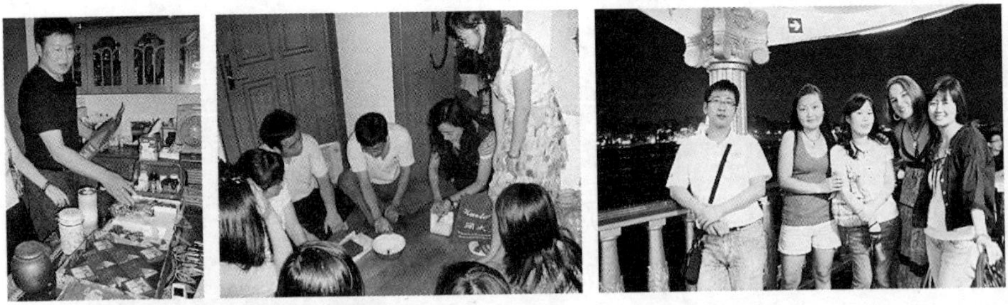

那些年，师父在摆放中秋博饼礼物，师母在教博饼规则，晚上请弟子们登游轮赏月

的是保护他们的自尊心。只要他们能够成才，一切都是值得的。他们学的是人类学，田野得花钱；学校以前不给，后来有了，但不是每人都有，要申请，申请不到也就没有。

我也送了好些弟子出国，有的是在读博期间，多数是博士毕业以后。有去美国的，有去法国的，有去日本的。他们在出国前，只要他们在我身边，我都会给弟子们一个忠告：爱自己的祖国。祖国是名片。经常的情况是这样的，出了国，就越是爱国。因为“你”化在了“祖国”中。反正我们那个时代的留学生大体是这样的。

现在的博士研究生要发C刊。所谓C刊，即CSSCI的简称，学生发不满就毕不了业。我大概也是中国高校中帮助弟子发C刊最多的博导之一。迄今为止，我帮助弟子们在C刊发表了不少文章。

经常的情况是，弟子们要毕业，要获得博士学位才能找到工作，可是他们还缺C刊，于是被“堵”在了工作的“门”外。怎么办？要求师父呗。面对这些“孩子”，人家叫你为“师父”，你总不能看着他们急死、憋死，于是只好出手。厦门大学研究生院有一条规定，学生与导师共同发表文章的可以被认可。

经常的情况是，我在我的文章后面“带”上我的弟子，就可以计入他们的“C刊数”，他们也就可以毕业了。有的时候，个别弟子急着要毕业，时间又卡在那儿，我只好请求刊物的编辑在我的名字后面“紧急”加上一个弟子名字。

经常的情况是，文章刊出后，不少学人还以为那文章是弟子们写的，导师只是加上个名字，因为导师“名气大”，刊物需要“名气大”的。我知道，我国的博导中确有一些这样的情况。但是我从来不，从来！

经常的情况是，我的弟子们连文章是写什么内容都不知道。但是，有的时候这可给我带来了不少的麻烦。比如，那些完全属于我个人的“原创性作品”，因为加上了弟子名字，也成了与弟子的“共享性作品”。有这样一个例子，这些年我提出了“文学民族志”的概念，还完整地编列出文学民族志作为方法论的特点与条款。第一篇文章发表在《暨南学刊》2019年第4期上。可是因为带上一位弟子的原因，学术界把这项成果误当作两人“共同的作品”。而实际上，这位弟子既没参与这项调研，也不知道什么是“文学民族志”，连一个字都没写。我当然不会怪弟子，这也是我不得已出手的，否则，弟子的前途就受到严重影响。

我不知道我的行为作为“教师行为”是否得当，我也不知道我的行为在“学术伦理”上是否得当，但我知道，作为教师，我不能“见死不救”。这话说得并不夸张，我认为。

厦门大学人类学专业的博士生毕业要发满3篇C刊。以前只要2篇，现在“涨价”了。C刊制度与相关的连带规则导致了一个后果：我的弟子们以前来与师父交流多数都是谈学术，现在几乎不怎么谈了，因为他们要毕业，要拿学位，而要做到这一点的前提条件是要发满三篇C。他们也把这几年最重要的学业追求放在了那里，与老师交流的话题也改成了如何发C刊。可以这么说，现在的博士研究生要发C刊，谈不上登天的难，至少也得承受折寿的苦。重要的是，那学业方向歪了，首要的任务不是如何完成好学业。

这是大学“排名”造的孽。在中国，只有清华、北大胆敢造次，其他学校都不敢。四川美术学院视觉研究中心有一位年轻老师，名叫谭晗，于2019年考上清华的博士研究生。我与她共过事。为了证实，2020年9月19日晚7时许，我专门电话向她求证，得到了回答：“清华大学于2019年取消了博士研究生在读期间需要发C刊的规定。”

我为清华喝彩！

但人家是清华，量他教育部门也没有胆量把北大、清华的名“排”到后面去。反过来，偶尔有个别学校的排名“上升”了，又怎么样呢？北大、清华的排名是镌刻在民众心里的。

当下的C刊制度——指逼着高校、科研单位的研究人员、博士研究生以发C刊为条件的各项规定、各种规章，令人作呕。古代有“苛政猛于虎”，现在有“C政猛于虎”。

最近听说一个概念，叫什么“熔断”。指一种机制，叫熔断机制（Circuit Breaker），也叫自动停盘机制。有一点类似我们日常生活中用电时“保险丝断了”的意思。

当下我国的C刊机制，“转引率（量）”章法，机检规矩，至少其中那些不人性的规定已经到达了“熔断”边缘。而所有这些，仅仅是一批毫无自信心的大学为了“排名”，以及官僚部门的诸种权力化“评估”在作祟的结果。理工科、新兴学科我不熟，不敢说；对人文学科来说就是这样。

人活于世，未必只在当下，我坚持的原则是“在与超越”。“在”是活在现世，“超越”是多少为未来留下一点东西。我活在当下，所以，在传统价值容忍的范围内可以妥协，但如果与自己的认知底线发生了冲突，我会抗争，至少在我可能做到的前提下。

我可以，但我的弟子们不行。反正那些现在还称我为“师父”的弟子们越来越被折磨到不堪忍受的边缘。因为他们现在也越来越频繁地请求我帮他们发C刊，他们和我都已经到了承受力快要“熔断”的地步。

大家都读过书，考过学，拿过文凭。看着我的那些弟子有些得了抑郁症，严重的都休了学；有的出现大面积脱发，也有“一夜白了头”的；有的患了严重的失眠症，有的腰椎、颈椎出了问题，躺在病床上还看论文；女生出现什么“紊乱”“失调”的越来越多——师母成了女弟子们诉苦的对象。

我就不明白了，读书怎么变得如此痛苦？我读了一辈子的书，做了一辈子的学问，我知道那需要靠内心的激发，不是威逼。痛苦做不了学问。

我记得我们人类学系曾经引进过一位从美国名校康奈尔大学人类学系毕业的博士。一引进就给他副教授，但要走个“过场”，要求拿一两篇发表的文章来充数。可人家在近10年中硬是一篇都没发表。人家也能毕业。人家的学校是世界名校康奈尔，是著名人类学家乔健先生的母校。他要是换在中国任何一所“下三滥”的大学，他都绝对毕不了业。

曾经看过一个“段子”，说是孔夫子要活到今天，大概只能去当大学的保安，因为他发不了C刊。听说在2020年的全国人大会议上，就有学者提议上书“投诉”C刊。

规章的制定是为了保证最大限度的公平，而不是为了折磨人。现在的大学，个个都想成“世界一流”，人人都被逼着发《Nature》《中国社会科学》。莫名其妙的“大学排名”，各种各样的“评估”，已经把大学搞得丧失了人性，为了“排名”，为了“评估”，大学只能去逼老师，去逼博士研究生。

我为弟子们痛，为弟子们哭。

我还要为弟子发C而奋斗！谁让我要当“师父”？

想到当年孔夫子带着弟子们周游列国，现在的师生怕是做不到了，偶尔周游列地，那也是被各种各样的课题“绑”去的。学校逼老师，老师逼学生，学生逼自己。功利多了，交易多了，人情味少了，人性也少了。

鸣呼哀哉！

说在后面的话

人类学是一门研究“他人”的学科，英文叫作“他文化”（other culture），也译为“异文化”。那是否意味着不研究“自己”呢？不是的。只是把“自己”藏在“暗处”，把自己的文化作为背景，将“他人”的文化置于“明处”，把人家的文化作为具体的参与观察和研究对象，这样也就建立了一个大的比较视野。所以，文化人类学也是一门广泛意义上的比较文化学。

了解他人而反观自己，把“自己”和“他人”都放在镜子中来观察，这样也就有了不同的“面像（相）”，有点像中国民间传统的“卦象”。参与观察中的四种“面相”最为重要：一个是现实中的“自己”，一个是现实中的“他人”，一个是把“自己”放在“他人”的文化镜子中，一个是把“他人”放在“自己”的文化镜子中。

人类学帮助我看他人的长处，学会点赞同辈学人文章中的优点。我的“师说”之三，即所谓“三人行必有吾师”，点赞为“师”者，心悦诚服。庄孔韶文章的“多样”精彩、王铭铭对人类学专业的精通、高丙中学科旁通的精明、蔡华亲属研究的精深、周大鸣村落研究的精细、纳日族群研究的精到、范可研究维度的精当（同辈）；郭志超语言的大跨度夸张、石奕龙文化人类学概念的准确、邓小华语言人类学知识的惠及、李明欢华人人类学研究的理路（同事）；我的弟子们的许多研究也都使我获益——弟子多，不能一一——教学相长，老师学弟子们的优点，受弟子研究的启发，不丢脸，比如我的饮食人类学研究就是为了指导弟子肖坤冰的博士论文《茶叶的流动》而进入到这一领域的。

我意识到，人类学有助于对传统文化中“文章是自己的好”的适度校正。

人类学还有一个特别的好处：不画地为牢。这个学科从来不避讳其他学科、学问、学术的进入与交融。我似乎也习惯了人类学这种自由穿行的范式，不在乎学科的边界，遵循问题意识到哪儿，调查就到哪儿，研究就到哪儿。我听说过这样的传言，有学者到厦门大学的中文系、音乐学、旅游系去找“彭兆荣”。

这种“犯肆”的学科僭越虽然有“危险”，但给了我一种不断学习新知识的幸福感。早年因家传“外语”（爷爷、爸爸都是外语教授）的缘故，对西方文明发生兴趣，致使硕士论文选择了西方文明，延续到博士论文做古希腊神话和戏剧研究。因不满二者被归入文学“学科”的樊篱，遂以人类学仪式理论导入。为此，我花费了大量时间和精力来学习人类学仪式研究的谱系，《文学与仪式》便可窥察当时苦心与用心。后来也以此为基础，顺势完成了《人类学仪式理论与实践》。

在对我国西南少数民族的调研中，看到随着大众旅游的进入，一些具有民族特色的习俗迅速消失，这种忧虑促使我进入旅游人类学的钻研之中；也因此写了《旅游人类学》。遗产事业的全球化兴起，中国自上而下地开展了“遗产运动”，我也因此被卷入，由是用了长达十余年的时间拓展文化遗产的研究，还主持了我国第一个“中国特色非物质文化遗产体系探索研究”的国家重大招标项目；后因出任四川美术学院“中国艺术遗产研究中心”首席专家，又顺延出了艺术遗产研究领域。我也将在未来几年完成《遗产人类学研究》。近些年，因我国城镇化建设“推土机式”的碾压，担心我国乡土社会的命运，我又开始了“乡村振兴之重建中国乡土景观”的调研，跑了几十个村落，也因此研读了大量农业方面的著作，完成了农业人类学方面的著述。

这看上去并不复杂的路径，把我带入不断学习的喜悦之中，体验人类学之于“学者”的乐趣。人类学的“田野”也使得我这个学者“野”起来。学者不惧犯错，有错就改，这没有什么羞耻的。人生在世，孰能无过？

我选择了人类学，曾经在田野作业中遇险三次，大难未死，却从不后悔。学科的“改道”只是因为研究的需要。曾经有一位从事历史研究的友人直言不讳教育我："兆荣，你一个好好的学者，跑到那荒郊野岭去做调查，做'女红'研究，何苦？何不像我们，做国家大历史、帝王史，又正统，又体面。"面对友人的提点，我无言以对。

友人是没有机会了解人类学之于我生命体验的欢乐，没有机会体验"一只脚踩在图书馆，一只脚踏在田野中"的充实感，没有机会体验与普通民众生活在一起的乐趣，没有机会体验那些少数民族给予的生命感动，没有机会体验因"同情"而给出的豁达。同情"他者"，认同"他者"，我获得了属于自己的"学术生命感"。

感谢有你，人类学；

感谢有你，我的"师者们"。

后 记

说起写《师说人类学》的初衷，平常而简单。前些日子我小搬了一次家，拾掇旧日照片，除了感慨照片凝固时间的功能，感慨曾经的那般时光，还感慨生命中遇到你们。

感慨中就有了一个发现：我的生命中充满了“师说”，我的老师和我为老师。如果将这二者剪裁掉，我的生命也就只剩下躯壳。

整理那些堆垒已久的书籍，特别将那些签了名的赠书做了一次打理，竟然满满一书柜。面对这些师友、学生的赠书，我竟惭愧。书生送礼，重不过著作，那些著作或谈不上经典，至少是专业的费心、用心之作，生命之作，需善待才是。我想，如果我送给朋友的签名赠书被当作垃圾送到了垃圾场，我定然会有被遗弃，甚至有被送上火葬场的感觉。

我把那些书一本一本地打理好，整整齐齐排列在一起，然后一本一本地翻阅。一个一个名字的低吟，一幕一幕情景的浮现。有的事情想不起了，时间和地点也模糊了。我发现，我的记忆力在衰退，我突然有了一点担心，担心哪一天我得了阿尔茨海默症，那些感人的、感动的，有意思、有意义的事情便将丢失。我意识到，这些我经历和经过的事情，再不记录，就将随着生命的凋谢而带入坟墓。虽然，生命的道理很平常，就像每天都有无数的生命在凋谢，在枯萎，在死亡，在离去；又有无数的生命在出生，在成长，在绽放，在盛开。生命就是这样，有点像天空中的云，当它集结、翻滚，美丽如彩虹，却很快化解、飘散，化作空无。

让我感慨的、悲伤的，在过去不长的岁月中，曾经教育过我、帮助过我、感动过我的一些人类学家、人类学同行已经静静地离开了这个世界。记忆中还才刚刚开过李亦园先生的纪念会，又开乔健先生的纪念会。也就在这几年中，台湾的李亦园先生、乔健先生、林淑蓉教授、潘英海教授陆续地离开了我们。厦大人类学系，一个小小的单位，陈国强教授、蒋炳钊教授、郭志超教授都走了。其他单位也有一些人类学家、人类学者离开了我们。他们走得那般匆匆，连招呼都还来不及打一个。

我们毕竟是有情感的人，我们没有理由忘却那些在生命中拨动你情愫的人，哪怕那些旧日的事务再琐碎，那也是你的生命印记。何况，这些往昔的事件、事务、事情中交织着一些人类学的“中国故事”。如果记录下来的，或许有助于——无论在什么意义上，在什么层面上——唤起人们回忆起人类学在中国发展的一段“老照片故事”；或者其他，哪怕只是一缕缕、一丝丝、一点点，不也很好吗？垃圾回收尚且能用，何况那些曾经有意义，现在仍有意义，将来还有意义的道理、哲理、事件、事情呢。

我们毕竟也是有理智的人。我选择的，我记录的，虽然是以我的经历为线索，把与人类学有关的事件、事情记录下来。我不用学名，不用假名，不用代名，全是真名；我希望以真诚写出真人真事。其中有些记忆模糊的也都通过电话、邮件、短信予以核实、证实。但我并没有把所有经历的都记录下来，出于两个原因。第一，不因为我的记录“伤害”他人，比如吴春明教授是我的同事和朋友，一位优秀的考古人类学家；但我不能记录，理由大家都知道。第二，有些单位、群体的关系背景我并不完全熟悉，又非所属，不能说；有些道听途说，不足说。

我是人类学专业的从业者，我热爱她；我自从爱上她，迄今已经有了三十五年（从1985年算起）。我体验到了人类学灌注我生命的那股力量；我也体验了人类学在中国艰难生存的那段苦难历程；我也体验到了人类学从学、从教的各种生命感受。

我记下我的人类学，我把它当作一个生命的礼赞，我把它献给自己；

我记下我的人类学，我把它当作一束花作为礼物，我把

它献给你们；

我记下我的人类学，我把它当作一个历史的记忆，我把它献给未来。

彭兆荣

2020年9月21日凌晨五点三十分（初稿）

2021年1月7日凌晨五点四十五分（二稿）

附　录

彭兆荣教授著作一览

主编的丛书（截至2021年）：

主编“乡村振兴之重建乡土景观丛书”，中国社会科学出版社2018—2022年，共八种。

主编“文化艺术遗产研究丛书”，北京大学出版社2017—2020年，共四种。

主编《文化遗产关键词》系列，贵州人民出版社2015—2021年，共五辑。

主编“田野归去来——人类学实证研究丛书”，北京大学出版社2013—2014年，共九种。

主编“文化人类学笔记丛书”，上海文艺出版社1997—1999

年，共九种。

主编“旅游人类学译丛”（与Nelson H. Graburn教授合作主编），广西师范大学出版社2007—2008年，共三种。

主编“厦门大学人类学文丛”，民族出版社2007年，共四种。

主编“人类与遗产丛书”，云南教育出版社2007—2008年，共三种。

主编“遗产与旅游丛书”，民族出版社2012—2014年，共四种。

著作（截至2021年）：

《乡土社会的人类学研究》(《农业人类学》)，中国社会科学出版社2021年版。

《文学民族志与文学人类学》，中国社会科学出版社2021年版。

《文化遗产的人类学研究》，中国社会科学出版社2021年版。

《天造地设：乡土景观村落模型》，中国社会科学出版社2020年版。

《归去来——彭兆荣文选》，贵州人民出版社2020年版。

《重建中国乡土景观》，中国社会科学出版社2018年版。

《联合国及相关国家的遗产体系》，北京大学出版社2018年版。

《生生遗续　代代相承——中国非物质文化遗产体系研究》，北京大学出版社2018年版。

《中国艺术遗产论纲》，北京大学出版社2017年版。

《天下一点：人类学“我者”研究之尝试》，中国社会科学出版社2016版。

《饮食人类学》，北京大学出版社2013年版。

《三国演绎　百年米轨》，云南教育出版社2010年版。

《遗产：反思与阐释》，云南教育出版社2009年版。

《岭南走廊：帝国边缘的政治和地理》（第一作者），云南教育出版社2009年版。

《人类学仪式的理论与实践》，民族出版社2007年版。

《边际族群：远离帝国庇佑的客人》，黄山书社2006年版。

《摆贝：一个西南边地的苗族村寨》，三联书店2004年版。

《文学与仪式》，北京大学出版社2004年版。

《旅游人类学》，民族出版社2004年版。

《人类学关键词》（第二作者），广西师范大学出版社2004年版。

《停泊法兰西》，鹭江出版社2002年版。

《寂静与躁动：一个深山里的族群》，浙江人民出版社2000年版。

《渔村叙事——中国东南沿海三个渔村变迁实例》（第一作者），浙江人民出版社1998年版。

《生存于漂泊之中》，上海文艺出版社1997年版。

《从苦力到巨子》，中央编译出版社1997年版。

《南方少数民族音乐文化》（第一作者），广西人民出版社1995年版。

《西南舅权论》，云南教育出版社1997年版。

《文化特例》（第一作者），贵州人民出版社1997年版。

《神灵文化与高原民俗》（第一作者），贵州人民出版社1992年版。

《东西方文化解析》（第一作者），贵州教育出版社1991年版。

《英语成语典故》（第二作者），福建人民出版社1985年版。

图书在版编目（CIP）数据

师说人类学 / 彭兆荣著 .— 上海 ：上海社会科学院出版社，2021
ISBN 978-7-5520-3585-8

Ⅰ. ①师… Ⅱ. ①彭… Ⅲ. ①散文集—中国—当代
Ⅳ. ①I267

中国版本图书馆CIP数据核字（2021）第105416号

师说人类学

著　　者：彭兆荣
责任编辑：王　睿
封面设计：夏艺堂
出版发行：上海社会科学院出版社
上海顺昌路622号　邮编200025
电话总机021-63315947　销售热线021-53063735
http: //www. sassp. cn　E-mail: sassp@sassp. cn
排　　版：南京展望文化发展有限公司
印　　刷：上海盛通时代印刷有限公司
开　　本：710毫米×1010毫米　1/32
印　　张：13.5
插　　页：1
字　　数：277千
版　　次：2021年10月第1版　2021年10月第1次印刷

ISBN 978-7-5520-3585-8 / I · 431　定价：68.00元